西方经典哥特式中短篇小说选

[爱尔兰]查尔斯·马图林 等著

高万隆 等译

浙江工商大学出版社
ZHEJIANG GONGSHANG UNIVERSITY PRESS

图书在版编目(CIP)数据

西方经典哥特式中短篇小说选 ／（爱尔兰）查尔斯·马图林等著；高万隆等译. —杭州：浙江工商大学出版社，2016.8(2017.9 重印)
（西方经典哥特式小说译丛／蒋承勇主编）
ISBN 978-7-5178-1681-2

Ⅰ.①西… Ⅱ.①查… ②高… Ⅲ.①中篇小说－小说集－世界－近代②短篇小说－小说集－世界－近代 Ⅳ.①I14

中国版本图书馆 CIP 数据核字(2016)第 131367 号

西方经典哥特式中短篇小说选

［爱尔兰］查尔斯·马图林 等著
高万隆 等译

出 品 人	鲍观明	
丛书策划	赵 丹	
责任编辑	田 慧	
责任校对	丁秀卓	郑梅珍
封面设计	林朦朦	
责任印制	包建辉	
出版发行	浙江工商大学出版社	
	（杭州市教工路 198 号　邮政编码 310012）	
	（E-mail:zjgsupress@163.com）	
	（网址:http://www.zjgsupress.com）	
	电话:0571－88904980,88831806(传真)	
排 版	杭州朝曦图文设计有限公司	
印 刷	杭州五象印务有限公司	
开 本	880mm×1230mm　1/32	
印 张	8.75	
字 数	211 千	
版 印 次	2016 年 8 月第 1 版　2017 年 9 月第 2 次印刷	
书 号	ISBN 978-7-5178-1681-2	
定 价	32.00 元	

总　序

蒋承勇

　　哥特式小说,作为一种独特的文学类型,是由 18 世纪的英国小说家贺拉斯·沃波尔首创的。他的小说《奥托兰多城堡》作为黑色浪漫主义的发轫之作,不仅引领了当时的哥特式小说创作风潮,而且也成为随后而起的欧洲浪漫主义文学运动的动因之一。与某些昙花一现或盛极而衰的文学类型和文学流派不同,哥特式文学发展虽然经历了跌宕起伏,但依然顽强地生存了下来,并于 20 世纪 70 年代开始在西方复兴,还由文学扩展到其他文化艺术领域,基于哥特式文学创作的哥特式批评和研究也成为当代西方批评的一个热点。正如琳达·拜耳-伦鲍姆(Linda Bayer-Rerenbaum)在《哥特式想象:哥特式文学和艺术的扩展》(*Gothic Imagination:Expansion in Gothic Literature and Art*,*Fairleigh Dickinson University Press*,1982)一书中写道:"十年前,当我开始研究哥特式主义时,'哥特式复兴'才刚刚兴起。尽管哥特式文化现象已开始浮现,如电影《罗丝玛丽的婴儿》(*Rosemary's Baby*)已上映,但是'哥特式主义'这个术语及其特定的含义,对当时的普通读者甚至学者都还很陌生,甚至最好的大学的英语系也很少开设哥特式文学课程。当我告诉朋友,我正在从事哥特式主义的研究时,只有少数人熟悉这种文学类型,或者能够记起一部哥特式小说的名字。大多数人只是想掩饰自己的无知,礼貌性地笑一笑说:'噢,这个太专了吧。'而十年后的今天,'哥特式'这个词已是家喻户晓。最近,我在一家我最经常光顾的百货商场的书店里看到,在'烹调类'和'非小说类'图书旁边整整一个过道上都是'哥特类'图书,超过一百种可供挑选。电影《驱魔人》(*The Exorcist*)——一部哥特式经典之作,比起先前的电影,吸引了更多的人,而小说《驱魔人》也售出七百多万册。过去十年中,我们耳闻目睹了超自然、占星术、哥特式科幻小说甚至经典哥特式文学的复兴。时至今日,人们很难看到在美国有哪所大学不开设哥特式文学课的。哥特式文学由于越来越受欢迎,其地位也已获得学界的首肯。"哥特式小说在18—19世纪的繁荣之中确立了它的美学范式和风格,并由此在西方文学中形成了哥特式文学传统。其后的发展也与时俱进。在19世纪,哥特式文学的新发展就是同现实主义融合,为该时期许多主流作家所用,如简·奥斯汀、狄更斯、勃朗特姐妹等。此外,哥特式也见于其他流派主要作家的创作,如霍桑、爱伦·坡、王尔德、亨利·詹姆斯、梅里美和波德莱尔等。他们要么创作了哥特式小说,要么在自己的创作中运用了哥特式风格和元素。到了20世纪,哥特式元素和风格为许多作家所青睐,哥特式文学再度出现繁荣,如福克纳、理查德·莱特、弗兰纳里·奥康纳、安妮·莱斯、托妮·莫里森等都创作了颇具特色的美国南方哥特式小说,其中不乏获诺贝尔文学奖的作家作品。当代美国作家斯蒂芬妮·梅尔的《暮光之城》小说系列以及由此改编的电影,更是让哥特式文学在全球读者和观众面前绽放异彩。

面对西方哥特式文学传统及其演进和当代复兴,面对西方哥特式文学和艺术研究持续不断的深入和拓展,我国学界对哥特式文学的研究显得相对滞后,理应引起外国文学研究者的足够关注。李伟昉教授认为,英国哥特小说研究是一个新的富于挑战性的课题。之所以这样说,主要原因是:受以往既定的政治标准和阅读思维定式的影响,国内对产生于 18 世纪后期的英国哥特小说这样一个曾经深刻影响过 19 世纪以来西方文学的"黑色小说"流派,在译介和研究上显得非常滞后,国内读者对其还十分陌生。从国外方面看,20 世纪 80 年代前,哥特小说的研究明显不足,且评价不高。80 年代后,西方对哥特小说的研究出现日趋高涨的热潮。因此无论在国内还是国外,英国哥特小说都是一个值得充分重视并大有可为的研究领域。不过,据本人陋见,早在 20 世纪 80 年代,国内就已有学者开始关注哥特式文学了。我在上海师范大学读硕士研究生时,我们的老师朱乃长先生就要我们翻译亨利·詹姆斯的《螺丝在拧紧》作为翻译作业;正是从他那里得知,这是一部哥特式小说;也正是从那时起,知道西方文坛中还有哥特式文学这样一朵奇葩。2003 年在台湾出版的高万隆教授译作——贺拉斯·沃波尔的哥特式经典之作《奥托兰多城堡》,正是他在朱乃长先生指导下的文学翻译习作。这是我见到的最早的中文译本了。此后,马修·刘易斯的《修道士》、玛丽·雪莱的《弗兰肯斯坦》和布莱姆·斯托克的《德拉库拉伯爵》等经典哥特式小说的中译本在国内不同出版社出版。

国内对哥特式文学的研究始于 20 世纪 90 年代。在其后的 20 余年间,哥特式研究形成了一定规模,且呈现多元态势:肖明翰、韩加明、高继海、高万隆等撰文梳理并探讨了英国哥特式小说的发展;黄善禄等从多维度深入解读了哥特式小说文本;李伟昉等对哥特式小说的美学理论及其渊源进行了追溯和探究。此外,李伟昉等还从比较文学的角度研究了英国哥特式小说。近几年还有不少文章从女性哥特文学的理论立场出发,对女性文学的经典之作进行重读和诠释。另外一个值得关注的现象是,近年来,英语语言文学或比较文学与世界文学研究生的论文有许多都涉足哥特式文学研究。由此可见,伴随着国外"哥特式"的复兴,"哥特式"也逐渐成为我国外国文学研究的热点问题之一。

然而,遗憾的是,至今国内尚无西方哥特式文学经典的系统性翻译。有鉴于此,2011 年,浙江工商大学比较文学与世界文学省级重点学科将"西方经典哥特式小说译丛"列为重点项目之一。"西方经典哥特式小说译丛"从起笔到付梓,历时五年多之久。这套译丛在国内首次以系列方式推出,无疑有助于推动国内读者对西方哥特式文学的了解,也有益于推动国内学界对哥特式文学的研究。第一批"西方经典哥特式小说译丛"选译了 18—19 世纪最有代表性的西方哥特式小说经典之作。之后,还将继续选译和出版 20 世纪的哥特式小说经典。我相信,这不仅是我们的期待,也是读者的共同期待。

本译丛的译者多为工作在高校教学和科研第一线的教师和学者,教学科研任务繁重,但他们不辞辛苦,为这套译丛的翻译付出了艰辛的劳动。在此,向他们表示敬意。此外,对于浙江工商大学出版社对这套丛书在编校和出版方面所付出的努力也深表感谢。

编者序

高万隆

纵观西方经典哥特式文坛,既有哥特式作家的经典之作,也有经典作家的哥特式之作;此外,在这些作家中,有不少人既著有哥特式长篇小说,也著有哥特式中短篇小说。本集选译的作品既包括了像《漫游者梅尔莫斯》《睡谷传奇》《厄舍古屋的倒塌》《螺丝在拧紧》和《献给艾米莉的玫瑰》这样的西方经典哥特式中篇小说,也包括了像霍桑、爱伦·坡和狄更斯这样一些经典作家的哥特式短篇小说。像查尔斯·马图林的《漫游者梅尔莫斯》和亨利·詹姆斯的《螺丝在拧紧》,就其哥特式影响而言,亦可独立成册,只因篇幅所限,而将它们编入该集。然而这并不表明它们不重要。它们虽篇幅不及长篇,其影响却丝毫不逊于长篇。巴尔扎克就认为,《漫游者梅尔莫斯》是近代欧洲文学的经典,完全可以与莫里哀的《唐璜》、歌德的《浮士德》和拜伦的《曼弗雷德》相提并论。更有当代西方评论认为,《漫游者梅尔莫斯》标志着"哥特式浪漫小说的最高成就",在"恐怖故事演变方面迈出了巨大的一步"。《螺丝在拧紧》更是西方文学批评的热议话题。这部小说所创造的那种具有紧迫感的哥特式困惑和悬念,让读者痴迷不已、争论不休,标志着西方哥特式小说发展的一个飞跃。像爱伦·坡的《厄舍古屋的倒塌》和福克纳的《献给艾米丽的玫瑰》同样是脍炙人口的名篇,为中外读者所喜爱。

该集中所收录的哥特式短篇小说也均出自西方名家之手。这些短篇通过精炼的文字描写,同样营造了哥特式恐怖氛围和悬念,扣人心弦,从而让读者既能够亲历故事所呈现的哥特式恐怖,同时也能迅即体验到那种哥特式恐惧。当然,这些短篇发表的时间有先有后,各具特色;有的写得像一个古老的黑暗传说,有的写得更像是对人心暗域的揭示;有的写得阴云密结,有的则写得月高风淡,但都能把一个短小的哥特式故事写得引人入胜,意蕴隽永。在国内,对哥特式文学的译介尚处于初始阶段,即便对哥特式文学有意问津的人多半也只知道那些经典哥特式长篇小说,而对哥特式中短篇小说鲜有问津。即便有人读到它们,也多半视之为供消遣娱乐之作或单纯的恐怖故事,很少从哥特式文学和美学的角度来认知它们。在此,明确将这些中短篇小说冠之以"哥特式"之名,意在提醒读者,它们承载着哥特式经典之气,秉承着哥特式传统的血脉。当然,西方哥特式中短篇小说,认真细究起来,还真是浩如烟海,不胜枚举。该集只择取了其中几枚耀眼的贝壳,以飨读者。

该集所选的作品,就翻译而言,难易不同。译者们均能勤勉自励,对原作精研细琢,对译作精益求精。然而,文学翻译毕竟不易,加之译者翻译经验和水平不一,译作水准难免参差不齐,译文难免有误,敬请读者指正。

目　　录

.

漫游者梅尔莫斯

[爱尔兰] 查尔斯·马图林

　　约翰·梅尔莫斯,都柏林大学圣三一学院的学生,远道去威克洛郡看望卧床不起的叔叔。他看到,即使在生命的最后时刻,这个老人仍被贪欲和猜忌折磨着。

　　病床边,老人悄悄地对约翰说:"我想喝一杯酒,酒能使我清醒几个小时,但是我不相信任何人——他们会把我的酒偷走,这会使我破产的。"

　　约翰十分惊讶,说道:"叔叔,看在上帝的分上,让我帮您拿杯酒吧。"

　　"你知道酒在哪里?"老人以一脸令约翰很不理解的表情问道。

　　"不知道,叔叔。你知道,我刚来这里不久。"

　　"拿着这把钥匙,"一阵剧烈的痉挛之后,老人接着说,"拿着这把钥匙,密室里有酒——马德拉酒。我一直告诉他们那里什么都没有,但是没有人相信我,要不然我也不会落得如此下场。有一次,我说过那里有威士忌,从此之后,他们就变本加厉地偷喝我的酒。可怜的我啊!"

　　约翰接过叔叔手中的钥匙。这个垂死的老人郑重地拍了拍他的手,约翰以为这是老人对他的信任,便回握了老人的手。但是,紧接着,老人的一番话使他恍然大悟——"约翰,我的孩子,千万别偷喝啊。"

"哦,上帝!"约翰心里十分愤懑,狠狠地把钥匙扔在了床上,但转念一想,这可怜的老人根本不值得他怨恨。于是,他向老人保证绝不偷喝,然后就走进了密室。六十年来,这个密室,除了老梅尔莫斯以外没有其他人进来过,约翰费了好大劲儿才找到酒。他在密室多待了一段时间,这也让他叔叔有了产生怀疑的理由——他的心开始不安,手也不由自主地战抖起来。约翰想起了老人准许自己进入密室时脸上露出的奇怪表情——那种对死亡的恐惧;他也想起了进密室时女人们的恐怖神情。置身于密室之中,他不由想起了那些与密室相关的恐怖故事,不禁汗毛直立。这一刻,约翰忽然清醒地意识到,多年来这个房间除了他叔叔没有其他人进来过。

离开密室之前,约翰借着微弱的烛光,怀着紧张和好奇的心情环顾了四周。整个房间堆满了破破烂烂的废旧家具,像是一个守财奴把所有的东西都堆在了一块儿,等待腐烂一般。突然,约翰就像中了魔法一般,眼睛被墙上的一幅画深深吸引住了。他对画没什么研究,却隐约觉得这比墙上挂着的其他家族长者的画像要珍贵得多。画上的人是个中年男子,装束和面容都很普通,但眼睛十分特别。约翰觉得,见过这双眼睛的人,肯定宁愿自己从未见过;一旦见了,那肯定是无法忘怀的。那眼神就像索西的诗歌中所描述的那样:

> 眼睛是心灵之窗,
> 闪烁着恶魔之光!

一股莫名的力量支撑着约翰不断朝那幅画走去。借助烛光,他看清了画框边上的字:"琼·梅尔莫斯,1646年。"约翰生来就不是胆小之人,也不是性急之人,更不是迷信之人,但是,他就这样傻傻地、惊恐地盯着墙上这幅画,直到老人的咳嗽声传来,他才离开了密室。喝完酒,老人的精神显得好多了,很久没有喝到过如此香醇的烈酒了——刹那间,老人的心在膨胀,似乎重拾了往日的自信与勇气。

"约翰,你在那个房间看到了什么?"

"什么都没有,叔叔。"

"你在撒谎! 你们都合着伙儿欺骗我,抢劫我。"

"叔叔,不是那样的。"

"那么,你到底看到了什么——你注意到了什么?"

"一幅画,叔叔。"

"先生,那幅画! ——那幅画上的人还活着。"

约翰依然沉浸在刚才的情景中,满脸不可思议。

"约翰,"老人低声说,"约翰,别人对我即将离去有诸多猜测,有的说是由于营养不良,有人说是由于药物缺乏——其实,约翰——我是死于恐惧。那个人——"老人的表情变得十分可怕,瘦弱的手指了指密室,像是在指一个人,"那个人,我有充分的理由相信,他还活着。"

"叔叔,这怎么可能?"约翰脱口而出,"画像上的日期是1646年。"

"你看到了! ——你注意到了! 那么——"老人开始剧烈地抽搐和痉挛,然后紧紧抓住约翰的手,脸上露出一副难以名状的痛苦表情,大声说道,"你还会再见到他的,他还活着。"说完之后,老人又瘫倒在垫枕上昏过去了,眼睛却还睁着,依然盯着约翰。

现在,整个屋子都安静下来了,约翰开始回忆起所发生的一切。各种各样的想法不断涌入他的脑海,挥之不去。他回想起叔叔的习惯和个性,仔细思忖,然后对自己说:"他应该是这世上最不信鬼神之说的人了。他每天考虑的,只是他的股票、汇率的跌涨以及我的大学学费,这些几乎耗尽了他所有的心力。——这样的人会死于恐惧?一种荒谬的恐惧——一百五十年前的人还会活着?——而事实是,他马上就要死了。"约翰停止了思考,因为事实会战胜一切的猜想。看到老人的鼻孔逐渐缩小,眼神呆滞无光,下巴慢慢低垂——这一切都是生命即将消逝的迹象,约翰不禁感到一丝恐惧:"如此铁石心肠的人,竟然会死于恐惧。我曾在厨房里听人说起过;现在,又从他口中亲自得知。如果他以前就是非常容易紧张或十分迷信的人,我还可以相信。可是,他却完全不是这样一个人。——正如可怜的巴特勒所说,他是一个为了银子可以出卖自己灵魂的人——这样的人会死于恐惧?! 可是,死亡正在向他一步步逼近。"

老梅尔莫斯似乎已经陷入一种昏死的状态,双眼失去了原有的光泽,因痉挛而紧紧抓住毯子的手也张开了,瘫在床上,像那些饿死的鸟的爪子——清瘦、枯黄、五指撑开。约翰没有目睹过死亡,以为老人只是睡着了。那股莫名的力量——连约翰自己都无法解释——再一次驱使约翰拿起散发着微弱光芒的蜡烛,进入了那个密室。——约翰的响声惊醒了那个垂死之人——他忽然笔直地从床上坐了起来。这一切,约翰没有看到,因为他仍身处密室。但是,他听到了一阵阵可怕的呻吟声,更确切地说,是喉咙里发出的咯咯声,就像灵魂和肉体在激烈斗争。正当约翰打算转身回去,他看到了画中人的眼睛。他盯着那里,全身无法动弹。快走! 约翰心里不禁直呼,赶紧逃回到他叔叔的床边。

老梅尔莫斯就在那天晚上去世了,在贪婪造成的精神错乱中死去了。约翰从来没有经历过那么恐怖的死亡场面。弥留之际,老人还一直在咒骂那丢失了的三个半便士——那是几周之前,老人让马夫去给他那匹快要饿死的马买干草的找零。之后，老人还紧紧抓住约翰的手，请求约翰为自己做圣礼。"如果我请牧师来，他会向我要钱的，但是我没钱——根本没钱。他们说我很有钱——看看这条毯子吧！——但是如果上帝能拯救我的灵魂，我是不会把它放心上的。"老人继续说着胡话，"医生，其实我真的很穷！以前我从来没有请过牧师，现在我只希望您能答应我两个小小的请求，这对您来说只是小菜一碟！——请拯救我的灵魂，（他悄悄地说）帮我弄一口教区的棺材——我已经没有足够的积蓄埋葬我自己了。我一直告诉别人我没钱，但是，我越这样说，他们越不相信我。"

约翰十分震惊，起身离开病床，坐到了房间里很远的一个角落。房间很黑，女人们又进来了。老梅尔莫斯已经筋疲力尽，发不出任何声音，整个屋子陷入了死一般的寂静。这时，约翰看到门开了，一个人影出现了，那人影环顾四周，然后悄然隐退——在此之前，约翰根本没有发现，那个人的脸跟画中人是一模一样的。约翰看见那个人影的第一反应就是想大声尖叫，但他屏住了呼吸。正当他打算起身追赶那个人影时，一个念头阻止了他：仅仅因为一个活人跟画中人长得很相似就惊恐万分，这是多么荒谬的一件事啊！毫无疑问，在黑暗的房间里，这种惊人的相似确实能够吓到他，但这也只是相似而已——然而这种相似足以击垮他那意志消沉、离群索居的老叔叔。身心俱疲的约翰决定不再让这件事影响到他。

正当约翰为自己的决定暗自喝彩时，门又开了，那个人影又出现了，并且向他点头、招手。约翰站起来，决定跟上那个人影。但是，这一次，他的行动却被他叔叔虚弱的尖叫声打断了，那个老人正在挣扎着与死神和女管家做斗争。那可怜的女人，为了她主人和自己的名声，试图给老人换上干净的衬衣和睡帽。但是，老人却以为别人在剥夺自己的东西，便无力地嘶喊："他们正在抢劫我——在我生命的最后时刻抢劫我——抢劫一个即将死去的人。约翰，你还不来帮帮我——我死后就要变成一个乞丐了。他们正在拿走我最后一件衬衫——我死后就要变成一个乞丐了。"这个吝啬鬼老梅尔莫斯就这样死去了。

葬礼过后的几天，律师在证人面前宣读了遗嘱，约翰成了他叔叔唯一的财产继承人。这笔原本为数不多的财产，由于老梅尔莫斯贪婪的个性和吝啬的生活，逐渐变得十分可观。

读完遗嘱的最后一段时，律师又说了下面这段话："遗嘱里还有几句话，它不算是遗嘱的附录，因为没有立遗嘱人的签名，但是根据我的判断，这确实是他的笔迹。"律师一边说话，一边给约翰看那几行字，约翰立马就认出那确实出自叔叔之手（那双干枯的手，好像一定要最大限度地利用这张纸，缩减每个字之间的距离，不留任何空隙）。接着，律师继续面无表情地宣读接下来的这段话："我命令我的继承人——侄子约翰·梅尔莫斯摘下并毁掉挂在我密室墙上印有'琼·梅尔莫斯，1646 年'字样的画像。我还命令他找出一个手稿，手稿就在画像下面红褐色柜子的左边第三个——也就是最下面的抽屉里面，夹在一些经书中间，用黑色带子捆着，而且已经发霉、褪色。如果他愿意的话，可以阅读这本手稿——不过，我劝他最好不要阅读。总之，作为一个行将就木的人，我再一次命令他把手稿烧毁。"

律师读完这段奇特的话之后，葬礼也接近了尾声。老梅尔莫斯的遗嘱写得十分清楚，他的后事很快就处理妥当。不久，众人散去，就剩下约翰一个人了。

…………

约翰毅然走进那个密室，关上门，开始搜寻那个手稿。因为老梅尔莫斯写得非常清楚，他很快就在那个抽屉里找到了那个陈旧、破烂并且已经褪色的手稿。当他从角落里抽出留有墨渍的手稿时,他的手就像死去的老梅尔莫斯的手那样冰冷。他坐下来准备开始阅读……整个房子死一般寂静。他看了看蜡烛,然后剪了下烛花,以使蜡烛烧得更亮,可是烛光还是很暗淡(或许是因为约翰总觉得蜡烛泛着蓝光,但这只是他心里的想法)。但是,有一点可以肯定,他经常变换姿势,还不时转移位置,好像这屋子里不止他一个人。

约翰一直深陷沉思中,直到十二点的钟声敲响,他才回到现实中来……这是他几小时以来听到的唯一的声音。在这个寂静的房间里,只有这个钟单调地响着,给人一种不可名状的恐怖感。约翰犹像了一下,打开手稿,眼睛停留在了第一行。屋外狂风咆哮,雨水不停地敲打着窗户,他希望……他希望什么呢?……希望风声不要那么凄凉,雨声不要那么惨淡……他会被饶恕的。当他开始阅读这个手稿时,午夜已过,方圆十里的人早已进入了梦乡,除他之外。

手稿的墨迹已全然褪色,几经涂抹,有些甚至残缺不全。辨认这份手稿比读任何一本书都更能磨炼读者的耐心,就连米歇尔在威尼斯对福音传道者圣·马可的伪造签名进行辨认时,也没那么艰难。而约翰只能断断续续地看明白几个句子。手稿作者是一个名叫斯坦顿的英国人,王政复辟之后,他开始游历周边各国。当时并没有现代化的旅行设施,但那些文人学士、智者、流浪者以及冒险家却常年游走于欧洲大陆之间,汤姆·可瓦特就是其中一员。这些人见多识广却十分谦虚,往往戏称自己的所见所闻为"开胃小食"。

大约在 1676 年,斯坦顿游历到西班牙。像那个年代的大多数旅行者一样,斯坦顿是一个文人、智者兼冒险家,但是他不懂西班牙语,只得奔走于各修道院之间,以此来验证修道士们的"好客"——他用拉丁文与那些修道士展开激烈的辩论,讨论神学或纯哲学问题;只要他输了,修道士们就给他提供膳食和住宿。当时,西班牙信奉天主教,提倡亚里士多德哲学,斯坦顿并不赞同这些观念,因此,他有时宁愿去住那些肮脏的小旅馆,即便饥肠辘辘,也不愿接受修道士们的"馈赠"。斯坦顿的对手们,总是通过抨击他的信仰来安慰自己;有时候,即便辩论失败了,他们也坚信斯坦顿要下地狱,因为他不仅是个异教徒,而且还是个英国人。然而,有一点他们不得不承认,那就是斯坦顿的拉丁文说得很好,逻辑也无可辩驳。在这种情况下,斯坦顿才得以饱餐一顿,安心睡觉。

　　1677 年 8 月 17 日的晚上,斯坦顿踏上了巴伦西亚大平原。途中,同行的向导看到路边竖立着一个从前处死杀人凶手的十字架,感到十分害怕,就偷偷溜下骡子,边逃跑边在胸前画十字祈祷,把斯坦顿一个人丢在了那个暴风雨即将来临的陌生国度的荒野。而面对如此壮观而柔美的景色,像英国人通常所做的那样,斯坦顿静静地享受着这美好景色所带来的喜悦。

　　两代辉煌的王朝已然逝去,斯坦顿的周围皆是古罗马宫殿的废墟和摩尔式堡垒的遗址。黑压压的云层缓慢地移动着,似乎要将这些过往的辉煌全都笼罩在黑暗之中;但是,当它们逼近这些废墟和遗址时,却没有将其完全淹没,仿佛大自然也被人类伟大的力量所震慑。远处厚厚的云层下面,美丽的巴伦西亚峡谷就像夜晚来临之前被新郎吻过的新娘的脸颊一样,被落日的余晕染得通红。斯坦顿注视着这一切,惊讶于古罗马宫殿与摩尔式堡垒的不同建筑风格。前者中有一个剧院遗址和一个像公共场所的建筑;后者则呈现为一个堡垒,从上到下被围得水泄不通,只露出一些小小的洞孔。那些洞不是让人进出的,只有箭才能穿过那些洞孔。所有的这一切,都显示了曾经的专制与独裁。哲学家见到这种差异也许会为之一振,并沉溺于对往事的追忆之中。古希腊人和古罗马人都是所谓的"野蛮人",

但是他们却是那个时代了不起的野蛮人,因为他们在所征服的国家留下了自己曾经享受快乐的痕迹,例如华丽的剧院、教堂(信仰也是一种消遣方式)和浴池。看着眼前的一切,斯坦顿也赞同那些哲学家的观点。乌云密布下,古罗马剧院的轮廓仍清晰可见,那些巨大的拱形石柱笼罩在泛紫的电闪雷鸣中,发出微弱的光芒。而坚固厚重的摩尔式堡垒,却没有一丝光亮,作为权力的象征,显得黑暗、孤独而顽固。此刻,斯坦顿已全然忘记了那个怯懦的向导,忘记了孤独,忘记了置身暴风雨的危险,忘记了身处异乡的悲哀——在这个国度,因为他的名字和国籍,没有人会收留他。

沉浸在这庄严而壮丽的景色中,斯坦顿忘记了所有的一切——光明正在与黑暗做斗争。而黑暗威胁光明更加可怕,斡旋在天空中的灰暗云层,像毁灭天使一般,锁定目标后,万箭齐发。当第一道闪电划过古罗马宫殿的废墟时,斯坦顿已全然忘记了自身的危险,那红色的光亮就仿佛一支野蛮的军队高举着"悲兮!失败者"的旗帜冲进了罗马城堡……裂了缝的石头从山上滚下来,停在了他的脚下。斯坦顿惊骇地站在那里,等待着正义之神的召唤——在正义之神眼中,金字塔、宫殿同此类建筑的缔造者和破坏者一样,都是十分可耻的。有那么一刻,他就镇定地站着,感受着自己即将挑战危险的兴奋。有时候,我们喜欢这种危险,并希望它非常糟糕,只有这样,才会有"置之死地而后生"的快感。斯坦顿站在那里,看见又一道闪电划过古老的废墟和焕发生机的平原,短暂而耀眼。多么令人诧异的反差啊!古老的废墟在不断地衰败,而大自然却重新焕发着生命力。(唉!为何大自然依旧生机益然?难道这是对人类徒劳地建立丰碑的嘲笑吗?)金字塔最终必然毁灭,但生长于废墟之中的小草却会年复一年地生长发芽!

在斯坦顿想得入神时,他的思路被打断了。他看见两个人正扛着一具年轻女孩的尸体，那个女孩看上去十分可爱，却被闪电击毙了。斯坦顿走近他们，听到那两个人不断重复着一句话："没有人会为她哀悼！""是的，没有人会为她哀悼！……连他都无法为她哀悼了。"又有两个声音传来，他们扛着另外一具尸体，好像是个男孩，看上去十分清秀、优雅。原来，男孩和女孩是恋人，女孩遭雷电袭击时，年轻的男孩跑去救她，结果也被闪电击中了。当他们正要移动那两具尸体时，一个陌生人迈着坚定的步伐走了过来，那人好像一点都没有觉察到危险，也不知道何为害怕。那人看了看他们，然后发出一阵狂笑；那些乡下人，像是听到雷电的咆哮一样害怕极了，扛起尸体就走。而斯坦顿的恐惧已被好奇所替代，他转向站在原地的陌生人，问那人为何要如此无礼。那个陌生人慢慢地转过身来，他的脸……（手稿的这几行字十分模糊，无法辨认）他用英文回答……（这里又漏了很多字，下一页很清晰，显然是个续篇，但却残缺不全。）

这个夜晚所经历的恐怖事件，更加坚定了斯坦顿查明真相的决心。他听到一扇木制窗户（那是当时巴伦西亚所特有的）后面不断传出一个老妇人的尖叫声："异教徒滚开！——英国人滚开！——上帝保佑我——滚开！魔鬼撒旦！——"当她打开窗户时，诅咒就飘了出来；而当闪电划过天空时，窗户就会关上。但这些都不能阻止斯坦顿想要进去的决心。这样的夜晚，恐惧本身就能使人们忘记日常生活中的憎恶，并产生怜悯之情。同时，斯坦顿觉得，老妇人的诅咒并非纯粹是对英国人的厌恶，而是包含了一种对英国人的特殊恐惧。他的预感是对的，但这丝毫没有削弱他的迫切渴望……

…………

房子布局美观，十分宽敞，但似乎已荒废许久，让人觉得很是感伤……

…………

长椅扔在墙角,已经很久没人坐过;桌子散落在客厅,也已好久没有人围着它坐在一起;钟还在滴滴答答地走着,没有欢声笑语能够掩盖它的响声;只有时间还在默默地诉说着一切;壁炉里尚存着燃烧未尽的木炭;墙上挂着的家族肖像画,透露出画中人曾是这座房子的主人;然而,几乎腐蚀的画框似乎在倾诉:"没有人来看望我们。"雷声依旧肆虐,但越来越远——每个雷声都像筋疲力尽的心脏的跳动声;最后,只剩下斯坦顿和引路老妇的脚步声。雷声过后,他们听见了一阵尖叫,斯坦顿站住了,脑海里浮现出旅行者们在荒废、偏远的房子里所可能遇到的危险。"别管它,"老妇人举着光线微弱的灯照着斯坦顿,"这只不过是他……"

…………

目睹斯坦顿的外表之后,老妇对她的英国客人很满意,终于确信他即便是个魔鬼,也是个没有犄角、没有兽蹄、没有尾巴的魔鬼,他不会在十字架下现出原形,嘴巴里也吐不出硫黄的火焰。于是,她鼓足了勇气,开始讲述她的故事,而斯坦顿看上去有点累、不舒服……

…………

终于,所有的障碍都已排除。家人和亲戚们再也不反对了,这对年轻人最终结合在一起了。世上再也没有人能比他们更幸福了——他们是天生的一对,仿佛命中早已注定。几天后,他们举办了十分隆重的婚礼,就是在你刚刚进来的,你认为很阴暗的大厅里举行的。那天晚上还挂起了绚丽的壁毯。大厅的另一端,挂一幅圣母玛利亚的画,下面坐着新娘的母亲伊莎贝拉·卡杜撒女士,旁边是新娘伊内丝小姐,新郎就坐在新娘的对面。虽然两个人一句话也没说,但他们望着彼此的眼神,就足以证明他们是多么的幸福。为了庆祝女儿的婚礼，新娘的父亲彼得·卡杜撒邀请了众多亲朋好友来参加婚宴，其中就有一个叫梅尔莫斯的英国人，他好像是个旅行者，但是没有人知道是谁把他带来的。当圣饼和冰水端上来时，他像其他人一样静静地坐着。那个夜晚特别灼热，月亮发出像太阳光一般强烈的光芒照射在萨贡托古城上；房间里，织锦做的窗帘笨重地摇晃了几下，又一动不动了，就好像风想要它们飞舞起来，但是徒劳无功，最后只得放弃。（这里，手稿又少了一部分，但是后来又接上了。）

....

　　宾客们在花园的小径散步，新郎和新娘也漫步在弥漫着香桃木和橘子香味的小道上。在返回大厅的路上，这对年轻人问宾客们："在离开花园时，你们有没有听到一阵奇妙的声音？"可是没有人听到过，他们感到非常惊讶。那个英国人一直没有离开过大厅，可是，人们谈论此事时，他却笑了，表情十分诡异。大家早就注意到了他的沉默，都以为是他不会讲西班牙语的缘故，而且也一致认为没有必要故意跟一个陌生人说话，以此来消除他不懂西班牙语的尴尬。等到吃晚饭时，新郎和新娘又听到了那种美妙的音乐，他们惊喜地会心一笑，解释说这就是他们刚才听到过的音乐。宾客们凝神细听，但是没有一个人听到音乐声。每个人都感觉这是一件怪事。"安静！"几乎所有人都异口同声地说。接下来是死一般的寂静——你可以想象，每个人都全神贯注、凝神细听。这一阵寂静，正与晚宴的盛大隆重、火把的光亮闪耀形成鲜明的对比，造成了一种极为特殊的氛围——这似乎不是婚礼，而是葬礼。

大家还是很好奇，但奥拉维达神父的到来打破了寂静，他刚才出去给一个将死的邻居施行圣油礼。奥拉维达神父是一名德高望重的神父，受人爱戴，有着非凡的驱魔天分和本领——这是作为一名优秀神父的必备条件，他也对此津津乐道。奥拉维达神父还十分固执，他坚决抵制拉丁文，甚至拒绝使用希腊语的《约翰福音》，但是没有一个恶魔能逃脱得了他的手掌心。（这时，斯坦顿想起了英国男孩皮尔逊的故事，并为国人感到羞愧难当。）当遇到极其顽固的异教徒时，奥拉维达神父就会将他们移交宗教裁判所，以进行严刑拷打。据说，当那些异教徒被绑在木桩上活活烧死时，他们的灵魂就会从身体中飞离出来。在烈火焚身时，有的灵魂也不会离去；只有当仪式结束，最顽固的灵魂才被完全地驱逐出去，因为无法生存在一堆灰烬中。因此，奥拉维达神父声名远扬，卡杜撒一家为了能够请他到来，也花了不少的力气。

　　刚才的临终圣油礼使奥拉维达神父仍然神情凝重，直到主人将他介绍给宾客们时，他才慢慢缓过神来。主人马上给他安排了座位，恰巧就在那个英国人的对面。酒呈上来时，奥拉维达神父（据我观察，他是一个非常圣洁的人）准备开始简短地祈祷。但是，他犹豫了一下，身体微微一颤，停止了祈祷——他放下手中的酒杯，习惯性地用袖子擦了擦额头的汗。伊莎贝拉夫人赶紧示意仆人给神父端上一杯更好的酒。他的嘴唇在动，好像在为所有人祈祷，却发不出声音，所有的宾客都察觉到了他脸上怪异的表情。神父也感觉到了自己的异常，并试图举杯喝酒掩盖。大家就这样十分诧异地看着他，以至于偌大的客厅只能听到他再次举杯喝酒的声音。

客人们都好奇而安静地坐着，只有神父独自一人站在那里。这时，那个英国人站了起来，用可怕的目光注视着奥拉维达。奥拉维达感到十分震惊，抓住了侍从的手臂，然后闭上眼睛，试图避开那恶狠狠的怒视（所有的宾客都觉得，自从神父进门以来，这个英国人的眼睛就迸发出一种非同寻常的可怕光芒），接着惊呼道："谁在那儿？……是谁？当他在这里的时候，我无法祈祷。我没有感觉。只要他走过，大地就会变得十分炎热！只要他呼吸过，空气就会燃烧！只要他吃过，食物就会有毒！只要他注视过，天空就会电闪雷鸣！是谁？……是谁在那儿?！"神父就这样愤慨地斥责着。说话间，他的大风帽掉了下来，露出了几根稀疏的头发，那几根头发似乎也在表达着愤怒之情；他两臂展开——胳膊习惯性地露在袖子外面，指向那个可怕的陌生人——这是一个因受到启示而极度兴奋的人所发出的强烈谴责。神父就这样站着，静静地站在那儿，那个英国人也镇定地站在他的对面。此时，周围人的焦虑不安与这两个人专注的表情形成了强烈的对比——他们就这样静静地注视着对方。"谁认识他？"奥拉维达神父缓过神来，问道，"谁认识他？是谁带他来的？"

客人们没有人承认认识这个英国人，每个人互相交头接耳，说："谁带他来的？"奥拉维达神父用手指着每一个人，一个个地问道："你认识他吗？""不！不！不！"每个人都极力否认。"但是，我认识他，"奥拉维达神父接着说，"从我头上冒出的冷汗便可得知！"说完，他擦了擦冷汗。"从我浑身不由自主地战抖便可得知！"他企图在胸前画个十字，可是没能成功。他提高了嗓音，显然这又增加了他说话的难度——"虔诚的信徒们都带着感恩的心来接受这些面包和酒，因为这是耶稣基督的馈赠；然而这个人的出现，就像那个叛徒犹大，使所有的一切变得十分阴险恶毒！——总之——我认识他，我命令他赶快离开这里！他是——他是——"说话间，他俯身向前，表情也由愤怒、仇恨和害怕变得十分恐惧。听到这些话后，所有的客人都站了起来——整个人群瞬间分化成两大阵营。一边是好奇的客人们聚在一起，不停地猜测："他是谁？他是什么人？"一边是那个纹丝不动的英国人和死死盯着他的奥拉维达神父。

············

尸体被搬到了另外一个房间。等到客人们都返回到大厅，他们才发现那个英国人已经离开了。人们又坐在了一起，讨论刚才那件怪事，最后他们一致同意都留在大厅里，以免英国人回来对尸体不敬。当大家正为这个决定暗自称好时，新娘的房间里传出了恐惧而愤怒的叫喊声。

大家赶紧前往那里，新娘父亲走在最前面。当他们冲入房间时，发现新娘已经死在新郎的怀里了。

············

新郎再也没有恢复理智，这个家庭从这个不祥的宅邸里搬了出去。其中一个房间租给了一个疯子，刚才你穿过那几个没人居住的房间时，就是他在叫喊。白天的大部分时间，他都很安静，但是一到午夜，他就会尖叫："他们来了！他们来了！"那声音十分恐怖，简直就不是人发出来的。然后，他就又会恢复可怕的平静。

奥拉维达神父的葬礼，也显得十分奇特。神父被葬在附近的一个修道院里,由于他圣洁的名声和奇怪的死因,参加葬礼的人很多。他的葬礼布道专门由一个具有雄辩之才的神父主持。为了增强布道效果,灵柩就摆在过道上,尸体的脸部也没有盖任何东西。主持的神父拿出了预先准备好的稿子:"死亡正在我们这里蔓延。"他强调着道德和正义的重要性,话语生硬拖沓,让人听了很不舒服。他滔滔不绝地讲述整个帝国的兴衰成败,但他的听众却不为之动容。他还列举了各种各样的圣人事迹,描述那些为了耶稣和圣母而流血和殉难的人是多么的光荣,但还是没能打动他的听众,他们似乎还在等待更能触动他们心灵深处的东西。当他痛骂迫害圣徒的暴君时,听众们的情绪被感染了,因为强烈的宗教情感总比道德情感更容易被激发出来。最后,谈到死者时,他用夸张的手势指着那具一动不动地躺在那里的冰冷尸体时,每一双眼睛都盯着他,每一双耳朵都在聚精会神地凝听。即使是那对假装把手指浸入圣水,实际上却在偷情的恋人,也停止了他们的行为,开始听神父的讲道。他滔滔不绝地赞美死者的高尚情操,并宣称死者是圣母玛利亚的爱徒;他还细数了由于死者的离去给整个社会乃至教会带来的巨大损失;最后他还当场激动地向上帝提出抗议:"我的上帝!为什么你要这样对待我们?为什么要把这个伟大的圣人从我们身边带走?如果能充分激发他的长处,就足以弥补圣彼得的叛教、圣保罗的反对,甚至于犹大的背信弃义!我的上帝!你为什么要把他从我们身边抢走?"这时,人群中发出一阵低沉而空洞的声音,说:"因为这是他的命运。"

人们对神父刚才的慷慨致辞极为赞同,他们的窃窃私语掩盖住了那个声音。但是,那个神秘说话人的周围却引起了小小的骚动。其他人则继续专注地听着神父的布道。神父指着尸体继续问道:"是什么?是什么让我们这位上帝的忠实奴仆躺在这里?""自大、无知和恐惧!"同一个毛骨悚然的声音又回答道。现在,整个人群都骚动起来了。神父停止了他的布道,人群为站在中间的他让出了一条路。

…………

在例行所有的规劝和告诫形式之后,调查此事的教区大主教亲自来到修道院视察,却没能从那个顽固的修道士口中得出任何消息。最后,在一次特殊的教士大会上,大家决定把他移交宗教裁判所。得知这个决定之后,修道士显得十分害怕,一次又一次地表示愿意告诉人们与奥拉维达神父之死相关的事情。但是,他的忏悔太迟了。他被移交给了宗教裁判所。宗教裁判所的审判记录极少公开,但据说还保留着一份关于他的供词和遭遇的秘密报告(我不能保证其真实性)。第一轮审判时,这个修道士说会说出他所能说出的一切。但是,这远远不够,他必须把知道的一切都交代出来。

…………

"你为什么要在奥拉维达神父的葬礼上制造恐慌?"

"在如此德高望重的神父的神圣葬礼上,每个人都有义务揭露这恐怖的事实真相,以表明对他的痛惜之情。如不这么做,我会后悔的。"

"你为什么要用这么奇怪的言论打断神父的布道?"他没有回答这个问题。

"你为什么拒绝对那番言论做出解释?"依旧没有回答。

"你为什么一直保持沉默？亲爱的教友，我向墙上的十字架祈求，"裁判官指着他身后挂着的十字架，"祈求在那里流淌的每一滴血①都能净化你的灵魂。但是，那些血加上圣母玛利亚的求情、所有殉难者的功劳，甚至教皇的赦免，也无法清洗你的罪过。"

"那么，我犯了什么罪过？"

"所有可能的罪过。在这最神圣、最仁慈的宗教裁判所，你拒绝回答问题。你拒绝告诉我们你所知道的有关奥拉维达神父之死的真相。"

"我已经告诉过你们，他死于无知和傲慢。"

"你这么说，有何证据？"

"他发现了人们隐藏已久的秘密。"

"是什么秘密？"

"如何找出罪恶之源的秘密。"

"你愿意说出这个秘密吗？"

"我主人不允许我说。"经过一番审讯后，他清晰又胆怯地说。

"如果你主人是救世主耶稣的话，他是不会禁止你服从命令，或者回答问题的。"

"我不知道！"他恐惧地尖叫起来。

审讯继续进行着。"如果你相信奥拉维达会被教会判罪，你为什么不在此指证他呢？"

"我认为，在这样的追问下他是不会服罪的。他的思想太脆弱了，他死于强烈的思想斗争。"这个囚犯强调着。

---

① 耶稣的血。（译者）

"那么,你认为,在我们调查此事的真相和动机时,保守这些可恶的秘密需要坚强的意志吗?"

"不,我想更需要强壮的体魄。"

"那么,我们现在就来试一下。"裁判官说完,就示意对他实施酷刑。

…………

囚犯勇敢地接受了第一轮和第二轮的拷问,但是在水刑的折磨下(对人来说,水刑确实难以忍受),他再也支持不住了,表示愿意揭露事实的真相。于是,他被释放了,第二天精力恢复后,他供认了一切……

…………

这个西班牙老妇继续给斯坦顿讲述……

…………

她曾听邻居们说,那天晚上他们确实见过那个英国人。"天哪!"斯坦顿不由得惊叫,他回想起那天晚上当他盯着那对被闪电击中的年轻恋人的尸体时,那个陌生人魔鬼般的笑声令他惊骇不已。

翻过模糊不清的几页纸之后,书稿越来越清晰,约翰·梅尔莫斯继续读着,他越来越迷惑,也越来越不满足,他想知道这则西班牙故事与他的先人(也就是那个叫梅尔莫斯的英国人)有何关联。他很想知道为什么斯坦顿认为跟着那个英国人到爱尔兰是件值得去做的事,而且还大篇幅地描写这个发生在西班牙的故事来"验证不真实的事",最后又把手稿留在他的叔叔家。约翰的惊奇感慢慢减弱。但是,在他费力读完下面几行之后,好奇心又被再一次点燃了——斯坦顿好像已经回到了英国。

....

大约在 1677 年，斯坦顿来到了伦敦，但他满脑子还是那个神秘的英国人。这种想法使他的外表发生了明显的变化——他走路的姿态，就像罗马历史学家萨勒斯特向我们描述的罗马政客加蒂兰那样。他时时刻刻自言自语道："如果我能追踪到那个人的话，我肯定不会称他为人。"之后，又继续说："但是如果我能追踪到他的话，那又能怎样呢？"怀着这些想法，他经常出入于各种娱乐场所。每当一种强烈的情感吞噬我们的灵魂时，我们就需要外界的刺激——通过外在的世界来释放压力，然而我们越依赖外界，就越蔑视这个世界乃至这世界上的所有事物。于是，斯坦顿频繁地出入于剧院，追赶着潮流：

> 此人正襟危坐，观看着宫廷之戏，
> 所有演员皆粉墨登场。

....

据贝特顿①所述，在那个难忘的夜晚，扮演罗克萨娜的巴里夫人与扮演斯塔蒂拉的鲍尔太夫人在演员休息室就一个面纱发生了口角，最后面纱判给了鲍尔太夫人。第五幕时，罗克萨娜再也抑制不住自己的愤怒了，她在舞台上用刀奋力地刺中了斯塔蒂拉。斯塔蒂拉当场昏倒，她的伤势很重，但没有生命危险，演出也因此取消。这个事故在剧场里引起了一阵骚乱，观众们都站起来看究竟发生了什么事，斯坦顿也在其中。这时，斯坦顿发现了坐在他前面的那个人，那

---

① 一个退伍军人。

正是他苦苦寻觅了四年的人——那个他在巴伦西亚平原见过的神秘而特别的英国人。

那英国人站在那里，装束很普通，但他的眼睛却让人永远无法忘怀。斯坦顿心跳加速，眼前发黑，每个毛孔都充满着恐惧，他开始冒冷汗，大声叫道……

…………

在斯坦顿还没完全清醒过来时，一阵柔美、肃穆而悦耳的音乐在他耳边响起，就像从地底慢慢透出来似的，然后不断升腾，直至弥漫整个剧院。他赶紧询问周边的人这种好听的音乐从何而来。但是，很显然，从旁人诧异的反应看来，他们都觉得他脑子有问题。而且，他那急剧变化的表情也足以证实人们对他的猜疑。接着，他想起了西班牙的那个夜晚，只有新郎、新娘听到了那一阵悦耳而神秘的音乐，而新娘当晚就死了。"难道我就是下一个受害者？"斯坦顿思忖着，"这些美妙的音乐，似乎是专为我们升入天堂而演奏的，实际上却是魔鬼的化身，以'升天'作为幌子，来嘲弄那些虔诚之徒，让他们步入万劫不复之地狱。"此时此刻，他的想象力已抵达顶峰，真是令人不可思议。此刻，他长期追寻未果的这个人，不管在肉体上还是精神上都已触手可及；此刻，在黑暗中总是折磨他的这个人即将揭开那神秘的面纱时，斯坦顿却产生了一种失落感，这就像是探险家詹姆斯·布鲁斯找到了尼罗河源头，历史学家爱德华·吉本完成了他的巨著《罗马帝国衰亡史》时的感受。这种在他的脑海中停留已久、并已被转化为一种责任的情感，似乎仅仅是一种好奇，然而，是什么样的情感会一直永不满足，并使他那种古怪的流浪行为也变得如此？在某种意义上，好奇就像爱情。因为一个陌生人的偶然出现，斯坦顿这样就显得焦虑不安，小孩子看了可能会认为可笑；但是，真正面临这种不可抗拒的、决定命运的关键时刻时，每个人都会变得痛苦不堪、浑身战栗。

戏剧结束后,斯坦顿在空旷的街道上站了一会儿。这是一个美丽的月夜,他看到附近有个人影投射在街道上,显得十分庞大(这里没有其他路可走,商店和邮局是行人唯一的庇护所)。由于长期置身于这种想象的阴影之中,他早已产生了这种征服恐怖的欲望。他走向那个人影,发现那只是一个普通人,长得并不高;慢慢接近之后,他更是惊讶地发现那人正是他在巴伦西亚见过一回,并经过四年苦苦追寻,终于在剧院认出的那个英国人。

…………

"你在找我吗?"

"是的。"

"有什么事情要问?"

"很多。"

"那么,问吧。"

"这不是说话的地方。"

"这不是说话的地方! 你这个可怜虫,我从来不受时间和空间的限制。如果你有任何想问或者想学的,赶紧说吧!"

"我确实有很多事要问你,但是,我是不会向你学习的。"

"你在欺骗你自己,下次我们再见面时,你就不会这么说了。"

"下次见面是什么时候?"斯坦顿激动地抓着他的胳膊,"告诉我时间和地点。"

"那将是一个正午,"陌生人恐怖而莫名其妙地笑了,"地点是在一个疯人院,你被囚禁在那里,喋喋不休地说着话。伴着脚镣的哐啷声和稻草的沙沙声,你会站起来向我问候——然而,你的思想和记忆仍受诅咒。这时,我的声音将会飘进你的耳朵。"

"我们一定要在如此可怕的情况下才能见面吗?"斯坦顿问道,他好像看到自己在陌生人那恶魔般的眼神的注视下浑身战抖。

陌生人用坚决的语气回答:"我从来不会抛弃身处不幸的朋友。当他们陷入痛苦的深渊时,我一定会造访他们的。"

约翰·梅尔莫斯继续看下去,根据书稿的记录,在随后的几年里,斯坦顿陷入了一种非常糟糕的境地。

斯坦顿本来就异于常人,由于经常谈论梅尔莫斯,他的精神状况开始恶化。他对梅尔莫斯的疯狂追踪,他在剧院的奇怪举动,以及他对各种聚会的特殊热衷,不仅不能说服他人自己很理智,反而使那些谨小慎微之人认为他精神错乱。而这些谨小慎微都掺杂着一种恶意。正如自私的法国思想家拉罗什福科所说,当朋友发生不幸时,我们会有一丝快意;当敌人发生不幸时,我们更是拍手称快。(而且每个人都视天才为敌人,因此,他身染重病的传闻迅猛地被传播开来。)斯坦顿的一个穷亲戚,做事毫无原则,见流言四起,便设下了一个圈套。一天早上,那个亲戚在照顾斯坦顿,但身边多了一个神情严肃得颇让人反感的人。斯坦顿像往常一样,表现得心不在焉、焦躁不安,几番交谈之后,亲戚提议带他去伦敦郊外兜兜风,以使他的精神好起来。但是,斯坦顿拒绝了,因为当时雇一辆马车很困难(那个时期的私人马车数量虽然比现在少多了,但远远超过出租马车的数量),之后,他建议走水路。然而,这个建议完全不符合那个亲戚的计划。接着,那亲戚假装去叫马车,实际上马车早已等在街尾,于是,斯坦顿和他的同伴们都坐上了马车,并且行驶到了距离伦敦两英里远的郊外。

马车停了下来。"表哥,快来,"斯坦顿的亲戚叫嚷着,"快来看看我买的这个房子。"斯坦顿心不在焉地笑了笑,跟着他进了一个院子,另一个人跟在后面。"老实说，表弟，"斯坦顿说，"你的选择似乎不太明智，这个房子有点阴暗。""不要这么快就下定论，表哥，"那亲戚接着说，"我敢保证，只要你在这里住上一段时间，你就会喜欢上它的。"一群长相平庸、形迹可疑的侍从站在门口迎接他们。他们登上狭窄的楼梯，楼梯直通向一个装修简陋的房间。"我出去一下，"斯坦顿的表弟对那群人说，"你们待在这儿，不要把我表哥一个人晾着。"最后，只剩下那群人和斯坦顿了。斯坦顿并没有注意那群人，而是仍像往常一样，拿起离他最近的一本书，然后看了起来。这是一部手写稿，与现在相比，那时候的手稿要常见得多。

手稿的开头就把他牢牢吸引住了，因为从中可以看出这个手稿作者的奇特想法。这是一个疯狂的提议（显然是写于伦敦大火之后）：用石头重建伦敦——作者还建议挪用英国的史前巨石柱。为了更具说服力，作者还在书稿上附着人工预算，这看上去十分疯狂、荒谬，但却煞有其事。书稿最后还增添了几幅草图，上面画着用来装运巨石的设计奇异的动力装置。旁边还有一行注释："我本来能够画得更精确一些，但是，却找不到一把'小刀'来削笔。"

手稿透露出作者是个伟大而沮丧的文人。文中透露出了他的忧郁，当中引用了一些荒诞的诗句，作者注明是出自戏剧诗人李之手，开头是这样写的：

哦，我的心脏如豌豆般跳动！

但是，除了这些诗句是当时盛行的四行诗之外，没有其他证据能证明这些悲伤的诗句是李所作。奇怪的是，斯坦顿就这样静静地读着这个手稿，一点都没有意识到自己身处险境。他竟然被疯人院中的一个手稿吸引，而完全不顾自己身在何处，很明显，这本书是有人故意放在这里的。过了好久,斯坦顿环顾四周,才发现他的表弟已经走了。房间的门铃十分奇特。他走向门口,门却被紧紧闩牢了。他大声叫喊,那群人也跟着他大声叫喊,但是他们的语气却十分古怪、极不协调,因此他不自觉地停止了叫喊。日子一天天地过,一个外人也没有出现,他试图从窗户逃走,但是却发觉窗口装了铁栅。窗子外面是一个铺着石板的小院子,那里一个人也没有;即使有人,那也是毫无人性的。

斯坦顿被这种难以言说的恐惧折磨着,瘫坐在窗边,"期待着有朝一日能离开这里"。

…………

到了午夜,斯坦顿开始打瞌睡,可由于椅子太硬,他靠的那张桌子也不够长,他一直处于半睡半醒的状态。

置身于黑暗之中,斯坦顿为自己身处险境而感到恐惧;甚至有一刻,他都觉得自己就是这群疯子中的一个。他走向门口,竭尽全力地摇晃着房门,声嘶力竭地叫喊,叫喊声中夹杂着一种抗议与命令的语气。不一会儿,上百个声音也跟着他叫喊起来。精神病患者都有一种莫名的怨恨,而且某些感觉也异常灵敏,特别是在辨别陌生人的声音方面。斯坦顿感觉,他所听到的每一声叫喊都像恶魔们的欢呼,欢呼他们终于多了一个同伴。

筋疲力尽之后,斯坦顿停止了叫喊,这时,楼梯上响起了一阵很大的脚步声。门开了,一个满脸凶残之色的人出现在门口,后面好像还站了两个人。

"恶棍,放我出去!"

"闭嘴,伙计,为什么这么吵?"

"我在哪?"

"在你应该在的地方。"

"你敢关押我？"

"是的，而且不仅如此。"那个恶棍回答，用鞭子抽打斯坦顿的背部和肩膀，直到他倒在地上，痛苦地抽搐。

"现在，你该知道在哪儿了吧。"那个恶棍在他前面挥舞着鞭子，说道，"听着，伙计，不要再发出任何声音。哥儿们已经为你准备好了手铐，鞭子一抽，就能发出叮叮当当的响声，当然除非你喜欢另一种方式。"说完，他后面的两个人耀武扬威地走进房间，手里还晃荡着脚镣，没有人敢招惹他们。听着他们刺耳的脚步声，斯坦顿的血液凝固了，这招的确管用。斯坦顿明白了自己的悲惨处境，他恳求这个残酷看管者的饶恕，并表示完全服从他的命令。恶棍这才平息了怒火，冷笑着走了。

斯坦顿想尽一切办法逃离厄运。深思熟虑之后，他认为最好的办法就是表面服从和保持安静，以此来取悦他们；通过表面顺从，他能使他们放松警惕，以最终有利于他的逃跑计划。因此，他决定最大限度地保持安静，不让房间里的其他人听见自己的声音；他制定了几个计划。

在那个非同寻常的夜晚，他孤注一掷地对这些方法进行了检验。斯坦顿的隔壁，住着两个性情完全不同的邻居。其中一个房间住着一个清教徒织布工，他被著名牧师修·皮特斯的布道逼疯，之后被送进了疯人院。白天，织布工想象着自己在秘密集会处布道并取得了巨大成功；夜幕降临时，他的想法就变得有些悲观；午夜时分，他就开始亵渎上帝，变得十分恐怖。另一个房间住着一个忠诚爱国的裁缝，因为骑士和贵妇们向他赊账而负债累累（因为从那个时期到安妮女王统治的时期，女人们都喜欢请裁缝做衣服，以彰显她们的地位），最后他因为酗酒以及对英国尾闾议会的忠诚而发疯。从那之后，整个疯人院不时回荡着不幸的洛夫莱斯上校之歌，上演着一幕幕英国剧作家亚伯拉罕·考利的《科尔曼街头的刀》,或者女剧作家阿弗拉·贝恩的作品——文中,骑士们都被誉为英雄,戏中女主角兰伯特小姐和德斯伯勒小姐携带着《圣经》外出会面,最后都爱上了被放逐的骑士。裁缝的叫喊声十分可怕,但比起随之而来的尖叫声,就只如婴儿的呻吟一般微弱——那种尖叫声一响,整幢大楼都会颤抖起来。这是另外一个疯子的声音,在可怕的伦敦大火中,她失去了心爱的丈夫和孩子——那些她赖以生存的人——最终也发了疯。在她的印象中,伦敦大火每周都准时上演。自从那个可怕的夜晚以来,她都睡得不踏实。她发作的时间也在星期六——这是她每周一次精神病发作的日子,每到这时她还会表现出明显的暴力倾向。在梦中惊醒以后,她就忙于从大火中逃生,她就以这种歇斯底里的方式重演着伦敦大火逃生的那一幕。这种情况下,斯坦顿在她的歇斯底里的掩饰下逃生,远比借助他的两个邻居要危险得多了。她开始大声叫喊,她快要被烟呛死了,然后她从床上跳起来,强烈要求拿灯来,然后又被房内突然亮起的灯震慑住了。

“世界末日来了!”她大声喊道,“世界末日来了! 上帝也着火了!”

“除非恶魔被消灭,否则那一天是不会到来的,”织布工回应着,“你狂喊灯和火,可是你的灵魂却藏在最黑暗处。我怜悯你,可悲的人,我怜悯你!”

这个疯子一点都没听织布工的话,她好像在爬向通往她孩子房间的楼梯上。她不时地大叫,她快要被烧焦了,快要窒息了;她再也没勇气进去了,她退缩了。“但是,我的孩子在那里!”她痛苦地叫嚷着,又似乎在尝试另外一种方法,“我在这里……我来救你们了……哦,我的上帝! 他们身上着火了! ……抓住我的胳膊……哦,不,不,我的胳膊已经烧焦了……是的,都烧焦了……抓住我的衣服……不,它们也着火了！……好的，抓住我，虽然我也着火了！……哦，他们的头发，在嘶嘶作响！……水，给我最小的孩子一滴水吧！……他还只是个婴儿……放过他吧，来烧我吧！"突然之间，房间里陷入了一片寂静，她仿佛看见一个着火的椽子掉在她所在的楼梯上，楼梯被砸了个粉碎……"屋顶砸到我的头了！"她大声尖叫。"大地是脆弱的，人类也是脆弱的，"织布工在那边吟唱，"让我来拯救你们吧！"

这个疯子清楚地记得她差点被砸死的地方，尖叫一声之后，她平静地盯着从废墟中找出的婴儿，陷入了对火灾的回忆中。"他们走了……一个……两个……三个……所有的人！"她的声音越来越小，好像在喃喃自语。当想到自己"站在安全却令人绝望的大地上时"，她就像威势不再的暴风雨一样，变得越来越虚弱，冷得直发抖。在大火之后那个可怕的夜晚，她与上千个无家可归的受害者一起聚在伦敦郊外，没有食物，没有房屋，也没有衣服。所有人都望着废墟，想着那些曾经属于他们的家和财产。她似乎在倾听他们的抱怨，甚至伤感地回应着他们的不幸，但她总用同一句话来回答他们："可是，我失去了我所有的孩子们……所有！"这件事非同小可，当这个受害者发狂似地开始咆哮时，其他所有的人都沉默了。她是这个院子里唯一一个不是因为政治、宗教、酗酒或者异端崇拜而发病的病人。尽管她的爆发是那么恐怖，可斯坦顿却渐渐开始期待这个声音，把它作为其他疯子刺耳、忧郁、滑稽的胡言乱语中的一种慰藉。

但是，由于斯坦顿对这个地方的极端厌恶，他的方法越来越不奏效，感性逐渐战胜了理性。他再也无法忍受每天晚上恐怖的尖叫声，以及为了让尖叫声停止的鞭子抽打声。他开始陷入绝望之中，因为他发觉，对于那些麻木不仁的看管员来说，这种假装的顺从与安静根本不起作用（他原先以为，这能使他们放松警惕，并有助于他逃跑；或者至少能让他们确信，他是心智健全的），可他们见识过太多的疯子，这种顺从在他们看来,只是一种更为高明的伪装手段,他们反而会严加看管。

最初,在认清自己的处境时,斯坦顿决定在环境许可的条件下,最大限度地照顾好自己,这是他得以逃脱的最基本条件。但是,随着希望的逐渐破灭,他不再积极地做出各种努力了。一开始时,他每天早起,不停地在房间里行走,不放过任何一个出去放风的机会。他非常讲究个人卫生,不管有没有食欲,都按时吃下那些难以下咽的饭菜。做出这些努力时,他觉得十分愉快,因为希望就在前方。但是,现在,他松懈了,不再积极地做这些事情。在本该吃饭、刮胡子和换衣服的时候,他却还躺着不起;当太阳照进房间时,他翻了一个身,发出一声悲伤的叹息。之前,当他呼吸着从窗口飘来的新鲜空气时,会说:"天国飘来的空气啊,自由之后,我一定要多吸几口!到了那时,我也会像你一样自由自在!"现在,他什么话也不说,只是对着空气叹息。麻雀的叽喳声,雨水的滴嗒声,风的呼啸声,这些都是他以前喜欢坐在床上聆听的来自大自然的声音,可是现在,他却无动于衷。听着可怜的同伴们的叫喊声,斯坦顿时而闷闷不乐,时而狂笑不止。他开始变得肮脏、萎靡、迟钝,而且衣衫不整。

············

又是一个黑暗的夜晚,斯坦顿在让人恶心的床上辗转反侧,难以入眠。那床比无法逃脱的念头更恶心……他感到壁炉里微弱的光芒似乎被什么东西挡住了。他缓慢地转向那里,可既不惊奇,也不兴奋,他感到房间里有一种不同以往的特别的忧郁气息,却怀着一种改变这种可怜的孤独感的期望。就像斯坦顿第一次见到梅尔莫斯时那样,梅尔莫斯就那样站在壁炉前面,脸上的表情依旧冷酷、无情、刚硬,眼睛依旧闪烁着恶魔般的光芒。

斯坦顿的精神为之一振,他感觉这个灵魂似乎是专门被召唤来与他会面的。他听得到自己的心跳声,就像李的诗歌中描述不幸的女主人公时那样:"行军的号角已经吹响! 但是,心儿就像临上战场时的懦夫一般,战栗不已!"

梅尔莫斯沉默地走向他,沉默得十分可怕,似乎在嘲笑他的恐惧。

"我的预言应验了——伴着脚镣的哐啷声和稻草的沙沙声,你会站起来向我问候——我难道不是真正的预言家吗?"

斯坦顿保持沉默。

"你的处境不悲惨么?"

斯坦顿仍然保持沉默,因为他觉得这只是一种幻觉,并且心中默想着:"他是怎么进来的呢?"

"你难道不想出去吗?"

斯坦顿踢了踢稻草,稻草的沙沙声就是他的答案。

"我能把你从这儿救出去!"梅尔莫斯的语调缓慢而柔和,这与其冷酷无情的外表以及焕发着魔鬼般光芒的眼睛形成了鲜明的对比。

"你是谁? 你从哪里来?"斯坦顿故作镇定,以一种质问和命令的语气问道,但是,由于斯坦顿本来就体弱多病,不一会儿,他就变得十分虚弱和暴躁。长期幽暗的禁闭生活极大地影响了他的智力,他还被医生诊断患上了白化病——他的皮肤泛白,眼睛也变白了。他还惧怕光,光线的照射会使他憔悴不安,他更像是一个生病的婴儿,而不是一个痛苦挣扎的男人。

这就是斯坦顿的处境。他现在很虚弱,无论是在精神上还是体质上,敌人都比他强大。

…………

在他们所有可怕的对话中,只有这几句话是清晰可见的。

"现在,你知道我是谁了吧。"

"我一直都知道。"

"不，你不知道。你以为你知道了，其实正是这点害了你……你最终被囚禁于此也是这个原因。这里，只有我能找得到，也只有我才能把你救出去。"

"你这个恶魔！"

"恶魔！——多么尖酸的话啊！——到底是恶魔还是人把你弄到这里的？——听我说，斯坦顿。不，不要用毯子把自己裹起来——那并不能隔绝我的声音。相信我，即使你被乌云笼罩，你也仍然听得到我说话！斯坦顿，想想你的不幸。这些光秃秃的墙壁，它们对你的理智抑或感觉有何意义呢？白色的石灰墙上，布满了各种各样木炭和红粉笔的涂鸦，这些可都算得上是房间以前的主人留给你的礼物啊。你对绘画的鉴赏能力也真是独树一帜啊……我相信你会有很大的提升空间。这里还有一个铁窗，太阳就像一个继母一样斜眼看你，微风轻轻吹过，就像在叹息你永远也不能亲吻到它。你的藏书室在哪儿……智者……旅行家？"

梅尔莫斯继续挖苦道："你的同胞在哪里，难道在你最爱的莎士比亚那儿？蜘蛛和老鼠在你的床上床下乱窜乱咬，你一定很满意吧！我知道巴士底狱的囚犯们都会为同伴们准备这些东西……为什么你还不实施你的计划？我知道，蜘蛛会下来停在你的指尖，当饭送来时，老鼠会来与你共餐！……有害虫做伴，你该多么惬意啊！是啊，没有筵席的时候，它们就会把自己的东道主当美餐。你在发抖，那么，你会是第一个在自己的牢房里被老鼠活活吃掉的囚徒吗？……多么有趣的筵席啊，不在于你吃什么，而在于你如何被吃掉。你的客人们，当它们吃你的时候，会表现出一丝悔意；它们咬牙切齿的声音，你听得到，也能感受得到！……然后是盘中餐……哦，你相当的美味！……猫把汤舔光了（她的猫崽子们早已变成了肉汤）。为什么不呢？而后，你长时间独处并饥肠辘辘，接踵而至的是疯狂的号叫、鞭子的抽打以及悲伤的啜泣，你被他们逼疯了！斯坦顿，在这种情况下，你还能保持理智吗？即使你的理智丝毫没有受损，你的健康也没有受损……当然，这些只是假设，我们只不过猜测一下你经历了这些事情之后的感受。

"…………

"那一刻即将到来，到时候，你会因为习惯而像周围的疯子那样，回应着别人的尖叫；然后，你又会停下来，痛苦地抱着头，竖起耳朵焦急地听，想要知道尖叫声到底是来自你自己，还是来自别人。那一刻即将到来，到时候，你会百无聊赖，可怕的空虚感不断向你袭来；听到周围人的尖叫，你既害怕又焦虑；看到隔壁的人疯言疯语，你就像在看戏一般。你所有的人性都将泯灭一空。你将上演他们的疯言疯语，你仔细留意这些尖叫声，然后时而做鬼脸，时而发出恶魔般的吼声来嘲讽他们。

"…………

"人的大脑具有一种适应新环境的本能，你将经历一次最可怕、最可悲的思想体验。之后，你就会怀疑自己是否心智健全，甚至开始害怕自己已经精神错乱，而出现这种害怕是必然的趋势。更加可怕的是，这种害怕会转变成一种希望——你被囚禁在那里，被麻木不仁的看守员看管着；你被幽禁的痛苦无处发泄，没有人跟你交流，没有人同情你，你只能跟那些死去的幽灵交流思想；当听到正常人友好的声音时，你却认为是魔鬼的怒吼，拒绝他们对你的'亵渎'——由此，你的恐惧将最终转变成可怕的希望：你希望自己也成为疯子中的一员，以摆脱'众人皆醉我独醒'的痛苦。

"就像那些长时间在悬崖边上往下看的人一样，到了最后关头会产生纵身一跳的想法，从而从那种无法忍受的'天旋地转'的诱惑中解脱出来。当你听到周边的人狂笑不止时,你不禁叹息:'这些不幸的人尚有一丝安慰可言,我却什么也没有。在这种可怕的地方,理智就是最大的不幸。他们狼吞虎咽地吃着那些少得可怜的饭菜,我却觉得十分反胃。他们有些时候能睡得很香,而我睡着的时候,却比他们醒着的时候还要糟糕。他们每天早上醒来之后,都有一些美好的幻想,幻想他们能逃离这里,以牙还牙地对付那些看管员,而我的理智却致使这些幻想破灭。我知道我将永远无法逃脱,这种清醒的意识加剧了我自身的痛苦。他们的不幸,我全都有——而他们的快乐,我却一无所有。他们在笑——我听得见,我能像他们那样笑吗?'于是,你开始祈祷,乞求恶魔早日到来,从那一刻起,永久地带走你的灵魂。(梅尔莫斯的威逼利诱实在太多、太可怕,不便一一列出。这里仅举此例,以供参阅。)

　　"你会开始相信,一个人的理智是与灵魂分离的。换句话说,即使你的理智已经被摧毁(你确实快要丧失理智了),你的灵魂却在享受这种理智的无限扩大与激情驰骋,所有的乌云已被正义之光所驱散,你希望能永远沐浴在这种阳光之中。现在,不需要对理智与灵魂做形而上的分析,经验已经告诉你,疯子什么事情都做得出来,搞破坏是他们的专长——改变别人的生活习惯、扼杀别人的消遣娱乐,以及嘲讽别人的自得其乐。在这种情况下,灵魂是否还有救,这就要靠你自己来判断了。我认为,失去了理智(在这种地方,理智是无法长存的),你也就失去了希望。"

　　"听,"这个魔鬼停顿了一下,接着说,"你隔壁的那个疯子又在胡言乱语了,那是可怕的开始。他曾经是个有名的清教徒传教士。白天的大部分时间里,他都想象自己在布道,并公然宣称教皇党人、阿米尼乌斯教派和堕落后拯救论者都要下地狱(而他自己也是个堕落后拯救论者)。接着,他口吐白沫,咬紧牙关,痛苦挣扎着。你可以想象,他在自己描述的地狱里被痛苦地折磨着,嘴里还不时吐出大量的火焰和硫烟。到了晚上,他的宗教信仰开始作祟,他意识到自己才是被自己谴责的堕落者,于是就开始咒骂上帝该死的判决。白天还是他最可敬、最可爱的人,到了晚上却成了他最诅咒的人。他与床上的铁栏杆搏斗,说这就是耶稣被钉死的地方,他要彻底根除。他白天的布道是多么激烈、生动,富有说服力,而晚上对上帝的亵渎又是那么可耻、骇人!……听!现在,他以为自己是魔鬼,听听他那恶魔般的演讲吧!"

斯坦顿默默地听着,全身都在发抖。

…………

"逃跑吧!——为了活命而逃跑,"这个魔鬼大喊,"去享受生活、自由和健全的心智吧!能否重享人群的幸福、重获精神的力量、重塑道德的信仰,这都取决于你此刻的选择。——这是出去的门,钥匙就在我手里。——选择吧!——选择!"

"钥匙怎么会在你手里?你释放我的条件是什么?"斯坦顿问道。

…………

那个解释占据了好几页篇幅,但是非常模糊,难以辨认,约翰·梅尔莫斯看得十分心急。结局好像是这样的:斯坦顿既愤怒又恐惧,最终拒绝了那个恶魔的条件,因为约翰能辨认出这几句话:"滚开,恶魔,妖怪!……滚回家去!你在这里,整座院子都害怕了;当你在这里行走时,墙会冒汗,地板会战抖。"

…………

这个非同寻常的手稿的结尾部分是这样的:长达十五页的纸稿已经发霉,而且支离破碎,约翰根本看不清上面的字。这种心情就像那些古文物研究者一样,当他们用战抖的手打开从赫库兰尼姆城废墟中挖出的原始手稿时,他们满心期待能够找回维吉尔的作品《埃涅阿斯纪》中遗失的部分、彼得罗纽斯和马提雅尔的妙语隽言、对古罗马硬币斯宾特力上面神秘图片的记载,或者是对那些生殖器崇拜仪式的描述,而结果是各番努力都付之东流,他们只能盯着那个手稿,摇摇头,为自己没有圆满完成任务而感到沮丧。但是,手稿的残缺丝毫没有减少约翰的热情,反而勾起了他的好奇心。

手稿再也没有提到梅尔莫斯,但最终斯坦顿被释放,他依然不知疲倦地追踪着梅尔莫斯,并自认为是一种疯狂的表现。他还承认,这不仅给他带来激情,同时也是一种折磨。他再一次游走于欧亚大陆之间,然后回到了英国。他不停地追踪、调查,甚至贿赂别人,但全都无功而返。有生之年,他是注定了无法再见到那个人,那个他曾经在奇特境遇下相遇三次的人。至少,他知道了那个人出生于爱尔兰,然后,他毅然决然地去了那里,而结果也是无功而返。根本没有人知道那个人。那个人的家族对他也是一无所知,或者至少在陌生人面前他们讳莫如深,斯坦顿只好失望地离开了。更奇怪的是,斯坦顿再也没有在手稿的其他部分袒露他和梅尔莫斯在疯人院的谈话细节;即使是进行很微妙的暗示时,斯坦顿都会陷入一种令人担忧的激动和悲恸中,这令人感到十分惊讶。斯坦顿最终把手稿留在了那个人的家里。从他家人的冷漠和对那个人的漠不关心,以及没有阅读手稿或书籍的习惯看来,手稿放在那里是绝对安全的。事实上,斯坦顿就像是一个在海上不幸遇难的人一样,把求救信密封在一个瓶子里,然后任由它随波逐流。手稿的最后几行十分清晰,也极其特别:

"我找遍了每一个角落,想要见到他的欲望就像一团火焰,在我心中燃烧。他已成为我活下去的唯一理由。后来,我又在爱尔兰找他,却无功而返,不过,在那里,我发现他是一个爱尔兰人。也许,我们的最后一次见面就在……"

这就是约翰在他叔叔的密室里找到的书稿的结局。读完手稿，约翰趴在附近的一张桌子上，头枕着手臂，他有点恍惚，脑子里一阵迷乱的兴奋。过了一会儿，约翰忽然抬起头，发觉那个画中人正盯着他。他坐的地方离那幅画不到十英寸远，无意中，一束强光投射过去，约翰觉得它离自己越来越近了，画中人好像成了一个活人。有一刻，约翰觉得它正要向自己解释些什么。

约翰回瞪它，屋子里一片寂静。只有他们两个。最终，幻觉消失了，约翰想起了叔叔要他毁灭这幅画像。他抓起画。他的手在颤抖，画框中的人像似乎在鼓励他。他把它从画框中扯出来，发出夹杂着恐惧与胜利的呐喊声。可画像落在了他的脚上，约翰不禁全身战栗。他期待听到一些可怕的声音，一些难以想象的骇人的呼吸声，因为他觉得，从自家墙上撕掉祖先的画像是一种亵渎。他停了下来，凝神细听……"既没有声音，也没有任何回答"；但是，当褶皱的、撕破的画像掉在地上时，画像中的人露出了一丝微笑。一瞬间，约翰觉得画像中的人复活了。他捡起它，冲进了另一个房间，又撕又剪，急切得想看到这些碎片在火中燃烧殆尽。当最后一张碎片点燃后，约翰躺到了床上，想要好好睡一觉。他已经完成了叔叔的遗愿，而且身心俱疲，可是，他却没能安心睡上一觉。火炉里乖戾的火焰时时困扰着他，那些碎片虽已燃烧，但没有消失殆尽。他辗转反侧，火炉里始终有一束红光在燃烧，没有熄灭，屋子里的家具也依旧暗淡。那天晚上的风很大，门链发出嘎吱嘎吱的响声，就像有人站在外面，用手敲打着门锁。他看见画像上的祖先出现在门口，这到底是不是在做梦（约翰自己也无从得知）？他就像在叔叔去世的那天晚上第一次见到那人时那样疑惑。他看见那人进了房间，向他的床靠近，在他耳边低声说："你把我烧了，但是，我能在火焰里生存……我还活着……就在你的身边。"

约翰惊醒了,他从床上跳起来。天已经亮了。他环顾四周,房间里没有其他人,只有他自己一个人。他感觉自己的右手腕有点疼痛。他看了一下,那里紫一块,青一块,好像刚从一个强有力的手中挣脱出来。

（陈逢丹 译）

睡谷传奇

［美］华盛顿·欧文

在哈德逊河东岸，分布着许多锯齿状河湾，其中有一处河面开阔，古荷兰航海人称之为塔班湖。航海人经过这里时，总是小心地收帆减速，祈求圣·尼古拉斯的保佑。这里有个农村集镇，有些人把它叫作绿堡，不过，人们更多时候称之为逗留镇。这个名称似乎更恰当。据说，这个名字是从前附近的农村家庭妇女给起的，因为在赶集日那天，她们的丈夫总要到镇上的酒馆去坐坐，流连忘返。话虽如此，我可不能担保这是事实，只是为了听起来更可信，提提罢了。离这个村子不远约两英里处，有个小山谷，或更确切地说，是个群山环绕的小山坳，那是世界上最幽静的地方。一条小溪悄悄地穿过，水声汩汩，令人昏昏欲睡。只有鹌鹑偶尔的鸣叫声或啄木鸟的剥啄声才打破这始终如一的宁静。

我记得，当我还是个毛头小伙时，我第一次打松鼠的丰功伟绩就是发生在这山谷一侧的一片高大的胡桃林里。我逛到这里时，恰是正午时分，一切都出奇的安静。我咆哮的枪声打破了四周安息日的宁静，愤怒的回声在山谷里回响，久久不息，把我自己吓了一大跳。要是我想找个什么地方，远离尘世间的烦恼，默默地虚度多灾多难的余生,这个小山谷是再理想不过的了。

由于这个地方慵懒悠闲的气氛和当地居民独特的性格——他们是荷兰移民的后裔——长期以来,这个幽静的山谷都被称为"睡谷",而村里的男孩则被邻村的人叫作"睡谷男孩"。一种昏昏欲睡的、梦魇般的力量似乎笼罩着这片大地,弥漫在周围的大气中。有人说,一位日耳曼大巫医曾在荷兰人统治时在这里施过魔法;另一些人断言,有一个印第安老酋长,也是他们部落的先知或术士,曾在亨利克·哈德逊船长发现此地之前在这里举行过各种仪式。确实,这个地方仍然处在某种巫术力量的控制之下,它蛊惑了善良的人们的头脑,使他们生活在幻想中。他们沉湎于各种神奇的说法,总是恍恍惚惚,想入非非;他们常常看到奇异的景象,并能听到空中的音乐和人声。这个地方流传着许多本地的奇谈怪说,据说有许多闹鬼的场所,以及很多说不清的迷信事;山谷里流星飞射、陨星闪耀的事也要比其他地方多,而梦魇和她的九个精灵似乎把这里耍成了她们耍闹的最佳场地。

然而,在这个地区最主要的那个幽灵,却是一个骑在马背上的没有头颅的家伙。它常出没于这个被施了魔法的地区,俨然成了这里众鬼神的统治者。有人说,那是一个黑森骑士的鬼魂,在革命战争的一次无名战役中,骑士的脑袋被一颗炮弹给炸没了。常有人见到这个无头骑士在夜间飞快地游荡,犹如乘坐在风的翅膀上。它不光在这个山谷中游逛,而且还到邻近的路上,尤其是到不远的教堂里游逛。事实上,当地几个最权威的历史学家收集并仔细地核对了关于这个幽灵的种种传闻,他们声称那个骑士的尸体是被埋在教堂墓地了,其鬼魂每晚骑着马在战场周围寻找自己的头颅。他们说它有时在山谷中如旋风般急速游荡、匆匆忙忙,是由于它要迟到了,因为它急着要在天亮前返回到教堂的墓地里。

这就是这个传奇故事的大意,它给这鬼影幢幢之地的许多野史故事提供了素材。家家户户在围着壁炉闲谈时,都把这个幽灵叫作"睡谷的无头骑士"。

值得注意的是,我所提到的耽于幻想的倾向并不是睡谷的当地人所独有的,任何人在这儿住上一段时间后都会不知不觉地受到感染。无论他们在进入这昏昏欲睡的山谷前有多么清醒,过不了多久,他们一定会吸入大气中的魔力,变得善于想象,并梦见幽灵,看到鬼魂。

我用尽一切赞美之词来描述这个安详的地方,正是在这样一个偏僻的小山谷里,人们的思想、行为和风俗习惯才能一成不变地保留下来。移民和改革的洪流使得这个不平静的国家的其他地区发生着日新月异的变化,对于这些小山村却毫无影响。睡谷这样的地方就像是隐藏在幽僻处的一汪静水,任由一股急流从边上奔过。我们常看到稻草和泡沫在这样的港湾静静地停泊或缓缓打圈,却能丝毫不受到奔腾而过的急流的干扰。虽然从我第一次踏上睡谷这片昏昏然的土地算来,已过了多年,但我相信我仍能在那里找到同一片树林和树荫下的同一户人家。

在这大自然偏僻之地,大概三十年前,这儿生活着一位受人敬重的人物,名叫伊卡包德·克莱恩。他暂住在睡谷,或照他自己所说,"逗留"在此是为了教育这一地区的孩童。他是康涅狄格州人,康州一直在为合众国提供教育和伐木的先锋,每年都向外输送大量的伐木工人和乡村教师。克莱恩[①]这个名字对于他来说,可谓恰如其分,他个子高高的,却非常瘦,窄肩,长胳膊长腿,双手伸出袖管老远,双足大得就像铲子,各个部位松松散散地凑在一起,顶上扁平的小脑袋上长着一双大大的耳朵,一对大而无神的绿眼睛,还有个如鹬嘴般又

---

① 克莱恩(crane)在英语里是"鹤"的意思。(译者)

长又直的鼻子,所以看起来就像是一只风信鸡栖息在那装了轴的脖子上,会随风而动。要是在大风的日子里看到他沿着山坡阔步前行,他的衣服鼓鼓地随风飘动,你也许会误以为是从玉米地里跑出来的稻草人。

他的校舍是一个只有一个大房间的平房,用大圆木简单地搭建而成。窗子上有的装上了玻璃,有的则用一页页旧的习字帖遮挡了事。没人时,就用柳树条缠住门把,木桩别在百叶窗的窗棂上,如此巧妙的设计使得房子非常安全。这样,即使有小偷能轻松地进入,出来就不那么容易了。这个主意很可能是借鉴了建筑师约斯特·范豪敦从提鳗鱼的篓子中得来的诀窍。校舍的位置相当偏僻,但环境宜人,它位于小山脚上,山上林木葱葱,一条小溪从边上流过,屋旁边长着一棵粗壮高大的桦树。在昏昏欲睡的夏日,屋子里传出学生们低声朗读课文的声音,就像蜂房嗡嗡作响。这种声音时而被先生威严的声音打断,或是威胁,或是命令,间或还会传来教鞭吓人的声响,那是先生在激励某些仍游荡在通往知识乐园的花径上的后进生。说实话,克莱恩先生是个负责任的人,他时刻铭记着这么一句金玉良言:"省了棍子,害了孩子。"当然,伊卡包德·克莱恩的学生是没有被宠坏了的。

然而我并不认为他是那种以折磨学生为乐的学校暴君。相反,他能在执行法纪时区别对待而不是一味严厉,常把责任从弱者转移到那些强壮的学生身上。他对那些一看到教鞭稍稍挥动就吓得退缩的小孩,往往不予追究;但是公正起见,那些在桦树条下越打越犟,桀骜不驯,穿着宽厚罩衣的强壮顽固的荷兰小淘气鬼,则会受到加倍的惩罚。他把这一切说成是替他们的父母尽管教义务。他从不再打那些做过了保证的学生,他说这些孩子会永远记得这顿鞭打并将终身感激,他以此来慰藉那些挨了打后疼痛不已的顽童。

放学后,克莱恩先生就变了样,他甚至成了大一点的孩子们的玩伴。假日午后,他会护送某些年幼的孩子回家,这些孩子碰巧有漂亮的姐姐,或是有一位做菜手艺远近闻名的妈妈。事实上,他很有必要与学生们保持良好的关系。他教书的收入很少,几乎不够他每天的伙食,因为他是个大胃王,虽然瘦,却有着大蟒般的大胃口。为了弥补生计,按当地习惯,他到学生家里寄宿入伙,每家他都会住上一星期,然后把全部家当用一块棉手帕一包,随身带上,挪到另一家宿食。

这些乡巴佬总觉得送孩子上学是个令人心痛的负担,而那个教书先生纯粹就是个寄生虫。为了使这些乡村恩人的经济负担不至于太过沉重,他掌握了多种方法使自己对寄宿的家庭显得既有用又令他们愉快。有时他帮助他们干点轻活,晒晒干草,修修篱笆,或饮一下马,把牛从草场赶回来,为过冬砍点柴火,等等。而且他放下了在学校这个小帝国里的一切师道尊严和绝对权威,变得出奇的文雅又善解人意。通过爱抚孩子们,特别是最小的孩子,他获得了母亲们的好感。就像过去勇猛的狮子曾经宽宏大量地养育羊羔一样,他会坐着把一个孩子放在膝头,另一只脚不停地摇着摇篮。

除了教书以外,克莱恩先生是邻里的歌唱大师。靠指导年轻人唱赞美诗,他挣了不少锃亮的钱币。在礼拜日与唱诗班站在教堂的前台,这对克莱恩来说可是一件大大长脸的事,他觉得自己已完全抢了牧师的风头。的确,他的声音远远盖过了在场的其他人,他独特的颤声在教堂里余音绕梁,若在安静的礼拜日上午,甚至在半英里之外直到磨坊水塘的对面,都能听到。据说那种声音是出自伊克包德·克莱恩的鼻腔,绝对正宗。就这样,借着各种各样巧妙的、不择手段的挣钱之道,这个受人敬仰的教师日子过得还算可以。那些不知脑力劳动之苦的人都认为他的日子过得相当的逍遥自在。

一般来说,在农村,教书先生是一个在妇女中举足轻重的人物,被看作是那种悠闲自得、犹如绅士的人。与村夫俗子相比,他兴趣广泛,品味高雅,明显有教养;说实在的,在学识方面他也只是仅次于牧师而已。因此,他的光临往往会在农庄茶桌边掀起小小的波澜,女主人会添上一盘富有营养的糕点或甜食,偶尔还会拿出银制的茶壶摆阔。所以,置身于村姑们的盈盈笑脸中,咱们这位有学问的老兄特别开心。星期日礼拜的间隙,在教堂院子,在这些姑娘堆里,他是多么的风光!从蔓延在树上的野葡萄藤上给她们摘葡萄;背诵所有墓碑上的铭文逗她们开心;或者,和一大群姑娘漫步在附近池塘岸边。而那些害臊的乡村土包子只能羞怯地缩在后面,忌妒着他超群的优雅与口才。

由于这种巡回式生活,克莱恩同时也成了一份活报纸,他带着当地的所有闲言碎语走家串户,因而所到之处无不欢迎备至。此外,女人们当他为饱学之士,因为他曾完完整整地通读过几本书,完全精通考敦·马瑟的《新英格兰巫术史》——顺便提一下,他对于此深信不疑。

事实上,他既精明又无知,是个奇怪的混合体。对于荒诞怪事,他探听欲望之强,吸收能力之大,同样超乎寻常。在这鬼气森森的地区居住后,两者更是得到加强,什么样的恐怖怪异故事他都大口吞下。下午放学后,他常常乐于来到校舍边呜呜低咽的小溪旁,伸展四肢躺在厚厚的苜蓿草地上,细读考敦·马瑟的恐怖故事,直到暮色渐浓,眼前的文字模糊不清。然后,他经过沼泽、小溪和可怕的林地,走向他当时留宿的农家。在这种鬼影魅魅、妖气森森的时刻,大自然中的任何声响都能激发他兴奋的想象:山坡上三声夜鹰的呜咽,雨蛙预报暴风雨的鸣叫声,叫枭阴沉的呼叫声,或是突然从巢中惊飞的鸟儿在树丛中发出的沙沙声。在暗处最闪亮的萤火虫,也时而惊吓了他,像是异常的亮光挡住他的去路。如果,偶尔一只呆头呆脑的大甲虫莽撞地冲他飞过来，这可怜的家伙就会做好等死的准备，以为遇到了女巫的化身。在这种情况下，无论是给自己壮胆，还是为了驱赶妖邪，他唯一能做的就是哼唱赞美诗的曲调。在黄昏时分，善良的睡谷人坐在门口，常常敬畏地听着他那发自鼻腔的旋律，曲调动人，声音悠长，从远远的小山或沿着暮色中的道路飘来。

他另一个骇人的乐趣是与一些荷兰老妇人共度冬日长夜，听她们讲述怪诞的故事。故事里有妖魔鬼怪和闹鬼的旷野、小溪、桥梁、房子，特别是那个无头骑士，她们有时称之为山谷里策马飞奔的黑森骑兵。同样，伊卡包德·克莱恩也会讲一些故事让她们高兴，如：巫术的奇闻轶事、可怖的预兆，以及过去在康涅狄格州空中常有的奇异景象和古怪声响。他还会忧心忡忡地用关于彗星和流星的推测来吓唬她们，并警告说，这世界真的要彻底地翻转，那时有一半时间她们是倒过来头朝下的。

"噼噼啪啪"响的柴火映红了整个房间，幽灵当然不敢在此露面。此时舒服地靠在壁炉边，的确是其乐融融，但他随后回家路上的万般恐怖，却把刚才的快乐全然抵消了。在这幽暗骇人的雪夜，多么可怕的幢幢鬼影阻碍着他的归途！他是多么憧憬远处某家窗子里闪着摇曳不定、流向荒野的灯光！多少回他被白雪覆盖、如蒙着裹尸布的鬼一般的灌木惊吓！多少回他被自己踩碎霜壳的声响吓得一动不动，不敢回头去看，生怕看到有什么怪物紧随其后！又有多少回，他被树林里一阵呼啸的急风吓得丧魂落魄，以为是黑森骑兵正在黑夜巡视！

然而这一切只不过是夜晚的恐惧，是走夜路时在黑暗中产生的幻想。尽管他曾见到过许多鬼怪，孤独闲逛时曾不止一次地遭到各式各样恶魔的侵扰，但白昼的到来会结束这一切，无论他经受了什么惊恐与磨难，他都会高高兴兴地过上一天，要不是他为了一个人感到心烦意乱——那可是比任何妖魔鬼怪和女巫加在一起更让他烦恼的一个女人。

每星期的一个傍晚,克莱恩都要召集他的音乐门徒学习唱赞美诗,其中有一位叫卡特琳娜·凡·塔赛尔,一位富有的荷兰农民的独生女。她芳龄十八,风华正茂,身材丰满有如鹧鸪,双颊红润柔嫩得像她父亲园子里成熟的桃子。她芳名远播,不仅是因为她的美丽,还因为她殷实的家产,让人充满期待。此外,她还会稍稍地卖弄风骚,这可从她的穿着上看出来。她把古代和现代的服装搭配在一起,更衬托出她的魅力。她戴着高祖母从荷兰带来的纯金首饰,穿着诱人的古代 V 形兜肚,外加一条撩人的短衬裙,展露着村里最漂亮的脚丫与脚踝。

伊卡包德·克莱恩对女人本来就是既温柔又痴心的,面对如此诱人的尤物,尤其是在她父亲家的大宅里拜访她后,便马上为之倾倒,就不足为奇了。老博尔特·凡·塔赛尔是一个典型的家业兴旺、心满意足、思想开明的农民。的确,他的视野、他的心思从来没有超出农庄,但在这范围之内一切都显得舒适宜人、井然有序。他对自己的财富感到满意,但并不骄傲;他为自己生活优裕而感到自豪,但不讲究排场。他的大宅位于哈德逊河边一个绿树成荫、土壤肥沃的隐蔽之处,荷兰农民都喜欢安家于此。一棵大榆树伸枝展叶,遮掩其上,屋脚有一眼圆桶样的小井,井里甘甜无比的泉水泡沫翻腾,然后,悄悄地、闪烁地穿过草地,流向边上一条在桤木和矮柳中汩汩前行的小溪。农舍近旁是一座大得可以用作教堂的谷仓,粮食作物满盈,几乎要从窗子和缝隙中胀出。连枷①从早到晚地响个不停,燕子和圣马丁鸟欢叫着从屋檐边掠过,一排排鸽子在屋顶上享受着温暖的阳光,有的歪着头一只眼朝天,好像在观测天气,有的把头藏在翅膀底下或

---

① 旧时长柄脱粒农具。(译者)

是埋在胸前,还有的情绪高涨,咕咕叫着向鸽女士鞠躬致礼。又肥又胖、呆头呆脑的肉猪在猪栏里安详地打着呼噜,偶尔有成群的乳猪从栏里走出来,发出鼻声,好像要吸点新鲜空气。一队雪白的鹅在邻近的池塘里神气活现地游着,为所有的鸭队护航。火鸡军团在院子里一边咯咯鸣叫,一边狼吞虎咽。珍珠鸡们为此烦躁不安,就像脾气暴躁的家庭主妇,恼怒地、不满地叫喊。衣着华丽的公鸡在谷仓门口趾高气扬地走着,集大丈夫的威严、武士的英勇、绅士的优雅于一身。它自豪又愉快地拍动着光闪闪的翅膀啼叫,有时,用脚爪刨抓地面,慷慨地召唤它那老是吃不饱的老婆、孩子们来享受它找到的丰盛食物。

看着这么多有望成为冬天里的美味佳肴的活物,教书先生垂涎欲滴。在他贪婪的心中,想象的是烤猪乱跑,肚子里填着布丁,嘴里含着苹果;鸽子安详地睡在馅饼上,盖了一件干面包皮被单;鹅则游弋在它们自己的浓汤里;鸭子们像亲密的夫妻成双成对,舒适地躺在盘子里,配着足量、味美的洋葱酱。在那些肉猪身上,他看到的是日后油光发亮的熏肉和味美多汁的火腿。他看到的不是火鸡,而是五花大绑扎着的,把砂囊藏在翅膀底下的美味,或是一串串可口的香肠。即使是神采奕奕的雄鸡也仰天躺在盘子上,成了道配菜,它向上伸出双爪,好像在祈求怜悯;活着时,出于骑士精神,它是绝不求饶的。

伊卡包德内心狂喜,出神地幻想着这一切,他转着绿莹莹的大眼睛,望着肥沃的草场,那里有富饶的小麦、黑麦、荞麦和印第安玉米,还有凡·塔赛尔暖和的住房,四周果实累累的果园。他对继承这些产业的女子心生向往,然后他又进一步发挥他的想象力,想象着如何把这些产业变成现金,把钱投资于西部广袤的荒原,开设豪华娱乐场所。不仅如此,那风华正茂的卡特琳娜来到了他的面前,带着全家的孩子,坐在马车上,车上装着杂七杂八的家什,车下挂着锅碗瓢盆,他还看到自己骑在一匹母马上,缓步前行,后边跟着一匹小马,前往肯塔基州、田纳西州,或天知道的什么地方。

当他走进那所大宅时,他的心彻底被征服了。这是一所宽敞的乡村大宅,其建筑风格源自第一代荷兰移民,房子屋脊很高,屋顶缓缓向下倾斜,低矮前伸的屋檐形成一条门廊,天气不好时,门廊还可以关闭起来。门廊上挂着连枷、马具、各种农具,还有在附近小河捕鱼用的渔网。门廊西边安放着夏天用的长凳;门廊的一头有一架大纺车,另一头有一台搅乳器,表明了这条重要走廊的广泛用途。想入非非的伊卡包德穿过门廊,走进大厅,这里是大宅的中心,是日常起居的场所。碗柜上一排排明晃晃的白镴器皿,令他眼花缭乱。大厅的一角竖立着一大袋准备纺线用的羊毛,另一个角落堆放着许多刚从织布机上卸下的麻毛织物;一穗穗印第安玉米和一串串苹果干、桃子干,夹杂着俗丽的红辣椒,挂在墙上,成了装饰,五彩缤纷、喜气洋洋。透过一扇微微开着的门,他得以窥见了最好的会客室:四腿雕成兽爪般的椅子与深红褐色的桃花心木桌子如镜子那么明亮,柴架和做伴的火铲、火钳在芦笋茎叶丛后闪闪发光。壁炉台上摆着装饰用的假橘子和海螺壳,壁炉上方悬挂着一串串五颜六色的鸟蛋;房间的正中挂着一个巨大的鸵鸟蛋。一只餐具角柜,炫耀似的开着门,展示着非常珍贵的古老银器和精致瓷器。

一看到这些令人心旷神怡的地方,伊卡包德的心就再也无法平静,他唯一的想法就是如何去赢得凡·塔赛尔那位天下无双的女儿的芳心。然而,要实现此事,他面临着许多远远超过往昔的游侠骑士遇到的实际困难。那些骑士要对付的只不过是些巨人、法师、火龙之类很容易征服的对手。他们只不过是要穿过铁门铜墙,进入关着他们心爱的女人的城堡主楼,这一切做起来非常容易,简单得就像一位男子把圣诞蛋糕从中心切开而已。当然，那位女士随后把手交给了骑士。可是，伊卡包德就不同了。他可是要去赢得一位乡村俏妞的芳心，她常常胡思乱想、反复无常、任性随意，总是给人出难题。而且他必须得面对一大群真正有血有肉的可怕敌手，无数的乡下追求者把住了所有通向她心扉的入口，他们警惕而愤怒地相互对视，但对于任何新的竞争对手，他们就会联合起来，一致对外。

在这些人中，最强大的是一个大嗓门、爱喧哗、身强力壮、神气活现的年轻人，名叫亚伯拉罕·凡·布伦特，或按荷兰语的缩写为布鲁姆·凡·布伦特。他是这一带乡村的英雄，以强壮和刚毅而远近闻名。他肩膀宽阔，腿脚灵活，短发黑而卷曲，表情直率又不让人讨厌，脸上带着几分傲慢。由于他那海格里斯一样的身材和强有力的四肢，他得到了人人皆知的"骨头布鲁姆"的绰号。他以精通马术而著称，在马背上敏捷得像个鞑靼人。所有的赛马、斗鸡之事，他总是名列前茅。凭着身强力壮的乡下人所有的优势，他是一切冲突的裁判。他把帽子歪歪戴在头上，宣布他的裁定，那气势和语调，绝对没有反驳或求情的余地。他总是愿意参与打斗或玩乐，但是，本质上，他更多的是顽皮而没有恶意；而且，专横粗暴的他，骨子里却有着强烈的幽默感和爱开玩笑的好性子。他有三四个好朋友，他们以他为榜样，跟着他四处游逛，参加方圆数英里内的每一场纠纷和喜事。冬天里，他戴着一项皮帽，帽子上装有一条惹眼的狐狸尾巴。乡村聚会时，当乡亲们远远地看到这顶头盔混在一群不要命的骑手当中飞奔时，便大声叫嚷着起身站立。有时，在午夜时分，人们会听到他的人马从农舍旁飞驰而过，大呼小叫，就像俄国哥萨克骑兵队。从睡梦中惊醒的老妇人则会听上片刻，直到疾行的马蹄声"嘚嘚"远去，随后才惊叹一声："唉，是'骨头布鲁姆'和他那一帮人走过！"对他们，邻居们怀着几分敬畏，几分钦佩，还有几分善意。当附近出现了什么恶作剧或争吵打架时,他们总是摇摇头,说那一定是"骨头布鲁姆"一伙干的。

不久前,这位放荡不羁的英雄看上了如花似玉的卡特琳娜,并向她表达了自己粗鲁的爱意。虽然他的情意绵绵像一头熊似的笨拙,私底下人们却说她并没有完全让他失去希望。的确,他的进攻就是竞争对手们退场的信号,因为谁也不会与一头发情的狮子作对。所以,在星期天晚上,如果人们看到他的马拴在凡·塔赛尔家的篱笆上,就知道马的主人正在里面大献殷勤——或者,如人们所说的,在"冒火星儿",所以其他追求者便会失望地离开,到其他地方去求爱。

这就是伊卡包德必须要去打败的强大对手。从各方面情况看,即使是比他更强壮的男子汉都会退避三舍,比他更聪明的人也会断了这个念头。然而,他的身体和精神都像一根藤杖,能屈能伸,弯而不折:尽管最小的压力都会使他弯腰,但压力一过——猛地一下,他就能腰身笔直,昂首挺胸,一如既往!

与他的对手公开争斗简直就是发疯了,因为那家伙容不得任何人阻挠他的爱情,比那情感激烈的情人阿基里斯更甚。因此,伊卡包德采用了不动声色、温文尔雅、逐渐深入的求爱术。打着歌唱老师的旗号,他频繁地拜访农庄,根本不用担心女孩的父母干涉,这常是情人路上的绊脚石。博尔特·凡·塔赛尔为人随和,对女儿很是溺爱,甚至胜过爱他的烟嘴;作为一位通情达理的人和优秀的父亲,他事事都依着女儿。他那位举足轻重、娇小玲珑的妻子也是一样,她要做许多事情,如操持家务,照料家禽;正如她充满智慧地说,鸭、鹅都是愚笨的东西,需要照看,而姑娘是能照顾自己的。这样,当这个勤劳的女士在屋前屋后忙忙碌碌,或是在门廊的一端忙着往纺车上添加羊毛时,朴实的博尔特就坐在另一头抽着烟斗,观察着一个小小的武士状木制风向标,只见武士双手各持一剑,正在谷仓尖顶上奋勇地与风搏斗。此时此刻,伊卡包德就在大榆树下的泉水边向他的女儿求爱,或者与她漫步于黄昏暮色中,那正是情人们施展口才诉说衷肠的大好时机。

我承认,我不懂如何求得和赢得女人的芳心,对我来说,她们总是让人捉摸不定又爱慕不已。有些女人的心似乎只有一个易受攻击的弱点或只有一扇门;而另一些女人的心则有成千条大道,可能要用成千种不同的方式才能将其俘获。赢得前者是技术上的巨大成功,而占有后者则需要更了不起的雄韬伟略,因为男子必须逐门逐户地战斗才能攻克堡垒。谁能赢得一千颗普通的心,会得到一定名声;谁要是能不折不扣地征服一颗卖弄风情的心,那才是真正的英雄。毫无疑问,令人生畏的"骨头布鲁姆"没做到这一点。自从伊卡包德·克莱恩开始进攻那一刻起,"骨头布鲁姆"的吸引力明显下降了;星期天晚上再也没有看到他的马拴在那篱笆上,他和睡谷的教书先生渐渐结下了深仇大怨。

天生具有粗犷的骑士精神的布鲁姆宁愿把事情摆出来公开竞争,宁愿用最简单的方式,即游侠骑士的一对一的格斗来决定情人的归属;不过伊卡包德深知对手出众的力量,是不会进入跟他决斗的名单的。伊卡包德曾听到"骨头布鲁姆"这帮人夸下海口,说他们"要把这教书先生折起来放到他教室里的书架上去",便十分小心地不给他们这样的机会,执意要心平气和地解决问题。布鲁姆别无选择,只有发挥天性中粗俗诙谐的特长,用各种鬼把戏捉弄情敌。伊卡包德就成了布鲁姆和他一帮粗野骑士用稀奇古怪的手段横加迫害的对象。他们把教书先生那里一直平静安宁的领土搅得不成样子。他们堵住烟囱,使他的音乐课堂浓烟呛人;他们夜间破门进入教室,也不管那柳条和窗棂上桩子扎成的门闩多么吓人,把每样东西都翻了个底朝天,那可怜的教书先生还以为是各路巫婆都到这儿来聚会了。还有更恼人的,布鲁姆抓住一切机会让他当着情人的面出丑,还教一条可恶的狗学会最滑稽的哀叫声,作为伊卡包德的对手带到音乐课堂上跟伊卡包德抢着教唱赞美诗。

就这样,一段时间过去了,双方争斗的实力并没有实质性的变化。一个晴朗的秋天下午,伊卡包德愁眉苦脸地坐在高脚凳上,他平常就是坐在这个宝座上监视他那小小的书生天地中的一切。他手里挥舞着一根戒尺,即专政的权杖;执法用的桦树条静躺在宝座后面的三颗钉子上,震慑着干坏事的人;在他前边的桌子上,摆放着从不用功的淘气鬼身上查出来的各种违禁物品和违禁武器,如啃掉一半的苹果、玩具枪、陀螺、苍蝇笼,还有大堆直直立着的纸折的小斗鸡。很明显,这儿刚发生过吓人的执法行动,因为他的学生们都忙着专心看书,或者用一只眼注意着老师,躲在书后面偷偷地讲悄悄话。整个教室里是一片嗡嗡作响的安静。一个黑人的出现瞬间打破了这种气氛。那黑人穿着粗麻布衣裤,戴着一顶像墨丘利帽的圆顶破帽,骑着一匹脏兮兮的、快给压断了腰的小马。那黑人用一条绳子当缰绳控制着小马,蹄声"嗒嗒"地来到学校门口,交给伊卡包德一份请柬,邀请他参加当晚在凡·塔赛尔先生家举行的宴会——是那种"缝被子联谊会"之类的聚会。黑人传达这消息时,神态隆重,语言优雅,这是黑人在办这类微不足道的小差事时常有的派头。他冲过小溪,连蹦带跳地奔向山谷,完全一副执行重大紧急任务的样子。

刚才还是安安静静的教室一下子热闹起来。学生们匆匆地一口气把课文读完,那些机灵鬼跳过大半而免于惩罚,而那些反应迟缓的家伙,偶尔屁股上狠狠地挨上一下。书本没有放回到书架上去,扔得到处都是,墨水瓶弄翻了,长凳弄倒了。学校比平时提前一小时放学了,一大群小顽童涌了出来,为他们提前放学而在草地上欢快地叫着、闹着。

要去献殷勤的伊卡包德至少多花了半个小时来梳洗打扮,刷擦他那套最好的,实际上也是唯一的一套黑色旧衣服,并在挂在校舍内的一小块破镜子前整理外表。为了以真正骑士的形象在他的心上人前亮相,他向他的东道主,即一位名叫汉斯·凡·瑞颇的脾气急躁的老荷兰人借了一匹马。他就这样雄赳赳地骑上马,像个探险的游侠骑士那样出发了。

不过,我应当描述一下我们的主人公和他的坐骑的形象与装备。他所跨骑的马儿老态龙钟,可脾气不小。它骨瘦如柴,毛发散乱,长着母羊般的脖子和榔头似的脑袋;带着芒刺、谷壳的鬃毛和尾巴的毛纠缠打结;一只眼睛没有了眼珠子,瞪着外边,鬼气森森,而另一只眼睛闪着真正凶恶的目光。然而,要是我们从它的名字"火药"判断,它一定也曾有过一段激情岁月。事实上,它确实曾是主人最钟爱的坐骑。暴躁的凡·瑞颇是个猛烈的骑手,很有可能,他把自己的一些脾气传给了那牲畜,因为它虽看起来又老又衰,但那股隐藏的邪气可比村里任何小母马都要多。

对这么一匹马来说,伊卡包德是个合适的骑手。他套着一副短短的马镫,膝盖快要碰着马鞍的鞍头,尖尖的手肘像蚱蜢腿似的支出来,手里举着鞭子,就像拿着王杖。当他的马慢慢前进时,他双臂的动作像极了一对在扇动的翅膀。一顶小羊毛帽塌在鼻梁上,因为他的额头实在太小,只能这么说了;黑外套下摆飘在外边,几乎碰到马的尾巴。这就是伊卡包德和他的坐骑蹒跚地走出凡·瑞颇家大门时的模样,总之,是大白天难得遇见的怪物。

正如我曾说过,这是一个晴朗的秋日,晴空万里,宁静安详,大自然穿着华贵富丽的衣裳,这样的景色总让我们想到富足。树林已披上庄重的棕黄色,一些较嫩的树林被霜寒染成了醒目的橘色、紫色和猩红色。天边飞过一行行野鸭,小片的山毛榉和山核桃林里传来松鼠的叫声,只剩残茬的田地里不时有鹌鹑凄凉的鸣叫。

小鸟们正在举行告别宴会,它们在高高低低的树林里拍打着翅膀,叽叽喳喳,嬉戏玩耍,尽情狂欢。周围的景色琳琅满目,应有尽有,鸟儿们甭提有多高兴。这里有老实的知更鸟,叫声响亮幽怨,它们是年轻猎人的最爱;有叽叽喳喳叫的燕八哥,成群结队;有金色翅膀的啄木鸟,它们胸部深红,脖子上有一道宽宽的黑色,一身华丽的羽毛;有长着红尖翅膀、黄尖尾巴的黄连雀,戴着有帽檐的羽毛小圆帽;还有吵闹的"花花公子"蓝坚鸟,穿着鲜艳的浅蓝外套和白色内衣,又说又叫,又点头又弯腰,一副在这片小树林的鸟群中人际关系很好的样子。

　　伊卡包德慢慢悠悠地前行,那双对丰盛美食从不含糊的眼睛愉快地扫视着这宜人秋季的财富。他看见到处都是丰收的苹果,有的沉甸甸地挂在枝头,有的已装在篮子里和桶子里要卖到市场去,其余的一大堆苹果是用来榨汁的。他看到在远处有一大片玉米地,金色玉米穗躲在叶子后隐约可见,保证能让人吃上玉米饼和玉米粥;黄色的南瓜躺在玉米下面,朝着太阳挺出它们圆圆的肚子,大有希望让人吃到最丰美的馅饼。接着,他经过芳香的荞麦地,呼吸着蜂巢的香气,浮想联翩,仿佛看到了可口的薄煎饼,上面有卡特琳娜·凡·塔赛尔用带小圆窝的精致小手涂上的黄油与蜂蜜。

　　就这样,带着满脑子甜蜜的想象,伊卡包德沿着山腰走着,从这里可以俯视壮观的哈德逊湾最美丽的风光。夕阳渐渐西下,塔班湖开阔的水面一动不动,如玻璃般光滑闪耀,只有零散的微波荡漾,拉长了远山投下的蓝色倒影。几朵琥珀色的浮云飘在空中,没有一点儿风惊动它们。远远的天边微染着一线金黄,渐渐地变成了苹果绿,又化入当空的深蓝。一缕斜阳逗留在河畔那悬崖的绝顶,使岩壁的深灰和紫色更加浓郁。远处,一只单桅帆船走走停停,随着潮水慢慢沿河而下,船帆挂在桅杆上;天空的倒影在平静的水面上闪光,船就像是悬挂在了半空。

近黄昏时分,伊卡包德抵达了凡·塔赛尔先生的宅邸,那儿已满是本地的俊男靓女。身材瘦削、面皮坚韧的老农们穿着自家做的外套、短裤、蓝色的袜子和巨大的鞋子,配着大大的白镴环扣。他们那些青春不再却劲头十足的夫人们头戴褶皱帽子,穿着长腰的短袍和自家做的裙子,挂着剪刀、针线包和花哨的印花布口袋。体态丰满的少女们的穿着打扮几乎像她们的母亲一样过时,只有少见的一顶草帽、一条精致的丝巾或一套白裙流露出城市时尚的迹象。小伙子们穿着缀有好几排巨大铜扣的方下摆短外套,他们的头发大多梳成当时流行的发式,在他们看来,要是能有一条鳗鱼皮就更好了,那是全村公认的能有效地滋润头发的东西。

然而,"骨头布鲁姆"也是这幕戏的主角。他驾着他心爱的坐骑"大胆鬼"来参加聚会。这牲畜与他一样,满怀斗志,淘气捣蛋,除了他没人能驾驭。事实上,人们都知道他更喜欢那些爱玩鬼把戏的劣性马,它们常常让驾骑者处在危险中,因为他认为骑一匹驯服、脆弱的马不是英雄好汉所为。

当我故事的主人公走进凡·塔赛尔家的大客厅时,一个令人着迷的世界突然呈现在他眼前,让他欣喜若狂。我想我得暂时撇下刚才的话题,来详细地描述这番景象。令他心醉的不是那一群涂脂抹粉、丰满青春的少女,而是在这丰收的金秋摆出来的那张地道的荷兰乡村风味的茶桌。一盘盘高高堆起的几乎难以形容的各式糕点,只有经验丰富的荷兰主妇才叫得上名字!有柔软的油炸饼圈、嫩嫩的油炸煎饼、又酥又脆的炸麻花,还有甜饼、松糕、姜汁饼和蜜糕,俨然一个糕饼大家庭。除了火腿片、熏牛肉外,还有苹果派、桃子派和南瓜派,更有一碟碟赏心悦目的蜜饯李子、蜜饯桃子、蜜饯梨和蜜饯榅桲,更不用说烤鲱鱼、烤鸡以及一碗碗牛奶和乳酪了。我所列举的所有东西都杂乱地摆放在桌上，母亲般温暖的茶壶在桌子中央热气腾腾。天哪！这还了得！我需要喘口气再花点时间来谈谈这值得讨论的宴会，可是我太急于继续我的故事了。幸好，伊卡包德·克莱恩并不像为他立传的笔者那么着急，每一种美食，他都公正地对待，一样不落。

伊卡包德是个和蔼可亲、知恩图报的家伙。只要是皮囊里装满了美味佳肴，他的心也就变得大起来，吃得越多，他越有兴致，就像有些人喝了酒那样。他一双大眼睛禁不住四处转动，他一边吃着，一边咯咯地笑，得意地想着有一天他也许会成为这一切不可思议的奢华场面的主人。他还想到他将如何把老校舍抛在身后，冲着汉斯·凡·瑞颇和所有小气的赞助人打个大大的响指，而且把那些敢称他为同行的游方教书先生一脚踢出门去。

老博尔特·凡·塔赛尔在客人们当中走来走去，心满意足，如满月的快活圆脸容光焕发。他热情的招呼虽简短却情真意切。他只是与客人们握握手，拍拍肩，一声大笑，并恳切地邀请他们："请吃，随便吃。"

现在大厅里响起了乐声，召唤人们去跳舞。乐师是位头发灰白的老年黑人，他已在这一带巡回演出达半个多世纪。他的乐器像他自己一样又老又旧。大部分时间他就拨弄着两三根琴弦，脑袋随着琴弓而动，每当有一对新的舞者要开始跳舞，他就鞠躬至几乎头点地，并使劲跺脚。

伊卡包德为自己的舞技感到非常自豪，正如为自己的歌唱水平感到沾沾自喜一般。他的四肢和肌肉没有一处是闲着的，看着他那松垮垮地搭在一起的身架使劲地"嘎嗒嘎嗒"地满屋子转，你会以为是上帝保佑的护舞使者——圣维塔斯亲自来到了眼前。所有来自农庄和邻里的黑人对伊卡包德的舞技赞赏不已，他们有老有小，有高有矮,站在每个门口和窗前,黝黑发亮的脸堆成了一座金字塔。他们快乐地盯着这个场面,转动着他们的白色眼珠,笑得合不上嘴,露出一排排白牙。看到这一切,我们这位好用鞭子教训淘气鬼的先生怎能不精神抖擞、兴高采烈呢?他的心上人是他的舞伴,她礼貌地以微笑回应他的暗送秋波。而此刻遭受爱情与妒忌的痛苦煎熬的"骨头布鲁姆",正独自坐在角落里闷闷不乐地深思。

舞会结束时,伊卡包德被一群德高望重的长者所吸引,他们与老凡·塔赛尔一起,正坐在门廊的一头抽烟,闲聊往事,说起了战争的故事。在我所说的那个时代,这一地区备受关注,出了许多大人物。在战争中,英国和美国的军队都曾经来过这里,因此,这里曾是抢劫、掠夺的场所,以及难民、牛仔及各种边境武士横行出没之地。流逝的岁月,使得每个述事者有时间多少带点虚构地修饰他们的故事,在模糊的记忆里自己成了每一件丰功伟绩的英雄。

先说说多非·马特林,一个满脸络腮胡子的荷兰人的故事。他曾在一处泥筑的工事后,用一门九磅重的小古铁炮,差一点就拿下了一艘英国护卫舰,可惜的是他的炮在发第六响时炸了膛。再说说一位老绅士,我们不提他的名字。对于这么尊贵的人,直呼其名未免不敬。在怀特平原战役中,他是一位优秀的防卫长官,用一把短剑挡住了步枪的子弹。他实实在在地感到子弹飕飕地擦过剑身,掠过剑柄。为了证明此事,他随时都能出示那把柄有点弯曲的剑。还有好几位在战场上同样的出色,他们都认为,他们的参与对战争的胜利结束起到了相当重要的作用。但这一切与随后的鬼故事相比,都算不了什么。这一带到处流传着此类奇闻轶事。本地的传说和迷信在这些闭塞的早期定居点的远山僻壤盛行,而美国绝大部分地区四处流动的人们对这些故事是不屑一顾的。再说,在美国绝大多数村庄,鬼怪们也鼓不起劲,因为等不及它们在坟墓里打完头盹,翻上个身,它们活着的朋友已离开那里。这样,它们晚上出来游逛时,也没有熟人可以拜访。也许正是这个缘故,除了在我们这个设立已久的荷兰人社区外,我们极少会听到什么鬼怪故事。

然而,超自然故事在这些地方流行的直接原因,毫无疑问就是附近的睡谷。闹鬼区域吹过来的大气中有种感染力,散发着如梦如幻的气息,影响着这一带的乡村生活。有几个出席凡·塔赛尔家宴的睡谷人,如往常一样,正施舍给人们他们狂想的、神奇的传奇故事。他们说了许多关于安德鲁少校令人忧郁的故事。他们说是在不幸的少校被俘处那棵长在聚居区的大树的附近,看到过长长的送葬行列,听到过悲痛的哭喊与号啕;还说到了那个常常出没于乌鸦岩阴暗的幽谷的白衣女人,在冬天暴风雪来临前,常能听到这位冻死在雪地里的女子在那儿尖声呼喊。然而,故事的主要内容还是大家最感兴趣的睡谷幽灵,即无头骑士,说有好几次听到他晚上在乡村巡逻,而且,据说每晚他都把马拴在教堂墓地的坟墓间。

这座教堂地处偏僻,是孤魂野鬼们最爱的去处。它坐落在一个小山包上,四周是刺槐和高大的榆树,体面的白粉墙在枝叶掩映中朴实地闪现。沿着斜坡缓缓而下,来到一片大树环抱的银色池塘,透过树才能看见哈德逊河边青色的山冈。看到阳光普照、绿草萋萋的墓园,人们会以为死者应该能安安静静地长眠于此。教堂的一侧有一条树木丛生的山谷向远处伸展,一条湍急的溪流穿过断石残垣沿着山谷潺潺流过。教堂不远处,在溪水深暗的地方,有一座过去搭建的木桥,通向桥的路和桥本身都被上方的大树遮掩得严严实实,即使在白天,也是阴暗一片,而夜里,就黑得可怕了。这儿就是无头骑士最爱光顾的场所,也是人们最常遇见他的地方。人们说起了老布劳威尔的故事,那是一个最不相信有鬼的异端分子。说他如何遇到外出拜访后正返回睡谷的骑士;如何被迫拉上马,坐在无头骑士的后面;

他们如何策马疾驰穿过丛林，翻过山冈，越过沼泽，一直到达这座桥边；这时那无头鬼忽然变成一具骷髅，把老布劳威尔扔进溪流，然后轰隆一声，在树顶上蹦蹦跳跳地离去。

紧接着，"骨头布鲁姆"讲了一个更惊险的亲身经历。他把黑森兵描述成了糟糕的骑手。他确定地说，有个晚上，他从隔壁村子唱歌回来，突然遇到了那个午夜骑兵，于是，他提出与骑兵赛马，赢的喝潘趣酒。因为大胆鬼会战胜小妖精马，所以他一定会赢，可是正当他们来到教堂旁的桥头时，那黑森骑兵却惊慌急逃，消失在一道闪光中。

黑暗中人们以令人昏昏欲睡的低沉语调讲述着这些故事，听故事的人的面容在烟斗偶尔闪亮的微光中隐现。这些故事深深地印在了伊卡包德的脑海中。作为回报，他把他崇拜的作家考敦·马瑟的书的精华，加上许多发生在他的故乡康涅狄格州的神奇故事，以及夜间在睡谷行走时看到的可怕景象讲给他们听。

欢宴逐渐散去。老农夫们招呼家人上了马车，一路上说说笑笑，嘎嘎作响地沿着谷中的山路越过远处的山冈而去。一些少女骑坐在情郎身后的马鞍后座上，她们愉快的笑声和着马蹄声在寂静的树林里回荡，声响越来越弱，直到渐渐消失——最后一场喧闹与嬉戏落下了帷幕，完全安静下来。伊卡包德独自落在后面，逗留不走，根据乡村情人间的习惯，他要与那女继承人促膝谈心。在他们的相会中到底发生了什么，我可不能不懂装懂，因为我确实不知道。恐怕，一定是出了什么问题，因为没过多久，他就冲了出来，一副郁郁寡欢、垂头丧气的样子。哦，女人啊！这些女人！难道是那姑娘一直在玩卖弄风情的把戏？难道她对可怜的教书先生的挑逗都是假装的，只是为了确保能征服他的情敌？只有老天知道，我可不知道。看伊卡包德的样子，似乎他偷走的不是淑女的心，而是捅了个鸡窝。他无暇顾及左右,观赏原本令他垂涎三尺的乡村财富的盛景,而是径直走向马厩,狠狠地几下拳打脚踢,非常无礼地唤醒了他的坐骑。它正在舒适的卧处熟睡,梦见满山的玉米和燕麦,还有遍谷的猫尾草与苜蓿。

这深夜正是魔鬼逞强的时候,伊卡包德心情沉重,垂头丧气地沿着逗留镇高高的山坡走在回家的路上,而下午经过此处他还是那么兴高采烈。此刻正是一个像他的心情这般忧郁的时分。远处下方,塔班湖展开昏暗、模糊的水域,到处分布着静静抛着锚的帆船的高高的桅杆。在这死一般寂静的深夜,他甚至听到了哈德逊河对岸看门狗的叫声,不过叫声是如此的微弱,只能让他明白人的忠实伴侣离他是多么遥远。时而,从很远很远的山里的农家传来偶然被惊醒的雄鸡拉长了的啼叫声,听起来,如梦似幻。他的身旁没有任何生命的迹象,只是偶尔有一只蟋蟀悲凉的唧唧声,或者附近沼泽地里一只牛蛙低沉的叫声,似乎它睡得不舒服,突然翻了个身。

下午听了的所有鬼怪故事此刻都一一涌现在他的脑海。夜色越来越暗,星星似乎愈发沉入了深空,浮云偶尔掠过,遮住了星光。他从未有过如此的孤独与忧伤。而且,他正在接近那发生过许多鬼故事的地点。一棵巨大的鹅掌楸矗立在路中央,像巨人般高高地耸立,俯视周围各种树木,仿佛一座地标。它的分枝大得像周围普通树林的主干,节瘤遍布,不可名状,曲折而下几乎着地,又向上直指天空。这棵树与不幸的安德鲁的悲剧故事有关,他就是在这儿被俘的,人们称它为陆军少校安德鲁树。老百姓以一种又尊敬又迷信的态度看待它,既是出于对同名的人不幸命运的同情,也是因为许多关于异象和哀伤的传说都与他有关。

伊卡包德走近那棵可怕的树,吹起了口哨,然而他的口哨声有了应答——那是狂风飞快地扫过干树枝发出的声音。当他走得更近时,他觉得看到了什么白色的东西悬挂在树中间——他停下脚步,屏住呼吸,但再一细看,原来那是被雷电劈伤的树皮,裸露着白色的木茬。突然间,他听到一声呻吟,吓得牙齿咯咯打战,双膝发抖,不断地敲击马鞍,原来那只是两根粗大的树枝在和风中摇摆而摩擦发出的声响。他安全地经过了这棵大树。但新的危险还在前方。

离树约两百英尺处,一条小溪横穿过道路,奔向一个沼泽似的树林茂密的幽谷,这儿被叫作怀礼沼泽。几根糙木并排放在一起,权作过溪的桥梁。在路旁,有溪水流进树林的这一边有一片橡树林和栗子树林,与野葡萄藤密密地纠缠在一起,把那儿遮掩得像个洞穴。要通过这段桥是最严峻的考验。那不幸的安德鲁正是在这个地点被俘的,潜伏在栗子树和野葡萄藤深处的强悍的自由民骑兵抓住了他。自那后,这儿也被看成是鬼魅出入的地方。天黑后,独自一人经过这儿的学童总是胆战心惊。

当他来到溪边时,心禁不住怦怦直跳。不过他下定决心,踢踢马的肋骨,企图让马轻快地冲过木桥,但是这匹倔强的老畜生偏不往前,反而向侧面移动,胡乱地跑向栏杆。这一耽搁,伊卡包德愈加害怕了,他在另一侧急拉缰绳,另一只脚猛烈地踢着马儿,但一切徒劳。他的坐骑确实是动了,可是它只是跳到路的对面,一头扎向荆棘和灌木丛。这时,教书先生对着老火药瘦弱的肋骨又是鞭打,又是脚踢;它喷着鼻气,发着鼻声,向前直冲,正到桥边时却突然站住,差一点把它的骑手从头上甩了出去。正在这时,桥边有人淌水走路的脚步声传进了伊卡包德敏感的耳朵。他看到在树林幽暗的阴影中,在小溪边,有个巨大的畸形、高耸的东西。它一动不动,但似乎在黑暗中愈来愈大,像是某种庞大的怪物准备扑向这位过路人。

教书先生吓得毛发直立。怎么办呢?现在转身逃跑是来不及了,再说,怎么可能逃脱妖魔鬼怪呢?如果真是个鬼怪的话,它是能乘风驾雾的。因此,他鼓起勇气,结结巴巴地问道:"你是谁?"没有回答。他以更加不安的语气又问了一遍，还是没有回答。他再次用棍棒击打顽固的火药的身子，并且紧闭双眼，用一股莫名的劲头，高唱起赞美诗来。正在这时，那个吓人的模糊物体有了动静，它一跃而起，一下子站到了路当中，尽管夜色阴沉，此时那不明物的形象已依稀可辨。看起来是个身材魁梧的骑士骑在一匹高大健壮的马上，只是冷冷地在老火药眼瞎的一侧，沿着路边，慢慢地走着。老马现在已不再那么惊惧了。

伊卡包德不喜欢这位陌生的午夜同伴，他想起"骨头布鲁姆"遇到策马飞奔的黑森骑士的冒险经历，便催促他的坐骑快走，希望能甩掉那人。然而，那陌生人也加快了马的脚步，和老火药保持相同的速度。伊卡包德拉紧缰绳，放慢速度，想让那个人先走，那个人也一样放慢了脚步。他的心开始沉沉下落，他努力地想再次唱响赞美诗，但舌头紧贴在上颚，使他无法唱出声音。那个同伴一声不吭，但像是使性子紧追不舍，让他又好奇又害怕。很快他就搞清楚了这骇人的情况。在登小土坡时，他同伴的身影在天空的映衬下，愈发清晰。他身材高大，裹着一领斗篷。伊卡包德魂飞魄散地看出那同伴没有头颅！当看到那颗本该留在肩膀上的头颅竟然放在那家伙身前的马鞍鞍头上时，伊卡包德更是吓破了胆。教书先生的恐惧到了极点，给了火药一阵子拳打脚踢，盼着它突然跑起来，甩掉它的同伴——可是那个幽灵也是全速跟进。就这样，他们跑了起来，马蹄之处，碎石飞溅，火星闪烁。伊卡包德拼命地逃跑，瘦长的身子向前伸展在马头上，单薄的外衣迎风飘扬。

他们现在跑到了通向睡谷的路口；但老火药似乎是鬼魂附体，不肯前行，而是弯向相反的方向，一头向左边冲下山去。这条路穿过一个四分之一英里长、林荫遮天盖日的沙谷，经过以鬼故事出名的桥梁，正对面有座绿色的小山丘，山丘上坐落着那白壁粉墙的教堂。

至今,那坐骑的惊恐万状倒让它那骑术不佳的骑手在这场追逐中占有明显的优势。可是,正当他们跑了沙谷的一半路时,火药的马鞍腹带松了。教书匠觉得那腹带正从他身下向下滑,便用鞍头卡住腹带,意欲紧紧抓住它,但是徒劳无功,马鞍掉到地上。他听见追赶者把它踩在脚下的声音,忙赶紧抱住火药的脖子才没有摔下来。对汉斯·凡·瑞颇充满愤怒的恐惧掠过心头,——因为这是凡·瑞颇星期天专用的马鞍。不过,现在可没有时间为这些小事担心,妖怪正紧跟在身后,而且(他真是个糟糕的骑马手!)他几乎无法在马背上坐正,只见他时而滑到这边,时而滑到那边,有时还在老马的脊梁骨上剧烈地颠簸,他实在担心会把老马累散架。

透过林木间的空隙,他看到了教堂木桥,这近在眼前的希望使他大受鼓舞。一颗银色的星星在溪水中的闪烁让他知道自己没有错。他看见教堂的粉墙在远处的树荫里闪耀着微弱的光芒。他想起与"骨头布鲁姆"打赌的鬼对手消失的地方。"只要我能到得了那座桥,"伊卡包德心想,"我就安全了。"正在这时,他听到那黑色的坐骑紧跟在身后端着粗气;他甚至能感受到它呼出的热气。他又在老马肋骨上重重地踢了一脚,老火药一下子跳上了木桥。他骑马过桥,使得桥板轰隆隆作响。终于到了对岸。这时伊卡包德向身后瞟了一眼,看看那个追踪者是否像传说中那样,在地狱之火的一闪中消失得无影无踪。这时,他看到那个妖怪直立在马镫上,正把它那颗头颅用力地朝他掷了过来。伊卡包德拼命地躲闪这可怕的炸弹,可是为时已晚,他的脑袋被重重砸中,撞得粉碎。他头朝地滚落到地上,而火药、黑色坐骑和鬼骑手都像旋风般地跑走了。

第二天早晨,人们看到老马在它主人家门前静静地啃着青草,身上的马鞍不见了,脚下踩着缰绳。伊卡包德没有在早餐时露面,午餐时间到了,他仍然不见踪影。孩子们在校舍集合,然后在小溪的两岸来回游逛，还是没见到教书先生。汉斯·凡·瑞颇开始对可怜的伊卡包德以及自家马鞍的命运感到些许不安。调查开始了，经过认真研究，人们找到了伊卡包德的踪迹。在通向教堂的道路的某处，人们找到了被踩碎在泥里的马鞍；明显是飞奔时在地上留下的深深的马蹄印一直延续到木桥。桥那边，在水面较宽、水流又深又暗的地方的岸上，人们找到了不幸的伊卡包德的帽子，紧挨着帽子的是个摔得粉碎的南瓜。

人们搜查了小溪，但是，找不到教书先生的身体。汉斯·凡·瑞颇，作为他财产的保管人，检查了容纳教书先生全部财产的那个包袱。里面有两件半衬衫、两条老式宽领带、几双绒线长袜、一条旧灯芯绒短裤、一把生锈的刮胡子刀、一本满是折角的赞美诗，还有一根破了的定调管。至于校舍里的书籍与家具，它们属于社区物产，除了考敦·马瑟的《巫术史》《新英格兰年鉴》、一本解梦和算命的书，最后还有一张大纸，上面的文字涂改了几次，应该是教书匠想为凡·塔赛尔的女继承人写一首情诗，但没写成。这些魔术书和涂鸦的诗稿立刻被汉斯·凡·瑞颇扔进火堆。从那时起他决定不再送孩子去任何学校，说是他看不出学习这样的读写有什么好处。至于教书先生的任何钱财及一两天前领取的工资，失踪时他一定都是随身携带的。

在接下来的那个星期日，这一神秘事件在教堂引起了诸多猜测。一群目击者和饶舌者聚在一起，谈论在教堂墓地、木桥，还有在找到帽子和南瓜的地点发生的事件，他们联想到布劳威尔、"骨头布鲁姆"，以及其他人讲的鬼怪故事。当他们认真地将这一切综合起来考虑，并与当前事件的特点相比较后，他们摇了摇头，得出结论，认为伊卡包德已被策马疾驰的黑森骑士掳走了。因为他是个单身汉，又不欠谁的债，也就没人再为他烦心。学校搬到了山谷的其他地方，另一个教书先生取代了他的位置。

几年后，一位讲过这个鬼故事的老农去了趟纽约，带回了伊卡包德仍然活着的消息，说他离开这里的部分原因是害怕那个妖怪和汉斯·凡·瑞颇，另一部分原因是突然遭到了女继承人的拒绝而羞愧难当。他到了一个很远的地方安身，边教书边学习法律，后来当上了律师，转而从政，参加过竞选，为报纸撰稿，最终成了一名小法庭的法官。"骨头布鲁姆"在情敌失踪后不久，就把如花似玉的卡特琳娜领上了圣坛，娶她为妻。每当人们谈起伊卡包德的故事，他看上去像是对此事非常了解的样子，而一提到那南瓜，他就会哈哈大笑，这使得一些人怀疑他对此事知道得很多，而没说出来。

　　然而，乡村的老妇人——她们是这类事情最好的评判员，直到今天仍然坚信伊卡包德是被神奇的力量拐走了。这事成了一个邻里间常常在冬夜炉火边讲起的、人们喜欢的故事。那座桥成了前所未有的令人畏惧的对象，也许正是因为这个原因，这些年人们改道从磨坊池边走到教堂。那废弃的校舍不久就破败不堪了，据说不幸的教书先生的阴魂常常出没于此。每到寂静的夏日傍晚，闲逛回家的牧童常常觉得他的声音从远处传来，吟唱着一首令人忧伤的赞美诗曲调，歌声回荡在宁静、孤寂的睡谷。

（罗灵江　译）

牧师的黑面纱①

——一则寓言

[美]纳撒尼尔·霍桑

教堂司事正站在米尔福德礼拜堂门廊内,忙碌地拉扯钟绳。村里的老人们佝偻着身子走在街上,孩子们欢快地跟在父母身边,脸上笑容灿烂,一些孩子还模仿父母庄重的步伐,故意炫耀身上的礼拜盛装。穿戴整齐的单身汉们不时偷瞄那些窈窕少女,心里暗想,在安息日的阳光下,她们比平时更美了。随着人们陆陆续续涌入门廊,司事开始敲钟了,眼睛留意着霍伯牧师的门口。牧师一现身,他就要停止敲钟。

"霍伯牧师在自己脸上蒙了什么?"司事惊诧地失声大叫。

一听这话,人们立刻回过头来,这位形似霍伯先生的人,一边沉思一边慢悠悠地朝礼拜堂走来。人们齐刷刷地惊呆了,就算来了位新牧师给霍伯先生布道坛上的坐垫拂去灰尘,他们也不会这样大惊

---

① 新英格兰地区缅因州约克镇有位叫约瑟夫·穆迪的牧师,恰巧与本故事的霍伯牧师拥有同样的怪癖,并以此闻名。约瑟夫·穆迪牧师早年误杀了一位挚友,自那日起直至作古,他都终日以面纱掩面。(译者)

小怪的。

"你确定这是我们的牧师?"古德曼·格雷疑惑地问司事。

"我确定,绝对是霍伯先生。"司事应道,"他原本今天是该跟韦斯特伯雷教区的舒特牧师对换的,但是昨天舒特牧师差人送信,说他今天要去给一场丧事做祷告。"

引发这波疑惑的理由似乎不够充分。霍伯牧师时年三十岁,风度翩翩,虽仍是单身,但也时刻保持牧师该有的干净整洁,好像有一位贤惠的妻子浆洗了他的领箍,刷净了一周里落在法衣上的灰尘似的。他身上只有一样东西十分醒目——一张箍在额上,遮住脸庞,低垂在嘴边随着呼吸抖动的黑面纱。走近细看,面纱似乎是由两层绉纱做的,这黑面纱几乎罩住了整张脸,只露嘴巴和下巴,但并没有遮挡他的视线,只不过给所有生灵抑或无生命体蒙上了一层阴影罢了。带着这层阴影,霍伯先生步调缓慢,有些蹒跚地继续径直向前,时而心不在焉地看看地面,但还是会对等候在台阶上的教友们温和地点点头,但是他的致意没有回应,众人都已经呆若木鸡。

"真觉得那面纱后面不是霍伯先生。"司事说。

"我不喜欢那个面纱,"一位老妇人一瘸一拐地走进礼拜堂,"把脸蒙住,他就有点吓人了。"

"咱们这位牧师疯啦!"古德曼·格雷边说边跨进门。

霍伯先生还没进礼拜堂,这奇怪的谣言便先传开了,人群开始骚动起来。一些人转过头朝门口看;还有些人索性站了起来,直接转过头来;几个小男孩干脆爬上椅子,但又不小心摔下来。女人的裙摆窸窣作响,男人的脚步踢踢踏踏,场面乱作一团,完全没有牧师到来时该有的恭敬肃穆。但是霍伯先生似乎并不在意这混乱的场面,他走路几乎不出声,和气地冲两侧的教友点点头,又向其中一位坐在过道中间轮椅上的白发苍苍的教友弯腰鞠躬。那位教友是这里最年长的,对霍伯牧师的异装并不以为意,这似乎与周围惊异的氛围有点格格不入。直到霍伯先生走上讲坛,隔着那块黑面纱面对众人时,他才有所察觉。这神秘的标志一刻都未曾摘下,霍伯先生唱赞美诗时,黑面纱便伴随着呼吸起伏;他朗读《圣经》时,黑面纱便在他和圣书中间的位置投下黑影。他做祷告时,黑面纱便重重地贴在他仰起的脸上。难道他面对上帝祈祷时,企图藏起自己的面孔吗?

这就是一块普普通通的绉纱产生的效果,很多神经敏感的妇女都不得不提前离开礼拜堂。然而在牧师看来,教民们苍白的脸色就像他们眼里的黑面纱一样恐怖。

霍伯先生因擅长布道而享有盛誉,但他并不是活力四射的那类布道者。他用温和的劝导而非铿锵有力的圣谕把众人引向天堂。现在他布道的风格方式还是和往常一样,但总有些什么异样,也许是牧师布道的情绪,也许是由于听者自身的想象,总之教友们感觉今天从牧师口中出来的劝导格外有力,而且比平时更显示出霍伯先生那种温和的忧郁。牧师讲的主题是隐罪和人们不展露给最亲密的人,甚至不展露给自己内心的悲伤之谜,人们已然忘却上帝是洞悉一切的。他的话语中透着一股微妙的力量。每位教民,从天真烂漫的女孩,到身体结实的男人,都感觉牧师正透过黑面纱,爬上他们的脊背,窥探他们思想行为背后藏匿的邪恶。很多人交叉双臂,置于胸前。其实牧师讲得并不恐怖,至少,并不暴力;但是那忧郁声音的每一次战抖都让听众为之战栗,一阵阵伤感之情涌上心头。教民们对牧师的异常之举好奇至极,恨不得能来一阵风掀开面纱。人们甚至觉得掀开后会出现一张陌生的脸庞,尽管这外形、这手势、这声音,分明都是霍伯牧师的。

礼拜刚做完,人们就乱作一团,争相往外挤,迫不及待地交流他们抑制不住的惊诧。只要看不见黑面纱,他们的心情便愉悦多了。

一些人三两成群,紧挨着低声嘀咕;另一些人若有所思,独自回家;也有人大声地亵渎安息日;还有几个人摇摇头说他们能看出这秘密;也有一两个人确信根本不存在什么秘密,霍伯牧师只是被午夜的灯光弄坏了视力,要块面纱遮光而已。过了一会儿,霍伯牧师也跟在人群后面出来了。戴着黑面纱的他看看这,看看那,对年长者表示敬意,以朋友和精神导师的身份向中年人打招呼,对青年人显示威严和爱意,又拍拍小孩子的头保佑他们。这是安息日的惯例。然而他的行为只换来了人们质疑和奇怪的眼神。与从前不同的是,这次人们并不觉得走在牧师身边无上光荣。老乡绅桑德斯也忘了请牧师吃饭——毫无疑问,是由于偶然记性不好。从牧师在这里布道开始,几乎每周日都是去老乡绅家吃饭,为他家饭桌上的食物祈祷的。既然如此,牧师只好回家。关门时,他转头看了一眼群众,所有目光都聚焦在他身上。黑面纱后面的嘴角露出一丝淡淡的苦笑,又很快随着他消失不见了。

"这也太奇怪了,"一位女士说,"只不过是块普通的黑面纱,就像女人戴在帽子上的一样,怎么到牧师脸上就不得了了呢?"

"霍伯先生一定是出了什么问题,"村庄里的医生,也就是刚刚那位女士的丈夫说道,"但是这事就奇怪在它产生的效果上,像我这样头脑还算清醒的人都震惊了。虽然黑面纱只是挡住了牧师的脸部,但感觉他整个人都有股阴气,你说呢?"

"我也是啊,"女士应道,"要是我,我不会和他单独待在一起,不知道他自己怕不怕自己!"

"有时候人都会自己怕自己呀。"男人说。

下午礼拜的情形和上午差不多。结束时,丧钟为一位女孩的葬礼响起。亲戚朋友聚在房子里,远亲站在门边,谈论着女孩生前的优良品质。交谈被霍伯牧师的出现给打断了,他依然戴着黑面纱,此时倒是一个再好不过的象征物。只见他屈身对死者做了最后的告别。屈身时，黑面纱从额头垂下来，如果这个女孩没有死的话，她就能看到他的脸庞。如果看到了，霍伯先生会害怕吗？他为什么急忙去拉面纱呢？有个人看到了这场生者与死者的对视，确切地说，刚刚牧师露脸的时候，女孩的身躯动了一下，尸衣和薄纱帽也发出了声响，但脸上依旧是一副死者的模样。这场面只被一位迷信的老妇人看到了。

霍伯先生离开棺木，走进哀悼间，接着走到楼上，做葬礼祷告。这是一段感人肺腑的悼词，伤感却又充满天国的希望，仿佛死者的手指掠过天堂的竖琴，琴声萦绕在牧师悲戚的悼词中。当牧师说，愿大家、他本人，以及天下众生都能像女孩一样随时准备面对自己揭开面纱的那一刻时，尽管众人只是隐隐约约地领会到牧师的用意，但还是惊颤不已。抬棺材的人拖着沉重的脚步走在前面，哀悼者跟在后边。前面的死者和后面戴着黑纱的霍伯牧师，让整条街一片悲戚。

"你为什么看后面？"有人问同行的人。

"我产生了一种幻觉，"她应道，"总觉得这牧师是和女孩手牵手一起在走。"

"刚刚那瞬间，我也有这种感觉。"那人说。

那夜是米尔福德村最美丽的一对新人大喜的日子。霍伯先生虽郁郁寡欢，但每逢这种喜事却也难掩一种平静的快乐之情。这比狂欢激发的快乐更能激起人们欣慰的笑容。人们最爱戴他的也就是他性情中的这一点。婚礼嘉宾已经迫不及待地期待着他的到来了，并相信白天笼罩着的阴郁现在会消失不见。霍伯先生一来，他们就把目光聚集到那吓人的黑面纱上，这块让葬礼更阴郁的黑面纱，对婚礼来说无疑是个凶兆。霎时，宾客觉得黑面纱下面好像有一团乌云席卷而来，就连烛光都变得暗淡了。新郎、新娘站在牧师面前，新郎颤抖的手紧握着新娘冰冷的手指,脸色苍白死寂。人们谈论着,这新娘是不是刚刚下葬的那女孩啊。如果这世上还有比这更阴森可怕的婚礼,那一定就是众人皆知的鸣丧钟的那场婚礼了[①]。婚礼结束后,霍伯先生举起酒杯,用温和的口吻祝愿新婚夫妇百年好合。这话本应该如同欢乐的火焰一般照亮宾客的脸庞,但在那一瞬间,牧师在玻璃酒杯里看到了自己的模样,发现黑面纱笼罩着自己和宾客。他一阵战栗,嘴唇发白,还未尝过的红酒洒在地毯上,他奔向了茫茫黑夜深处。这黑夜,也同样戴着黑面纱。

第二天,整个米尔福德村都在谈论这件事。霍伯牧师黑面纱背后的秘密游走在大街小巷。这件事顿时成了妇女们茶余饭后的话题与小卖部里老板和顾客闲聊的首选新闻。上学路上,淘气的小家伙用一块黑手帕蒙自己的脸吓同学,却一不小心也吓到了自己。

不同寻常的是,教会里所有好事者和冒失鬼都不敢贸然询问霍伯牧师为什么会这么做。在过去,只要他有一点小事需要别人干涉,准会有一大群人给他出谋划策,他都会听从他们的建议。如果真要说他哪里出了错,那就是太缺乏自信,甚至连最温和的指责也会让他把无关紧要的小事看成罪过。不过,尽管大家都熟知他这个过分随和的毛病,教会中没有一个人在黑面纱这件事情上劝他。大家都有一种既不用明说也不用特意掩盖的恐惧感,所以教会中的每个人都推来推去。最后的权宜之计,是在霍伯牧师黑面纱的秘密弄得沸沸扬扬之前,委派教会的代表团与他面谈。再没有哪个代表团在履行职责时表现得如此糟糕了。霍伯牧师有礼貌地接待了代表们,但在他们入座后一直保持沉默,挑开此番来意的重担都压到代表团身上了。这个话题再清楚不过了。霍伯牧师额头蒙着一块狭长的黑面

---

① 这是指霍桑的短篇小说《婚礼上的丧钟》。(译者)

纱,遮盖住他面部的特征。偶尔,代表们能透过面纱看到霍伯牧师忧郁的笑容。在代表们看来,黑面纱似乎围住了他的心,成为可怕秘密的象征,横在霍伯牧师与他们之间。仿佛黑面纱拿掉以后,他们就能自由谈论这个秘密,但现在还不能畅所欲言。因此,他们默默无语地坐了好长时间,不自在地躲开霍伯牧师的视线,却仍感觉到那双眼睛在默默地盯着他们。最后,教会的代表们窘迫地回到教堂,宣称此事重大,即使不举行全体教民大会,也要开个教会会议,否则无法解决。

所有人都惧怕黑纱,但村里有个女人却对此毫无惧意。代表们没从牧师那得到任何解释,甚至不敢提出这样的要求,而她却凭借自身性格中的冷静,决心驱散笼罩在霍伯先生周身日益阴暗的怪异云雾。作为他的未婚妻,她应当有权知道黑面纱之下隐藏了什么。因此,在牧师第一次到她这里来的时候,她就直截了当地谈到了这个话题,这样双方都好办很多。牧师坐下后,她便紧紧盯着面纱,却没有看到令众人如此惊惶的恐怖阴霾;那不过是两层绉纱从他额头垂至嘴角,随着呼吸轻微抖动。

“不,”她大声说着,面带微笑,“这黑纱没什么可怕的,只不过遮住了我总是很爱看的一张脸罢了。来吧,善良的先生,让太阳从云层后照射出来吧。先把黑面纱摘下,然后告诉我为什么你要戴上它。”

霍伯牧师微微一笑。

“那一刻会来的,”他说,“那时我们所有人将摘下面纱。亲爱的朋友,如果我在那之前一直带着这块面纱,请别见怪。”

“你的话也神秘兮兮的,”姑娘回答道,“至少要把话说清楚吧。”

“伊丽莎白,我会的,”他说,“只要我的誓言允许我。你知道吗,这面纱是一个标记,一个标志,我必须永远戴着它,无论身处光明还是黑暗,独自一人还是在众目睽睽之下,也无论是与陌生人还是亲友共处。世人不会看到它被摘下。这沉闷的黑纱必须将我与这世界隔开,就连你,伊丽莎白,也永远无法触及面纱之下!"

"你遭受了什么痛苦的折磨,"她急切地问道,"竟要因此永远让双眼蒙上黑暗?"

"如果它是一种哀悼的记号,"霍伯牧师回道,"也许我和多数世人一样,有着足够的悲伤,要用黑面纱来表示。"

"可是,如果世人不相信这是无辜伤痛的标记呢?"伊丽莎白劝道,"尽管你受大家爱戴尊敬,也许仍会有谣言,说你意识到自己不为人知的罪恶,从而将脸遮住。为你神圣的职业着想,驱散这些流言蜚语吧!"

当她说到已经在村庄广泛传播的谣言的性质时,她脸都涨红了。可是,霍伯先生却仍旧温和,他甚至还笑了——与之前同样的苦笑,像微弱的灯光一闪,从面纱下朦胧地透出。

"我若因悲伤遮住面孔,自有足够的理由,"他回道,"我若因不可告人的罪孽而遮住它,又有哪个凡人不可以这样做呢?"

他温和却又坚定地回绝她的全部恳求。最后,伊丽莎白沉默地坐着。过了一会儿,她似乎陷入了沉思,也许在想可以用什么新的方法,把爱人从如此阴暗的幻想中拉回来。这幻想若没有其他含义,则有可能就是精神病的症状。虽然她性格比他更坚强,泪水还是顺着她的面颊流下。然而,突然之间,一种新的感觉取代了悲伤。她的眼睛不知不觉盯住黑面纱,当时,仿佛空中有一道突如其来的微光,黑纱的恐惧攫住了她。她站起身,在他面前直发抖。

"你终于感觉到了吗?"牧师悲哀地说道。

她没有回答,但是双手掩面,转身离开房间。他冲上前一把抓住她的胳膊。

"对我耐心些,伊丽莎白!"他激动地喊叫,"别抛弃我,虽然今生今世,这面纱必须隔在我俩之间。做我的人吧,来世我的脸上将不再有面纱,我们的灵魂也不会被黑暗隔开!它不过是现世的面纱——不会永世存在!哦!你不知道我一个人待在黑面纱之后有多孤独,多害怕。别把我永远留在这悲惨的阴暗之中!"

"那你掀一回面纱,让我看看你的脸。"她说。

"绝不!这不可能!"霍伯牧师回道。

"那就再见!"伊丽莎白说。

她抽出胳膊,慢慢离去,在门口,她停下来,长久地、战抖地凝视着,几乎要穿透黑面纱的神秘。但是,即使霍伯牧师感到悲伤,他仍微笑地想着,把他与幸福拆开的只是一种物质标记,虽然它投下的恐怖阴影,必然会在最亲近的恋人间产生隔阂。

从那时起,再没人尝试摘下霍伯牧师的黑面纱,也没人直率地要求探寻面纱下所隐藏的秘密。那些自认为比世俗偏见更高明的人,以为这只是一种古怪的念头,这种怪异的念头常与人们清醒时的行为相混合,令正常的行为也带上疯狂的色彩。可是,对大多数人来说,善良的霍伯先生无可挽回地成了怪物。他无法内心平静地上街,他发现温和胆小的人们会转过脸避开他,而其他人则以为挡住他的道路就是勇而无畏。后者的粗鲁举止迫使他放弃了日落时分去墓园散步的习惯,因为他靠在大门上沉思时,墓碑后总躲着人,偷窥他的黑面纱。谣言四下传开,说是死者的凝视引他走到那儿。他仁慈的内心深感悲哀,当他忧郁的身影还在远处时,孩子们就会四下逃散,欢快的嬉戏就此停止。他们本能的惧怕比其他任何事物都更强烈地使他感觉到,一种异常的恐惧已经与黑面纱相互交织在了一起。实际上,人们知道他自己对面纱也十分厌恶,他从不愿意从镜子前面走过,也不愿在一潭止水前俯身就饮,以免在平静的泉水中被自己的样子吓到。谣言因此盛行,说霍伯牧师的良心因他犯下某些罪孽而深受折磨,这些罪孽过于可怕,难以被完全掩盖,只好如此隐晦地暗示一下。因此,在黑面纱底下,滚出一团乌云遮住了阳光,罪恶或悲伤的氤氲笼罩着可怜的牧师,以至于他永远得不到爱与同情。据说,鬼魂和恶魔与他在一处厮混。他继续走在面纱的阴影之下,内心战栗,外表可怖,他在自己的灵魂内暗中摸索,或透过面纱,凝视着这个被染上悲伤色彩的世界。人们相信,甚至连无法无天的风也敬畏他那可怕的秘密,从未将面纱吹起。可是,善良的霍伯牧师路过世俗的人群时,仍然会对人们苍白的面容悲伤地微笑。

黑面纱的诸多负面影响中,有一种效果比较理想,那就是它使佩戴者格外胜任牧师一职。凭借这个神秘的标志——因为没有其他明显的原因了——他变得令人敬畏,对那些因罪恶而在痛苦中煎熬的灵魂是一种威慑。他的追随者总是怀着他们自己特有的惧怕尊敬他,以委婉的方式断言,在他将他们带往天堂的光明之前,他们曾与他一起困在黑面纱之后。的确,黑面纱的阴暗使他能够与所有黑暗的情感产生共鸣。垂死的罪人大声呼喊着霍伯牧师,直到他现身了才肯咽气,然而,当他弯腰轻声抚慰,戴着面纱的面孔靠近时,他们就浑身战抖。这些就是黑面纱带来的恐惧!陌生人长途跋涉来到他的教堂参加礼拜,唯一的目的就是看看他的身影作为消遣,因为注视他的面孔是个禁忌。但是,很多人在离开之前会感到恐惧战抖!有一次,在贝尔彻总督任期内,霍伯牧师受命进行选举布道。他戴着黑面纱,站在最高行政官、理事会和代表们前面,给众人留下了深刻的印象,以致那年的立法措施刻上了我们早期祖先统治下所有的黑暗与虔诚的特征。

霍伯牧师以这样的方式度过了漫长的一生,他的外在行为无可指责,但却被阴沉的怀疑所包围。他友善慈爱,却不为人所爱而且依稀令人惧怕;他避开人群,远离他们的健康和快乐,却总被召唤去帮助他们从凡人的痛苦中解脱出来。随着时光的流逝,岁月给黑面纱下的两鬓染上银霜，他得到了一个遍及新英格兰教堂的名字，人们尊称他为霍伯教长。他上任时已经成年的教区居民几乎都已相继离世，在礼拜堂里他有许多教民，而在墓园里长眠不起的他的教民则更多。他工作到垂垂暮年，做得极其优秀。现在，轮到虔诚的霍伯教长安息了。

在老牧师临终的房间里，阴暗的烛光隐约照亮了几个人的身影。牧师没有亲友，但是到场的却有一个礼仪庄重、不动声色的医生，医生是在试图减轻这个他无法挽救的病人最后的痛苦。执事和教堂里其他德高望重的成员都在那儿。韦斯特伯雷教区的克拉克牧师也在，他是一位年轻热情的牧师，为了能给临终的牧师祈祷，他特意骑马飞驰而来。在场的还有一位看护——不是雇来服侍垂危者的女仆，而是一位以平和的情感经受了漫长岁月的考验，保守了秘密，忍受了孤独，甚至在牧师临死这一刻，那种情感也未消逝的女性。她就是伊丽莎白！霍伯教长花白的脑袋枕在死亡之枕上，从额头至面孔仍然包裹着黑面纱，每一次艰难微弱的呼吸都会引起一阵颤动。在他的一生中，那块黑纱一直悬挂在他与世人之间，使其远离愉悦的兄弟之情和女性的爱恋，被拘禁在最悲哀的监狱——自己的心房中。那面纱还盖在他脸上，好像要使这昏暗的房间变得更黑暗，要将他永远埋藏在阳光的阴影之下。

之前有一段时间，他神智混乱，在过去与现在之间游弋不定，就好像要不时地盘旋进入来世的混沌当中。发高烧时，他辗转反侧，耗尽了最后一点力气。然而，即便是处在最剧烈的抽搐挣扎、冒出最狂乱的古怪念头的状态下，在神智不再清醒的时候，他仍然流露出了可怕的焦虑，害怕黑面纱滑落开来。他困惑的灵魂可能已经忘记，仍有一个忠诚的女人在他枕头边上。她调转目光，为他遮盖住那张苍老的面庞，那张她最后一次看见时仍是英俊男子的面庞。最终，这个濒死的老人静静地躺着，精神迟钝衰退，身体枯竭麻木，脉搏难以感知，呼吸越来越弱，只有那一声长而深的无序的吸气，似乎预示着他的灵魂即将飞走。

韦斯特伯雷教区的牧师走到床边。

"尊敬的霍伯教长，"他说，"解脱的一刻即将到来。您准备好掀开面纱，以免它阻断今生与来世吗？"

一开始，霍伯先生只是微微地动了一下头以示回复，然后，也许是担心大家不懂他的意思，他强打精神说了话。

"是的，"他以虚弱的声调答道，"我的灵魂疲惫却有耐心，等着掀开面纱。"

"那么，"克拉克教士继续说道，"就世俗的评判认为，您是一个如此虔诚祈祷的人，是无可指责的榜样，行为思想都神圣高洁。对于一位教堂里的教长来说，怎能给自己的回忆留下阴影，玷污其纯洁的生命呢？我请求您，尊敬的兄长，不要让这种事情发生！在您获得永生的回报之前，让我们看看您欢喜的面容吧。在永恒的面纱被掀起前，让我先从您的脸上摘下这块黑面纱吧！"

克拉克牧师这样说着，就向前倾身，想去揭开多年的神秘面纱。但是令在场所有人都目瞪口呆的是，霍伯教长突然获得了一股力量，他从床单下抽出双手，用力按住黑面纱。倘若韦斯特伯雷教区的牧师要与垂死之人争斗，他决心抗争到底。

"绝不！"戴着面纱的教长喊道，"在这世上，绝不摘下！"

"难以理解的老人！"受到惊吓的牧师惊叹道，"你的灵魂背负着什么可怕的罪恶去通过审判？"

霍伯教长的呼吸沉重了起来，喉咙里咯咯作响。但是，他使劲一用力，双手向前紧抓，抓住了生命，还将其拽回，直至他有力说话。他甚至在床上坐了起来，在死神的怀抱中战抖着，黑面纱在最后一刻，于集聚一生的恐惧中可怕地垂下。那个经常浮现的苦笑似乎又隐约可见，逗留在霍伯先生的双唇上。

"你们为何单单见了我就发抖?"他喊叫着，戴着黑纱的面孔转向围成一圈的面色苍白的看客。"你们也对彼此发抖吧! 就因为我的黑面纱，男人躲着我，女人对我没有丝毫同情，孩子们尖叫着逃开? 仅仅只是这黑纱隐约代表的神秘就已使它如此可怕吗? 当朋友之间、爱人之间坦诚相见，当人类不再徒劳地躲闪上帝的审视，令人厌恶地藏起罪恶的秘密时，你们就因我在这样的标志下活着、死去而把我当成怪物吧。我环顾四周，哦，瞧! 每个人脸上都蒙着块黑纱!"

听众们怀着对彼此的恐惧，互相退避，而霍伯教长一头倒回了枕头上，只剩下一具蒙着面纱的尸体，嘴角还留着一抹淡淡的微笑。他仍然戴着面纱，人们把他放入棺木内，将罩着面纱的尸体抬向坟墓。经年的野草疯长，又枯萎在坟墓上，墓石上生满青苔。霍伯先生的面孔已化为一抔黄土，可一想到它是在黑面纱下衰败腐朽的，人们便会感到敬畏恐怖。

（刘富丽 译）

年轻的古德曼·布朗[①]

[美]纳撒尼尔·霍桑

黄昏时刻,年轻的古德曼·布朗来到萨勒姆村庄的街道上。他刚迈过门槛,就回头与年轻的妻子吻别。他的妻子费丝[②]——人如其名——把漂亮的头伸向街道,呼唤着古德曼·布朗,任其帽子上的粉色丝带在风中飘舞。

"心肝宝贝,"费丝悄声细语,轻柔又略带伤感,"求你明天日出前再上路,今夜就留在家里。一个孤独的女人受到噩梦的困扰,生出吓人的念头,有时竟把自己都吓坏了。我亲爱的丈夫,一年到头只求你今夜留下陪我。"

"我最亲爱的费丝,"年轻的古德曼·布朗回答,"一年中的所有

---

　　① 古德曼·布朗,英文是 Goodman Brown。Goodman 意为"好人"。作者以此称呼主人公,并作为小说题目,一语双关:一是布朗正直善良,二是表明对信仰的探索和追求是一个普遍性的问题。本故事发生的历史背景是霍桑的家乡,即位于马萨诸塞州的萨勒姆,当时那一带巫术盛行,导致了后来的"萨勒姆事件"。故事中,年轻的布朗及其妻子费丝(Faith)所皈依的便是巫术。小说自始至终都充满了神秘与象征,其象征性体现在语言天才霍桑对词汇语义的模糊性与多重性的巧妙运用中,"Goodman"即是一例。(译者)
　　② 费丝(Faith)在英文中含"忠实"之意。(译者)

夜晚,只有今夜我必须离你而去。正如你所说,我的往返旅程必须在日出之前完成。我的甜心,美丽的妻子,我们结婚才三个月,难道你就已经怀疑我了?"

"上帝保佑你!"费丝说道,她帽子上的粉色丝带飘舞着,"你会平安无事地回来。"

"阿门!"古德曼·布朗说,"亲爱的费丝,我们祷告,天一黑你就上床睡觉,你会安然无事。"

于是夫妻二人告别。年轻的古德曼上路了,在礼拜堂的转角处,他回头看见费丝仍伸出头目送他,脸上有一丝哀伤。

"可怜的小费丝!"古德曼想,他十分自责,"我太可恶了,因为这种差事离开她!她说起那些噩梦,脸上挂着几丝忧愁,在我看来,好像那梦已警告过我今晚要做的事情。不,不,这会让她痛不欲生。她是这个世界上受到庇护的天使;过了今夜,我将拜倒在她的石榴裙下,跟随她上天堂。"

古德曼怀着对未来的美好信念,感到自己要尽快实现那邪恶的目的,才名正言顺。他踏上一条阴沉的小路,这条路被林中阴森森的树木遮蔽得不见天日。树木杂乱地挤在一起,勉强让狭窄的小路蜿蜒穿过。人一走过,树木马上又将小道遮蔽起来。这一切都是那么的萧瑟,在这样的孤寂中还有些异样:旅行者对这些数不清的树干和头顶粗大的树枝中所藏的东西一无所知。古德曼迈着孤零零的脚步,但或许是在很多看不见的人中间穿行而过。

"也许每一棵树后面都藏着邪恶的印第安人,"古德曼·布朗自言自语。他怯怯地回头看看,又继续说道:"如果凶恶的印第安人就在我身边!"

转弯时,他回头看看,又向前看看,看到有个男人坐在一棵老树下,衣着庄重得体。古德曼·布朗走近,那男人站起来,与他肩并肩朝前走。

"古德曼·布朗,你迟到了,"男人说,"我途经波士顿时,老南方①教堂的钟声刚好敲响,现在整整过去了十五分钟。"

"费丝耽搁了我一会。"古德曼回答,虽在意料之中,但这个同伴的出现还是让他说话时声音有些发颤。

此时树林中夜色正浓,而这两人要去的地方暮色沉沉。只能依稀看出,第二个旅行者大约五十岁,显然与古德曼·布朗有着相同的身份,外表也相近,但最相似的莫过于他们的表情。他们很容易被误认为是父子关系。尽管这个年长者穿的衣服如同年轻的古德曼一样简单,行为举止也同样质朴,但他有着见多识广的气质,如果公务需要,他陪总督进餐或出现在国王威廉的皇宫里,也不会表现出不知所措。但在他身上,有一样东西引人瞩目,那是一条看上去像黑蛇的手杖,精心的雕琢使得手杖好似一条扭来扭去的真蛇。当然,这无疑是幽暗的月光造成的幻象。

"快走,古德曼·布朗,"同行者催促着,"一开始就这么慢。如果你疲倦了,就拿着我的手杖。"

"朋友,"古德曼说,他缓慢的步伐突然停下来,"我已经遵守来此地与你会合的约定,现在却只想回去。关于你说的事情,我至今还拿不定主意。"

"是吗?"拿着手杖的人笑着回答,"我们边走边说,我要是不能说服你,你就回去好了。我们才在森林里走了一段路。"

"很远了!很远了!"古德曼叫喊道,不知不觉又移步向前,"我的父亲从未因为此事来到过这片森林,我父亲的父亲也未来过。从殉教先圣遇难起,我们家世代都诚实守信,是忠实的基督徒。难道我要

---

① 老南方(Old South):教堂名。(译者)

成为布朗家族第一个踏入这片森林的人,而且同……"

"你想说,同这样的人一起。"年长者打断他的话,"说得好,古德曼·布朗!对你的家庭,我像对任何清教徒家庭一样熟悉。这并不是开玩笑。你那当警察的爷爷,有一回他狠狠地鞭打一个贵格会的女人,从萨勒姆街这头打到街那头,我帮了他一把;与国王菲利普交战时,你父亲放火烧那邪恶的印第安人村庄时,还是我给他的松脂火把,而那火把就是在我们家炉子上点着的。他们两个人都是我的好朋友。我们沿着这条路愉快地走着,直到半夜高兴地走回家。看在他俩的分上,我也会很高兴交你这个朋友。"

"如果你所说是真的,"古德曼·布朗道,"我很好奇他们从未说过此事。哦,也不奇怪,如果有这样的流言蜚语传出来,他们就会被赶出新英格兰。我们是基督徒,行善积德的人,不能容忍这样的残忍。"

"残不残忍不管它,"拿着手杖的旅行者说道,"在新英格兰我有很多朋友。好多教堂执事和我一起喝过圣餐酒,好多市政委员推选我当他们的主席。议会里的大部分人都坚决地支持我的利益。总督和我……但是这些都是国家机密。"

"这怎么可能!"古德曼·布朗大叫,目瞪口呆地看着淡定的同伴,"然而,我与总督和议会毫无联系。他们有他们的方式,他们没有给像我一样的布衣农夫制定清规戒律。但是,我如果跟着你,我有什么脸面去见萨勒姆村庄的老牧师? 哦,无论是在安息日或是在布道日,他的声音都会让我战抖。"

年长者一直很认真地听着同伴古德曼·布朗说话,可这时突然大笑出来,笑得身体都在战抖,就连他的蛇形手杖也响应着,好像在扭来扭去。

"哈! 哈! 哈!"他再一次大笑,然后镇定下来,"继续,古德曼·

布朗,继续说;不过,别让我笑死!"

"好,马上结束这个话题,"古德曼·布朗,十分懊恼地说,"如果我的妻子费丝在这里,这一定会伤害到她柔弱的心。我宁愿让自己心碎难过。"

"如果真是这样的话,"年长者回答,"你还是回去吧,古德曼·布朗。我可不愿意伤害你的费丝,哪怕是为了二十个在我们前面蹒跚而行的老太婆。"

他一边说一边用手杖指向这条路上的一个女人,古德曼·布朗认出这位虔诚得堪称典范的女人。在古德曼小时候,她教他基督教教义,至今她仍是他道德和精神上的指引者,她同牧师和顾金执事一起布道。

"真是奇怪,古迪·克洛伊丝竟然傍晚出现在这荒郊野岭的地方。"他说道,"不过,如果你允许,我就抄近路穿过这片树林,好把这基督徒甩在后面。她并不认识你,有可能会问我你是谁,又要到哪里去。"

"就照你说的做,"古德曼说道,"你走近路,我就顺着这条路走。"

于是年轻的古德曼离开了,不过对他的同伴格外留神。只见同伴步履轻盈地前进,老妇此时与他的同伴只有一手杖之遥。她奋力地赶路,其走路速度对于像她这么大年纪的老妇人而言,快得惊人。她边走边咕哝着些模糊的字眼——毫无疑问,她在做祷告。年长者伸出他的手杖,用像蛇尾的一端碰到了老妇皱巴巴的脖子。

"见鬼!"虔诚的老妇尖叫道。

"古迪·克洛伊丝还记得老朋友?"年长者说道,挂着那看似扭动的拐杖,站在了老妇面前。

"啊,真是阁下您啊?"善良的老妇惊叫道,"哦,真的是您,和我的老朋友古德曼·布朗像极了,他就是那个傻小子古德曼的爷爷。不过,不论您相信与否,我的扫帚莫名其妙地丢失了,我怀疑一定是那个该死的女巫古迪·戈雷,她趁我往身上涂块根芹、委陵菜和狼毒混合的汁水时偷去了。"

"还掺有精细小麦粉和新生儿的脂肪吧。"模样像老古德曼·布朗的人说道。

"啊,阁下知道配方呀。"老妇人叫喊着,"所以,就如我说的,我为赴会做好了准备,不能骑马,下定决心步行。他们告诉我今晚会有一个善良的年轻人前来赴会。不过,善良的阁下,此时您能把胳膊伸给我吗,我们转瞬就到那儿了。"

"那可不行,"她的朋友回答,"我不能把胳膊给你,古迪·克洛伊丝。不过,如果你需要,我可以把手杖给你。"

正说着,他就把手杖扔在老妇的脚下,脚下的东西变成了活物,因为手杖的主人之前把手杖借给了埃及魔法师。不过,古德曼·布朗没有看清楚。他眼里尽是惊讶,又低头看了一次,却没有看到古迪·克洛伊丝,也未见像蛇一样的手杖,只看见他的伙伴独自在那,若无其事地等着他。

"老妇曾经教我基督教义,"年轻人说道,简单的话语中富有深意。

他们两人继续前行,年长者劝服同伴加快步伐,继续前行,他的话合情合理,似乎发自于听者的内心世界,而非由他劝谏。他们走着走着,他就折了一个枫树枝用来做拐杖,并着手剥去已被夜露打湿的小枝小杈。他手指刚触碰到这些枝杈,它们立刻就干枯了,好似暴晒了一星期。他们快速前进,突然路上出现了黑乎乎的坑,古德曼·布朗一下子坐在了树墩上,不愿再多走一步。

"朋友,"他固执地说道,"我决心已定,再也不会因为这种差事前行一步。如果一个可恶的老太婆选择见魔鬼,而我却认为她去了天堂,又该怎么办呢？有什么理由让我离开亲爱的费丝而尾随一个老太婆？"

"你会慢慢想通的,"他的同伴镇定地说道,"你坐在这里休息一会。你想走了,我的手杖会帮助你前行。"

一句话也不再多说,他就把枫树手杖扔给同伴,自己迅速消失,好似融入茫茫黑暗中。年轻人在路旁坐了一会儿,对自己大加赞赏,想着明天早上遇到散步的牧师,自己会如何问心无愧,如何不用逃避善良的老执事顾金的眼神。这个夜晚会有个安稳觉,要是眼下在费丝的怀抱中,该是多么甜蜜,多么纯洁。古德曼沉浸在这美好又值得赞美的冥想中,忽然听到路上嘚嘚的马蹄声,他觉得还是藏到树林里的好。一想到把自己带到这里的罪恶目的他就内疚,虽说因为刚才的悬崖勒马而倍感欣慰。

沉重的马蹄声和苍老的声音传来,随着两名骑马者的靠近,他听出他们在严肃地交谈着。混杂的声音沿途而过,距离古德曼藏身地方只有几码之遥,由于这森林的黑暗,古德曼看不清两名骑马者,也看不清他们的马。尽管他们的确擦着路边的小树枝而过,但他们片刻都没有遮挡住明亮夜空投来的微光。古德曼一会儿蹲下,一会儿踮起脚尖站起来,鼓起勇气去扒开两边的树枝探出头看,但还是什么都没看到。他更加焦躁了,如果真有可能的话,他敢发誓,刚才的声音正是来自牧师和顾金执事。他们安静缓慢地前进,如同他们参加神职受任仪式或教会会议一样。古德曼还能听见他们的声音,其中一人停下来折了根树枝。

"尊敬的牧师,"两人中的一个像是执事的人说,"我宁愿错过神职受任宴席,也不愿错过今晚的集会。他们告诉我,有些会友来自法尔茅斯,甚至来自于更远的地方,还有些会友来自康涅狄格和罗德岛,还有几个是印第安巫师,他们和我们当中巫术掌握得最好的人不相上下。再说,今晚还有一位年轻漂亮的女士来参会。"

"非常好,顾金执事!"牧师苍老庄重的声音应道,"我们快马加鞭,否则就会迟到。你懂得,我不到场,什么都干不成。"

马蹄声再次响起;他们谈话的声音在空中回响。森林里并没有教堂,也不会有孤独的基督教徒跑到这里做祷告。这些圣徒深入这异教徒的荒山野地,究竟是要去往何方?年轻的古德曼抱住一棵树来支撑自己,不然就瘫倒在地。他头晕目眩,心头沉重。他抬头看看天空,怀疑头顶是否有天国。然而,那蓝色的苍穹只有星星闪烁着。

"天国在上,费丝在下,我依旧坚决与邪恶做斗争!"古德曼·布朗痛苦地喊叫着。

古德曼抬头仰望着深邃的苍穹,伸出手去做祈祷。虽未起风,但一团乌云飘过,遮住了闪烁的星星。蓝色的天空依然清晰可见,只有头顶正上方的大片乌云快速地向北移动。高空中,好似从那团乌云深处传来可疑的声音。古德曼分辨出是他们当地人的口音,那些男男女女,有些虔诚,有些不敬神明,有的人他曾在圣餐桌上见过,还有一些人,他曾在酒馆里见过他们胡闹。突然声音变得模糊不清,也许他听到的就是古老树林中风吹过的声音。忽然那些熟悉的声音潮水般涌来,全是他白天在萨勒姆村听过的声音,但这些声音从没在晚上打天边响起过啊。其中有位年轻女人的声音,她唉声叹气,带着莫名的悲伤,像是祈求得到帮助,而得到的恩典也许只能令她更加悲伤。周围所有看不见的圣人和罪人,似乎怂恿她继续悲伤下去。

"费丝!"古德曼痛苦绝望地叫道,森林中的回响嘲弄地大叫"费丝!费丝!"好似六神无主的不幸儿都在荒山野地中寻找着她。

一种混杂着悲伤、愤怒和恐怖的哭泣声划破夜空,难过的古德曼屏息等待着回应。他突然听到一声尖叫,不过立刻被嘈杂声淹没了。黑云早已飘过,古德曼上空的天空变得透彻沉寂。有个东西从空中徐徐飘下,落在了树枝上。古德曼抓住了它,原来是根粉色的丝带。

"我的费丝走了!"他大哭着,呆若木鸡,"这世上哪来的善。罪只是个名字罢了。魔鬼出来吧,这世界全都属于你了。"

古德曼时而狂怒,时而绝望,大笑了很久。他拿着拐杖继续向前走着,大步流星,不像是走路,更像是飞。路变得更加荒凉可怖,看不清远方,最后路消失了,把他撇在了黑暗森林的中心,直觉引导这俗人奔向魔鬼。森林里夹杂着各种令人害怕的声音——树咯吱咯吱作响,野兽咆哮,印第安人大叫着。有时风声酷似教堂的钟声,有时在古德曼耳旁咆哮着,好似大自然都在嘲笑他。不过,古德曼自己就是这恐怖场面的主角,他不会在其他恐怖之物面前退缩。

"哈!哈!哈!"风嘲笑他时,古德曼大笑起来。

"让我们看看谁笑得更猖狂。不要妄想用你的妖术恐吓我。出来吧,巫士;来吧,巫婆;来吧,印第安巫师;来吧,魔鬼们。古德曼就在这里。你们也会像他怕你们一样畏惧他。"

事实上,这诡异的森林里没有比古德曼更恐怖的人了。他拿着黑色的松树枝,疯狂地挥舞着,跑来跑去,破口大骂神灵,纵声大笑,他的笑声和森林里围绕在他周围魔鬼的笑声一样。古德曼像野兽一样狂怒时,像他一样的魔鬼也不再那么可怕。他继续着魔般地奔跑着,最后停在树边发抖。他看见前面空地上有红光,树枝、树丫被扔进火堆里,血红的烈火直冲午夜的天空。他停下来,驱使他狂奔的心火平静下来。只听到远处有人的声音,好像在合唱赞美诗,歌声庄严起伏。他熟悉这个曲调,和村里礼拜堂唱诗班唱得相似。歌声低沉消落下去,化作拖长的和声。这声音不像是人发出,更像是幽暗森林的所有声音混在一起形成的恐怖旋律。古德曼大喊,喊声与荒野的声音融为一体,连他自己都分辨不清。

在静默的间隙中,他偷偷地走向前,直到火光尽收眼底。黑黝黝的森林包围着一片宽敞的空地,空地上竖起了一块粗砺的石头,与讲道坛或祭坛极其相似。四棵松树将其环抱,树冠迸发火焰,但根部安然无恙,如同晚间集会的四根蜡烛。罩在石头上的草叶也在燃烧,火光直冲夜空,照亮整片空地。悬挂的枝丫都在燃烧。火光高高低低起伏着,众多的集会者一会显现,一会消失在暗影中,反反复复。寂静的森林里一时间人头攒动。

"是一群黑衣会众。"布朗道。

事实上,他们的确是黑衣会众。火光明暗交替中闪现着即将出席在明天州议会上的大人物,还有一些人会在每个安息日集会上站在萨勒姆最神圣的讲道坛,虔诚地仰望天空,慈祥地面对会众。州长的夫人也在场,此外至少还有一些她熟知的高贵夫人、社会名流的妻子和一群寡妇。还有血统高贵的少女,她们声名显赫,年轻漂亮,却个个战战兢兢,生怕被她们的母亲认出来。或许是昏暗荒野上突然出现的闪烁火光令布朗眼花缭乱,又或许是他认出二十多个以圣洁而闻名的萨勒姆教堂的教徒。上了年纪的顾金执事早就到了,在尊敬的牧师身旁俯首听命。不过,与这些庄重、善良且德高望重的长者,以及纯洁的女士和安静的少女在一起的,竟是生活放荡的男人和声名狼藉的女人,他们有种种丑行劣迹,甚至受到可怕罪行的指控。怪就怪在这些好人没有远离这些坏人,罪人面对圣人也毫无愧色。混在脸色苍白的冤家对头中的还有印第安牧师和巫师,他们经常在自己的林中播撒咒语,那些咒语比任何已知的英格兰巫术更恐怖。

"费丝在哪里?"古德曼·布朗琢磨着。他心中燃起希望,身体随之发抖。

另一首赞美诗响起,缓慢悲伤的曲调像是歌颂虔诚的爱,但歌词尽是在表达人性所能想象的罪恶,并含糊地暗示更多的罪恶。对于凡人深不可测的是魔鬼。赞美诗一首接着一首地唱起;荒野之声犹如巨大的风琴发出最深沉的曲调;恐怖的赞美诗在最后轰鸣,传来如狂风怒号般的声音,似激流涌荡,又似野兽咆哮,森林里其他的声音,统统混杂于罪恶的人类之声,向万物的主致敬。四棵燃烧着的松树冒出高耸的光芒,在这邪恶集会上空的烟雾之中,可以模糊地看到恐怖的人影及其面孔。在同一瞬间,石头上的火射出红光,形成一道光弧,此时这里出现一个人。他说话带着几分尊贵,但此人无论从服装还是举止上看,都和新英格兰教堂的庄严神圣格格不入。

"把皈依者带上来!"他的喊声在空地回响着,没入深林。

说话间,古德曼·布朗从树木的阴影中走向会众。面对这些会众,他有着一种可恨的同教情谊,他心里认为这种情谊是邪恶的。他已故父亲的形象在烟雾上方向下看,召唤他向前走。不过,有一个形象模糊的女人绝望地伸出手,警告他退回去。那是他的母亲吗?然而,老执事顾金抓住他的手臂,把他往那燃烧着的石头拉去,那时他没有力气向后退步,也没有力气抵抗,甚至想都没去想。这时又一位身材纤细的蒙着面纱的女子走来,她走在虔诚的基督教导师古迪·克洛伊丝和玛莎·嘉莉中间。后者应允去当地狱的王后,是个十分猖狂的女巫。一群异教徒站在火光下。

"欢迎,我的孩子们,"一个黑衣人说道,"来到这个同教的集会,你们这么年轻就明白自己的天性和自己的命运。我的孩子们,回头看看!"

他们都转身。一片火光之中,刷地一闪,那些魔鬼崇拜者的面孔都一一在目,每个人脸上都隐约露出欢迎的笑容。

"这些,"黑衣人继续说道,"都是你们自年轻时就崇拜的人。你们自认为他们比你们更神圣,与他们正派的生活和虔诚的祷告相比,你们会因自己的罪过而畏惧。然而今天他们都参加我的集会。今晚保证让你们知道他们那些不为人知的事情:胡子花白的教会长经常对自家的年轻女佣说轻佻的话语；多少渴望穿上丧服的女人在临睡前给她们的丈夫备一杯毒酒，让他们最后一次睡在自己的怀抱中；多少年轻的孩子迫不及待地想继承他们父亲的遗产；漂亮的少女——可爱的少女们，不要脸红——在花园里挖墓地，请我这唯一的宾客去参加她们孩子的葬礼。出于人类内心对罪恶的同气相求，你们将嗅出所有地方——无论在教堂、卧室、街上、田野里，或是森林深处，都发生过罪行。你们将欣喜地看到整个大地就是一个犯罪的现场，是一大块血迹。远远不止这些，你们应该能洞悉每个人心中的罪恶。罪恶深处的秘密，所有罪恶伎俩的源泉，源源不竭地提供罪恶的冲动，远超过人的力量。现在，我的孩子们，都互相看一眼吧。"

他们面面相觑；在地狱之火的照耀下，可怜的古德曼看到他的费丝，费丝也看到了他，他们都在那亵渎上帝的神坛前瑟瑟发抖。

"看啊，我的孩子们，你们站在这里，"黑衣人深沉严肃地说道，悲伤中带着威严，仿佛他那曾经善良的心在为我们苦难的人类默哀，"你们相信彼此的心，始终相信美德不过是个梦。现在你们清醒了吧，罪恶是人类的天性，罪恶是你们唯一的快乐。再次欢迎我的孩子们，欢迎来到同类的聚会。"

"欢迎。"魔鬼敬拜者们齐声重复，绝望又得意，异口同声。

夫妇两人站着，他们好像是唯一一对徘徊在这个黑暗世界的罪恶边缘的男女。石头上有个天然的凹坑，里面盛满的是被火光映红的水？或者里面装着血？也许只是液态的火焰？黑衣人把手放进去，准备用手在他们的额头上留下洗礼的标记，这样他们就是罪恶秘密的参与者，从此他们无论从行为上还是心理上对别人的罪过都比对自己的还要清楚。布朗看了一眼自己的妻子，发现她脸色苍白，费丝也回望他一眼。他们发现彼此是多么可怜，他们为自己的所知所见而战抖。

"费丝！费丝！"丈夫哭喊道，"仰望天国，抵抗邪恶。"

他并不知晓费丝是否照做。他说话的时候发现他自己孤单地身处宁静的夜色中，听着风猛烈地在森林里呼啸而过。他踉踉跄跄地撞向石头时感觉到一阵寒冷，原来是冰冷的露珠打湿了他的脸颊。

第二天早晨，年轻的布朗缓慢地走向萨勒姆村庄，好像一个迷失的人环顾四周。为了让自己有食欲吃早餐，同时冥思自己的布道词，善良的老牧师正沿着墓地散步。在布朗从身边经过时，他还向布朗祝福。布朗面对这位庄严的圣人，忽生嫌恶之感，好似躲避一个被诅咒的人。老执事顾金还在进行日常的祷告，他神圣的祈祷词从窗户传出来。"巫师向上帝祈祷，上帝在干什么呢？"布朗喃喃道。古迪·克洛伊丝这个虔诚的老基督徒，站在自家格子窗前沐浴在阳光下，正向给她送来牛奶的小姑娘讲解教义。布朗一把拽走小女孩，好像从魔鬼手中抢救她一般。

在礼拜堂的转角处，他发现了费丝。她的帽子上依旧系着粉丝带，焦虑地张望。她看到布朗时欣喜若狂，跑到布朗面前，不管不顾地差点就在全村人面前亲吻她的丈夫。然而，布朗严厉地盯着费丝，带着几许悲伤，招呼都没打就走了过去。

难道古德曼·布朗在林中睡着了？他仅仅是做了个关于鬼巫幽会的梦吗？

如果你认为是这样，那就这样认为好了；不过，天啊！对于年轻的古德曼·布朗而言，这可是个人生噩梦。自从那晚做了恐怖的梦，他虽未彻底绝望，却从此变得严厉、悲伤、沉默寡言并疑神疑鬼。在每个安息日上，当会众齐唱圣歌，他却浑身难受无法忍受，因为罪恶的颂歌大声地撞击他的耳膜，淹没了所有祝福的圣歌。牧师站在讲台上，手捧圣经，熟练而有力地宣讲着宗教的神圣真理、圣人的生活和他们荣光的死亡，还讲未来的恩典和难以形容的痛苦，每当这时，古德曼·布朗的脸色就会变得苍白,担心房顶轰然一声砸在这位头发花白的渎神者及其听众头上。他经常半夜惊醒,推开费丝的怀抱。清晨或是傍晚,当一家人跪下祷告,他却愁容满面,低喃自语,不满地看着费丝,然后转身离开。他活了很久,最后变为一具须发灰白的尸体,被抬入墓地,后面跟着的,除了一些邻居,还有老妇费丝,他的儿孙们,以及长长的送葬队伍。他们没有在古德曼·布朗的墓碑上刻下满怀希望的诗句,因为直到垂死之际,他都沮丧阴郁。

（刘富丽 译）

三山间的谷地

[美]纳撒尼尔·霍桑

　　那些怪事多发的古老年代里,各种怪诞幻梦和疯人空想都会在世间成真。在如此年代中,两个人于约定之时之地见了面。一位是仪表优雅、容貌端庄的女子,但脸色苍白,愁眉不展,正值盛年之时,却已过早枯萎。另一位是衣衫褴褛的年迈老妇,她相貌丑陋,枯槁干瘪,老态龙钟,好像她进入暮年以来的岁月已经比人类存在的历史还要长了。她们相会于人迹罕至之地,难以被人发现。三座小山环邻而立,中有空谷,近为精准之圆形,宽为两三百英尺,此谷极深,在谷底里的边缘地带也只能勉强看到山顶生长的参天雪松。三座山上长满了低矮的松树,有些延伸到了中间谷底的外沿。谷内尽是十月里变褐的枯草,一株倒下多年的树干横卧于此,它日趋腐朽,树根无新绿之势。这株腐木昔日曾是枝繁叶茂的橡树。在众多杂乱腐木中,有块腐木邻卧于谷底一池浮着绿藻的死水旁。这样的地方(据古老传说而言),是魔鬼和与他订约的仆人经常出没之所。据说午夜时分或者暮色将近之时,他们会围绕在这个绿藻覆盖、泛起泡沫的池塘旁,置身于搅动着的腐臭死水中进行亵渎神灵的洗礼仪式。此刻,秋日的夕阳像镀金似的把三山顶峰点染得金光灿灿,显出一种凄凉之美,自顶峰向下直至山谷,暮色逐渐晦暗起来。

"我们今日在此愉快相会,"苍老干瘪的老妇说道,"这正如你所愿。有什么事求我,快点说吧,因为我们不会在这儿逗留太久。"

枯槁的老妇说着,脸上隐现一丝微笑,恍如映在坟墓壁上的灯光。女子瑟瑟发抖,举目仰望山谷边缘,似乎在权衡是否要无功而返,但是事情并非注定如此。

"如你所知,我是外乡人,对于这里是初来乍到,"她终于开口道,"我来自何方并不重要,但是我抛弃了那些和我命运紧密相连的人,永远地抛下了他们。我对他们牵肠挂肚,因此心有积郁,难以排解。我来这里是想打听他们过得如何。"

"在这池浮着绿藻的腐水旁,有谁知道天涯海角的消息呢?"老妇嚷道,凝视着女子的脸。

"反正你不要想着从我嘴里听到他们的消息。但是,如果你有胆量,就能在太阳从那边山顶落下之前实现愿望。"

"我就是死,也会听你的吩咐。"女子不顾一切地说。

老妇在倒下的树干上坐下,放下了遮住她灰白头发的兜帽,招呼对方靠近点。

"跪下,"她说,"把额头伏在我膝盖上。"

女子迟疑了片刻,但心中长期以来的焦虑燃烧了起来,让她心急如焚。她跪了下去,衣服的下摆都浸到了池水中。她把额头伏在老太婆的膝盖上;后者拉过斗篷盖住了女子的脸,她眼前一片黑暗。接着,她听到了喃喃细语般的祷告声,蓦然大骇,直欲起身。

"放我走,——放我走,我要藏起来,这样他们就看不见我了!"她叫喊着,但随着回忆浮现,她安静了下来,变得如死般寂静。

原来祷告声里还混杂着其他声音——这声音她在儿时就已熟悉。虽然漂泊多年,历尽悲欢,命途浮沉,她仍没有忘却这声音。它刚开始模糊难辨,不像是距离太远而造成,那种模糊感倒像是在微弱渐亮的灯光下努力想要阅读暗淡的书页的感觉。如此,随着祈祷的进行,这声音在她耳畔逐渐变响。直到祷告最后结束了,跪着的女子才清楚地听到一男一女的交谈,这两人都是风烛残年。然而这两个陌生人似乎并不是站在这三座山间的谷地。他们的声音在一个房间的墙壁间回荡,窗户在微风中咯咯作响。钟摆摆动的声音,燃烧的柴火发出的爆裂声,余烬落在灰堆上的声音,这些声音仿佛生动的画一般把此情此景展现在她眼前。两位老人坐在凄凉的壁炉旁,男的静默无语、沮丧万分,女的哀叹不已、泪眼婆娑,两人言语中尽是悲切之意。他们说起了出走后不知所向的女儿,女儿忍辱漂泊,而留下的耻辱和痛苦将一直伴随他们至死。他们也哀诉着最近的苦恼,但是说着说着,他们的声音好像融进了那扫着落叶的秋风,就此悲鸣着呼啸而去。女子抬起双眼时,发现自己依然跪在三山交峙的谷地中。

"那对老夫妻正在凄惨寂寞地度日啊!"老妇望着女子的脸,笑着说道。

"你也听到他们的对话了吗?"她惊叫道。这时她的羞愧难堪之感胜过了痛苦和恐惧的心情。

"听到啦,我们还能听到更多的东西呢。"老妇回答道,"所以,快把脸再蒙上。"

干瘪的女巫再次喃喃念起了单调的祷告词——这祷告不是给天堂听的;很快,在她呼吸的间隔中,诡异的低语声越来越响,逐渐淹没了引来它们的咒语之声。尖叫声穿透了含糊不清的声响,继而传来了女性甜美的歌声,却被粗犷的狂笑取代,突然又被叹息声和呜咽声打断,悲喜交集,恐怖万分。锁链抖得咔嗒作响,愤怒和严厉的声音发出威胁,在这些声音的命令下鞭笞声频频回荡。这一切声音都越来越大,女子耳中听得也愈发真切。她终于听出其中那情意绵绵、如梦似幻的情歌无缘无故地变为了葬礼的挽歌。这愤怒没有来由,如同野火一般自生自发地燃烧了起来,让她不寒而栗。这围绕在她周围的狂欢声惊天动地,使她头昏眼花。在这一片狂乱之中,所有摆脱束缚的情绪像发了酒疯一样互相倾轧。突然响起了一个庄严的男声,这声音可能也曾阳刚悦耳。听起来他一直在来回走动,踩得地板咚咚作响。这群如痴似醉的人各有其炽热心事,因而自行其是,忘却了周围世界。他却对着他们挨个倾诉委屈,还把他们的一哭一笑当成是对他的同情或轻蔑。他说起了女人的狠心背弃,诉说着那个违背了最神圣誓言的妻子,还有因此破碎凄凉的家庭和心。他倾诉委屈的时候,喊声、笑声、尖叫声、抽泣声响成一片,最后这些声音一起变为缥缈的阵阵风声,呼啸着,仿佛在三座孤山上的松林间搏斗。女子抬头望去,只见干瘪的老妇依然在朝着她微笑。

"你可曾想到疯人院里会有如此的欢乐时光吗?"老妇问道。

"是啊,是啊,"女子自言自语,"墙内欢乐,墙外悲伤啊。"

"你还想听吗?"老妇问道。

"还有一个声音我真想再听一听。"女子怯弱地回应。

"那就快把头靠到我膝盖上,趁着时间还来得及,让你了却心愿。"

白昼那金色长裙般的阳光还滞留在山上,但谷底和潭里已是阴森晦暗,仿佛昏黑夜色正从这里升起,铺天盖地一般蔓延向整个世界。这邪恶的女人又念起她的咒语了。念了很久也不见起效,直到她念咒的间歇里传来钟声,好像远处的叮当响声飘过了高山深谷,恰好在此消散。女子听到这不祥之音,便在陪伴她的老妇膝盖上战抖了起来。钟声渐响,愈发悲切深沉,转而变成了丧钟的音调,这声音好像是从爬满常春藤的钟楼里传出,把死难的讯息带给村舍,带给府邸,带给独行的旅人,让所有人为了自己到头来难逃的劫数而同声一哭。

接着又传来一阵整齐的脚步声,听起来像是送葬的队伍伴着棺材缓缓前进,他们的衣服拖曳在地上,所以凭着耳朵听到的声音也能估算出这忧伤队列的长度。走在他们前面的是位手捧经书的牧师,念着葬礼的悼文,微风吹得书页窸窣作响。虽然只有他一人高声说话,队伍里男男女女的低声辱骂和诅咒却依然清晰可闻,他们在骂那个女人身为女儿却伤透了年迈双亲的心,身为妻子却辜负了丈夫一片真情,身为母亲却有悖天良,撇下孩子致其死去。送葬队伍的声音如同水汽般消散了,刚才那猛烈得像要吹动棺材的疾风,此刻却绕着三山间谷地的边缘低声悲鸣。老妇摇了摇跪着的女子,她没有抬起头来。

"这一个钟头玩得真痛快!"干瘪老妇自言自语着,轻笑了起来。

（朱炎昌 译）

厄舍古屋的倒塌

[美]埃德加·爱伦·坡

　　那年的一个秋日，昏暗阴沉、了无生机。乌云低垂，笼罩着大地。我策马独行，穿越极度凄凉的旷野。直至夜幕降临时，我终于见到了阴森的厄舍古屋。不知为何，看到古屋的瞬间，一股难以忍受的抑郁感便开始侵蚀着我的灵魂。这种抑郁感，因其无法排遣，而不堪忍受。通常情况下，即使是最荒凉、最可怖的自然景象，依然能引发人们诗意的感伤。我注视着眼前的景象——湖边的古屋、斑驳的垣墙、空洞的窗户、一排排莎草，还有几株枯朽的白树干。内心极度的沮丧感，如同吸食鸦片后大梦初醒之时，重回归现实之苦涩。我的心一沉，一股令人厌恶的寒意升起来。任何崇高的想象力都无法驱散这种抑郁之感。这究竟是什么呢？我驻足思考。是什么使我目遇厄舍古屋的瞬间便心生寒意。这真是令人费解。我也无从捉摸沉思时涌上心头的那些朦胧的幻象。我暗自想到，如果将眼前的景象细节之处稍作改动，便足以减轻或者完全消除令人窒息的压抑感。这样一想，我便骑马来到湖边，从陡峭的湖面俯视，可目之所及之处都是灰色的莎草、枯白的树干、空洞的窗户，我心中的凄怆可怖之感更甚于之前。

然而,我要在这个阴森的古宅中逗留一个多星期。古宅的主人罗德里克·厄舍是我儿时的伙伴。距离我们上次见面已经有许多年了。但不久前,我收到了一封他从远方寄来的信,信中他恳请我给予亲口答复。信中的语气表明他情绪不佳,信中还提及他身患重病:一种压抑性的精神错乱。他还说到,他非常想见到我这个最好的、唯一的密友,希望通过与我的愉快交谈来缓解他的病情。他礼貌、诚恳的措辞,容不得我丝毫犹豫。因此,我立即听从了这个我依旧觉得很奇怪的召唤。

尽管我们儿时是亲密的伙伴,但如今我对他的了解却是少之又少。他平时不苟言笑,极度内向。不过我知道,在漫长的岁月中,他那古老家族独有的敏感气质在许多珍贵的艺术品中得以显现,近来,他又屡屡慷慨而低调地进行施舍。同时,这个家族热爱复杂的艺术,但不是那种正统而易懂的音乐艺术。此外,我还知道另一个不同寻常的事实,即古老的厄舍家族确实不曾繁衍出任何旁系支脉。换句话说,除短暂时间出现例外,这个家族一直一脉单传。我想,也许正是由于这种没有旁系血亲的缺陷,这种一脉单传的结果,使得厄舍家族及其家业在漫长的岁月中,一代代相互影响,从祖辈到孙辈。最后两者合一,有了厄舍古屋这个古怪而含糊的名字,在当地居民的心中,这既指这个家族,又指古宅。

我孩子气地俯望池塘,这股阴森可怖之感愈发强烈。(毋庸置疑,这是迷信在作怪。)我一直知晓,以恐怖感为基础的感伤情绪是荒谬的。也许正是因此,每当我的视线从池塘转向厄舍古屋时,我的内心便产生一种奇怪的幻觉,它是如此的荒谬,我提及它只是为了展现这股压迫着我的强大力量。我沉浸在自己的想象中,深信在古屋及其周围弥漫着一种奇异的气氛。这种气氛迥异于一般空气,生发于朽木枯枝、断壁残垣之间,生发于死气沉沉的湖水中。这是一种有毒而神秘的氤氲，沉闷、凝滞、朦胧，浑浊如铅。

我努力摆脱这恍如梦境般的感觉，更仔细地打量了一番古屋的真实面貌。它看上去极为古老。外部布满了苔藓，交织成网状从屋檐蔓延而下。但房子无严重破损，尚无砖石坍塌，只是整体上的完好无损与每一块砖石的破损极不协调。这种不协调使我想到了地窖中的木器，由于常年不通风，表面虽然完好无损，实则早已腐朽。然而，除却表面的破败外，这幢房子整体结构上并无不稳定的迹象。然而仔细观察，就能看到一条几乎看不见的裂缝，从房子正面的屋顶开始顺着墙壁弯弯曲曲向下延伸，最后消失在池塘的死水中。

我沿路观察着这番景象，穿过一条不长的石铺路，骑着马来到房子面前。一名仆人等候在门口，牵走了我的马，我便径直走进大厅的哥特式拱门。另一名仆人，轻手轻脚、一声不吭地带我穿过许多幽暗曲折的回廊，前往主人的书房。不知为何，我无法道明那股忧郁的情绪。周围的东西——屋顶上的雕刻、墙上的挂毯、乌黑的地板——都在颤动，虽然这些都是我自小熟悉不过的，但这些普通的形象引发的想象却是我所陌生的。楼梯口，我遇到一位家庭医生。他脸上呈现出狡黠复杂的神情，慌张招手后便下楼离开。仆人打开门，把我引到古屋主人面前。

我走进高大宽敞的房间。窗户又高又窄，顶部呈尖形。我站在黑色橡木的地板上，觉得这些窗户是那么遥远，好像永远无法触及。微弱的暗红光线从方格玻璃射入，我恰好能看清大件的物品。然而，无论如何我都看不清房间远处的角落，也看不清回纹装饰的高高拱形屋顶。墙上悬垂着黑色的布幔。屋子摆满古董，杂乱得令人感到不适。还有不少书籍，却未能给整个屋子带来丝毫生机。我觉得呼吸到的空气充满了忧伤，这儿弥漫着一种强烈到无法驱散的忧郁感。

我一进屋，厄舍便从平躺着的沙发上起身，快活而热情地向我问好。起初,我觉得他有些过分热情,像是百无聊赖的人在拘谨地做出一种努力。但当我看清他的脸之后,我确信他是真心实意的。我俩坐了下来,一时间他没有说话,我凝视着他,心中既怜悯又忐忑。几年没见,厄舍的变化简直太大了。我好不容易才确信眼前这个脸色苍白的人就是我童年时的玩伴。但他脸上的特征却一直很突出。尽管面庞苍白,水汪汪的大眼睛却炯炯有神。他的薄嘴唇缺少血色,但曲线却精美绝伦。轮廓优雅的鼻子上生着两个宽大的鼻孔,像是希伯来雕塑。下巴精巧雅致,头发又细又软,额头平坦宽阔。所有这些都构成了一副令人难以忘怀的容貌。现在他脸上的表情极为夸张,与以前大不相同,我真怀疑自己是不是在和他说话了。最令我吃惊的莫过于他惨白如死尸般的皮肤和灼灼发亮的目光。还有他那柔软的长发,久未梳洗,不是垂在脸边而是散在头顶。我完全不能将那奇异的表情同任何正常人联系起来。

在我朋友的一系列行为中,我立马感到了一种不断变化的东西。我来之前就有心理准备,不仅因为他信中有所提及,而且也是因为记起他儿时的某些特征。我根据他的身体状况和性格特征,推断出他会这样。他的动作忽而生机勃勃,忽而萎靡不振。他的声音忽而颤抖犹豫(在他情绪低落时),忽而简洁有力;一会儿又猝然、铿锵、慢条斯理,一会儿又和缓镇定。这种声音也许只有在酩酊大醉或是吸食鸦片时才能听到。

他向我说起邀我来访的目的,说起他想见到我的诚挚的愿望,说起他希望我能给予他安慰。他也谈到了自己的疾病,说这是一种与生俱来的遗传性疾病,他对药物治疗已不抱希望。他立即又补充说,这不过是一种神经性疾病,马上会过去的。这种病的症状表现在,病人被不可名状的感觉所控制。他详述这种感觉时,既让我感到好奇又让我感到困惑。不过,这有可能是讲述者的神情和他说话的方式的影响。一种病态的敏感使他备受折磨。他只能吃寡淡无味的食物，只能穿特定质地的衣服，任何花香都令他窒息，也见不得一点光亮，而且只有弦乐这种特殊声音才不会使他感到恐怖。

我发现他已经陷入一种异常的恐惧之中。"我就要死了，"他说，"我肯定会悲惨地死去，结局必然是这个样子。我害怕的，并不是事情本身，而是它所产生的后果。即使是最微不足道的事都会令我颤抖。我并不痛恨危险，我只痛恨危险造成的后果，我痛恨恐怖之感——处于这种可悲的境地中——觉得那个时刻迟早会来，在挣脱可怖的幻想时放弃生命和理智。"

之后，我还从他断断续续、语义含混的暗示中，看出他精神状态的另一个奇怪特征。他对自己所住的古屋有种迷信观念，这些年来他从不敢随意走动。这种迷信的影响力太模糊了，实在无法言传。无论是古屋的外形还是建材，或是灰墙、角楼，还是古屋旁的那潭死水，都给他的精神状态造成影响。

不过，他犹豫后承认，他饱受这种忧郁折磨有其显而易见的客观原因。他心爱的妹妹长期患有这种严重的精神疾病，并已病入膏肓。她是他在世上唯一的亲人，多年来唯一的伴侣。他痛苦地说道："她一死，这古老的厄舍家族就剩下我一个了。"他说话时，马德琳小姐从房间尽头慢慢走过，她没注意到我，很快就消失了。我怀着一种惊恐交加的心情注视着她，这种心情是无法描述的。望着她渐远的身影，我心里茫然不知所措。当房门关上后，我的目光本能地回到朋友脸上，我急切想看看他的表情。但他早已把脸深深埋进双手之中，我只能看见他瘦骨嶙峋的十指比平日里更苍白，他的泪水正从指缝里流出。

马德琳小姐的病久治不愈，医生们都束手无策。她性情冷淡，身体日渐消瘦，时常表现出阵发性僵硬的症状。但她一直顽强地与疾病对抗,没有卧床不起。可就在我到达古屋的那晚,她向病魔屈服了,那天晚上厄舍极为激动地告诉我。我知道,刚才的匆匆一瞥也许是我见到她的最后一面。我知道,即便她还活着,我也不会再见到她了。

接下来的几日里,我和厄舍都不提及她的名字。我尽我所能减轻他的痛苦。我们一起绘画,一起看书,或是我恍如置身梦境中,听他即兴弹奏如泣如诉的吉他曲。我们的关系也日益密切,他毫无保留地向我敞开心扉。我意识到他是何等痛苦地试图驱散那与生俱来的黑暗,使自己振作起来,然而一切都是徒劳。

我永远不会忘记我与厄舍主人一起度过的许多个庄严时刻。但我无法准确描述他所从事的研究和职业。他极富想象力,即兴演奏的哀歌将永远响彻我耳畔。他演奏的曲子是对韦伯最后一曲华尔兹的一种奇异变奏;他精心创作的画极为生动,是我无法用语言表达的。那简洁的笔触、质朴的画风,都强烈吸引着我,深深震撼着我。如果说世上真有人能画出思想,这个人就是罗德里克·厄舍。他这个忧郁症患者设法在他的画布上泼洒出那种纯粹的抽象,使人感到强烈到无法承受的恐惧。即使在欣赏福塞利那些色彩浓烈、极具幻想的画作时,我也从未有过这般感受。

我朋友的画作中,也有一个不那么抽象的作品可以诉诸文字。他有一幅尺寸不大的画,画的是一个地窖或地下通道的内部,那里的墙壁低矮、雪白,没有任何装饰。从画中的小东西可看出,这个地窖位于地下极深处。巨大的空间里看不见任何出口,也没有火把或其他光源,但有一束强光,将一切照耀得恍如白昼。

我上面已经提到过他病态的听觉神经,除了某些弦乐之外,其他音乐都令他不堪忍受。也许正是因为如此,他才局限于弹奏吉他,并且弹奏得相当出色。他出色的即兴弹奏不能归结于这个原因,而是因为他博闻强识，精通音律，经常诵读诗篇。我清晰地记着他即兴弹唱的一首曲子。这曲子深深打动了我，从中我第一次体验到了厄舍对古屋真正的感情，知晓了他坚持住在这里的原因。这首歌谣名为《鬼宫》，歌词大致如下：

1

仁慈的天使居住的
郁郁葱葱的山谷间，
曾有一座壮丽宏伟的宫殿——
一座金碧辉煌的宫殿——昂然矗立。
那是皇家的领地，
宫殿就屹立在那里！
就连那六翼天使
也没从如此美丽的地方飞过。

2

金光灿灿的黄旗，
在宫殿顶上随风飘扬。
（这一切都发生在久远的古代。）
一缕缕柔和的风嬉戏
在甜蜜的日子里。
沿着饰有羽毛的白色宫墙，
一股芳香随风飘散。

3

这欢乐谷中的漫游者，
透过两扇明亮的窗户看见
天使们伴着鲁特琴的悠扬旋律，
围着一个御座翩翩起舞。
御座上端坐的是那块御地
荣耀而庄严的君王。

4

流光溢彩的珍珠玛瑙，
装点着美丽的宫殿大门，
歌声从宫门中一波又一波飘出，
悠扬绵延不止。
一群专司歌唱的合唱队，
以优美的歌喉，
歌颂着贤明的君主。

5

但是邪魔，披着哀伤的外衣，
攻击了君王高贵的宫殿。
（啊，我们哀悼吧，
君主没有了翌日，凄凉啊！）
昔日皇家辉煌的荣光，
现在只不过是一件

被埋没和淡忘的往事。

6

而今山谷里的游人，

透过闪着红光的窗户看见，

庞然大物伴随着刺耳的音乐，

起劲地狂跳乱舞；

突然，一群可怕的邪魔

如可怕的激流，

从那白色宫门不停地涌出，

疯狂地笑着。

　　我还清楚地记得，歌谣中的含义让我们生发了一连串的联想，其中显露了厄舍新奇却又固执的想法（其他人也这样认为），正因如此，对他的想法我很少提及。总而言之，这是一种由于压抑和无聊所产生的想法。然而，在他纷繁杂乱的想象中，这种想法反而更显得大胆，能在特定的条件下闯入无序之域。我无法用语言来形容他在信念世界的肆意驰骋，然而这些看似无规律可循的意念却与他祖宅中灰色的石头有着一定的联系（正如我之前提到的）。他认为这种感觉蕴藏于那些石头的排列上，蕴藏于覆盖在石头上的青苔中，蕴藏于环绕这些石头的枯树之间，尤其是蕴藏于对命定安排的长期默默忍受和静静水塘的倒影中。"它的迹象，这种感觉的迹象是可以看到的。"他说（当他说话的时候我才开始注意这一点），它冷凝在水边与墙上，形成一种越来越浓的氤氲的氛围。"结果是难以发现的，"他补充说，但是静静地，这种持续了几个世纪的纠缠不休且恶劣的影响铸就了他家族的命运,也使他成了现在我看见的样子。这种看法不需要评论,我也不想做出什么评论。

我们多少年来的书籍,建构了很大一部分病态的精神世界,确实,也许应该与富有幻想的特性保持了一致。我俩一起读的书包括格雷塞的《韦尔韦尔和沙尔特勒》、马基亚弗利的《贝尔佩格尔》、斯维登堡的《天堂和地狱》、霍尔堡的《尼尔斯克里姆地下之行》、弗卢德等人的《手相学》、蒂克的《蓝色远方之行》、康帕内拉的《太阳城》。我们最爱读的是多明我教会的教士埃梅里克的一本八开本的《宗教法庭指南》。而梅拉的一些关于古非洲森林之神与长着羊角羊足的山林之神的文章总能使厄舍读完之后坐着冥想几个小时。然而,他最喜欢读的,还是一本极其珍贵的四开本的哥特式风格的书,就是那本由一个被人遗忘的教会编写的手册《美因茨教会合唱经本中的为亡者守夜》。

我不禁想到,这本书中写到的野蛮仪式可能对他的抑郁症有所影响。有一天晚上,他突然告诉我玛德琳小姐已经去世了,而他想在葬礼前将她的尸体放入古屋的一个地窖中保存两个星期。然而,对这种特殊做法的世俗理由,我觉得不能冒昧地怀疑。他告诉我,他之所以做这个决定,是考虑到死者所患疾病的特殊性,考虑到医生贸然急切的询问,考虑到厄舍家族墓地的遥远与暴露的情况。我不想否认,我想起我刚到这里时,在楼梯上遇到的那个人的凶相,我也无意反对一个我认为最好的、最自然的、无害的谨慎做法。

在厄舍的请求下,我亲自帮他将尸体放入临时的棺木中。尸体入棺后,我们俩将它放到它应该被放的地方。地窖又狭小又潮湿,根本照不进一点光,而且由于长时间关闭,里面压抑的空气差一点将我们的火把熄灭,不让我们有一丝查看的机会。这个地方就位于我卧室的正下方。地窖明显在此之前别有他用。在遥远的封建时代,这个地窖用作地牢,近几年则应该是用来存放火药或者其他易燃品,因为一部分地板以及通往地窖的整个拱形通道的内部都小心地裹上了铜。连铁门也采取了类似的保护方法。当打开这扇门时,由于它巨大的重量,铁门会发出一种非常尖锐的摩擦声。

将这个令人悲痛的负担放置进这个恐怖地窖的支架上后,我们将棺材的盖子移开了一点,观察了一下死者的脸。这对兄妹之间惊人的相似首次引起了我的注意。厄舍或许发现了我的想法,喃喃了几句,我才知道,他与死者是孪生兄妹,在他们之间一直存在着一种难以理解的心灵感应。然而,我们的目光没有在死者身上逗留太久,因为我们觉得她令人毛骨悚然。疾病在这个女人韶华之时就夺取了她的生命。她的身上完全保留着僵硬症患者的一切特点,她的胸口和脸上有着淡淡的红色,嘴角挂着一丝可疑的挥之不去的微笑,这在死人的身上出现,无疑是十分恐怖的。我们将棺盖复位,拧紧钉子,关上铁门,疲惫地走出地窖,心情压抑地去了上面自己的卧室。

至今,痛苦的日子逐渐过去,而朋友的精神失调却越发明显。他日常的作息习惯已经被抛弃,他日常的工作也被忽视或者说遗忘。他漫无目的地从一个房间走到另一个房间,而且总是脚步匆匆。他那苍白的脸色有可能看起来更可怕。他眼中的光泽消失了。他那粗嘎的声调已经完全听不到了,代之以不停战抖的音调,好像极为恐惧,这已成为他的日常说话的特点。有时,说真的,我觉得他持续不断的焦虑心情是由于某些沉重的秘密造成的,而他需要鼓起足够的勇气才能吐露它。有时,我又认定这一切归因于他那些让人无法理解的疯狂想法,因为我观察到他长时间盯着空白处发呆,露出一种十分专注的态度,像是在听着某种想象中的声音。他的情况很可怕,也影响了我。我感到,他那种古怪而执着的迷信慢慢地影响着我。

特别是把玛德琳小姐放进地窖后第七天或第八天的晚上,我睡觉时,尤为强烈地体验到了这种影响。时间渐渐过去,我却怎么也睡不着。我努力驱走心中的紧张不安。我努力让自己相信,我的这种感觉多半是因房间里那些阴郁的家具和肮脏破旧的帷幔的影响所致。这些帷幔由于一场逼近的暴风雨而起伏不定,在墙壁上方时不时地摆来摆去,床上的装饰也不安地沙沙作响。但我的努力是徒劳的,一种无法抑制的震颤逐渐渗透我全身。终于,我的内心无缘无故地感到极为惊恐。为了摆脱这种恐惧,我焦躁不安地靠在我的枕头上,久久凝视着漆黑的房间。我不知道是出于本能的警觉还是别的什么,在暴风雨的间歇中,我隐约听到了某种微弱的声音,这种声音隔很久出现一次,但不知从何处传来。我顿时被一种强烈的恐惧震慑住了,这种恐惧不仅难以解释而且也难以忍受。我匆忙穿上衣服,觉得今晚睡不成了,便快步在房间里踱来踱去,来努力摆脱这种恐惧状态。

我刚这样来回走了几趟,隔壁楼梯上轻轻的脚步声引起了我的注意。我马上听出这是厄舍的脚步声。不一会儿,他就轻轻地敲了一下我房间的门,拎着灯走了进来。和往常一样,他的面容十分苍白——不过,他的目光却十分兴奋,举手投足间有一种显然有意抑制的歇斯底里的劲头。尽管他的样子吓了我一跳,不过这比我独自、长久地忍受那种孤独感好一些,我甚至为他的到来高兴,将此视为一种宽慰。

"你还没有看到它吧?"他默默地扫视一圈后突然道,"你还没有看到它吧? 待在这里! 你会看到的。"说着,他小心地掩上灯,匆匆走到窗户边,不顾外面的暴风雨,一下子将窗户推开。

一阵狂风刮了进来,我们差一点招架不住。暴风雨之夜很美,在它的恐怖和美之中有一种奇异的狂野感。一股旋风在我们附近显然越刮越猛。风向不时突然改变,浓云直压古屋塔顶。然而这一切都未能阻止我们感知这股旋风的可怕速度,正是凭借这种速度,它从各个不同的点快速聚集飞旋,而没有消失在远处。我是说,尽管浓云无法阻断我们对风速的感知,可我们既没看到星星月亮,也没看到闪电。然而,在一片片翻滚的乌云下面,还有我们周围地上的一切,都闪着一种反常的光。这种光是由萦绕和笼罩古屋的一种微弱而清晰可见的雾气形成的。

"你千万别看!"我战栗着对厄舍喊道。我硬拉着他从窗边走开,说:"这种迷惑你的景象只不过是一种常见的大气放电现象,也可能是水塘里产生的瘴气所致。我们关上窗户吧,天气凉了对你的身体不好。这里有一本你最喜欢的小说。我朗诵给你听,以熬过这可怕的夜晚。"

我随手拿起来了朗斯洛特爵士的《疯狂的特里斯特》。我常开玩笑说这是厄舍最喜欢的书。事实上,这并不是那种粗糙肤浅、冗长拖沓、缺乏想象力的书,这符合我这位有着崇高精神理念的朋友的阅读兴趣。不管怎样,现在手头上就只有这本书,我揣着一种不确定的希望:通过我愚不可及的朗读,也许能够缓解那种引起他忧郁症的兴奋,因为精神失调的病史中随处可见这样类似的反常现象。根据他聆听故事时的过分紧张而又兴奋的样子,我可以断定,我可以祝贺自己这种安排设计成功了。

我现在读到了故事中最著名的部分:这位特里斯特的大英雄艾特尔雷德,无法顺利进入那位隐修士的住所,于是准备强行闯入。接下来我要朗诵这段令人难忘的描述:

"艾特尔雷德天生勇敢无畏,眼下依然威力无比。因酒劲上头,他没有耐心再同天性倔强和用心不良的隐修士谈判。雨点滴落在他的肩头,他担心暴风雨将要来临,便立刻举起棍棒在门板上砸开了一个洞,把戴着铠甲的手伸进去,连拉带拽,连砸带掰,门板顷刻间成了碎片。木头破裂的空洞声音响彻整个森林,令人心惊肉跳。"

读罢这句话,我停顿了一会儿,我好像听到(虽然我马上得出结论,是我兴奋的幻想欺骗了我)从离房子很远的某个地方隐约传来的声音,可以肯定是一种压抑和沉闷的声音,就很像朗斯洛特爵士描述过的那种"噼啪"裂开的回声。毫无疑问,这一巧合引起了我的注意,因为在窗帘上的咔嗒声和越来越强的暴风雨引起的一片杂声中,这种声音并不足为怪,但却引起了我的兴趣或让我感到不安。我继续讲故事:

"勇士艾特尔雷德现在已经进门了。他怒不可遏,却看不到那个邪恶的隐修士的踪迹,只看到一条满身鳞片、举止怪异、口吐火舌的巨龙守卫着一座金殿,地面为银砌,墙壁上挂着一块闪亮的铜盾牌,盾牌上记载着这段传奇:

> 谁进入这里,谁就是征服者;
> 谁杀了这条巨龙,谁就赢得此盾。

"艾特尔雷德举起他的棍棒,朝龙头猛击,龙头落在他面前,接着大叫了一声,便断了气。这叫声是那么恐怖,那么刺耳,那么具有穿透力。埃塞雷德用手捂住耳朵,挡住这个从未听见过的可怕叫声。"

读到这里,我突然又停住了,心中突如其来地出现了一种诧异感——因为就在这一刻,毫无疑问,我确实听到了(尽管我无法确切地说出是从哪个方向传来的)一种自远方传来的低缓而刺耳的、非同寻常的尖叫声或是摩擦声——这与我根据书中描述所构想的巨龙的尖叫声完全一样。

结果是,当这种极其离奇的巧合之事再次出现时,千万种相互冲突的复杂情绪涌上我的心头,其中最强烈的是惊奇感和恐惧感。但我仍旧极力克制住自己,避免在我这位善于观察的神经质的朋友面前表现出激动情绪。我无法确定他是否也注意到了这些声音,不过,可以肯定是，就在刚刚过去的几分钟内，他的行为举止发生了奇怪的变化。他原本坐在我对面，现在却慢慢移动椅子并逐渐将脸转向房门，因此我只能看见他的侧面。只见他的嘴唇不住地战抖，仿佛在无声地念叨着什么。他的头垂到了胸前，可我知道他并没有睡着。我从侧面望去，只见他眼睛睁得很大，目光呆滞。他的身体也在不断轻轻地左右摇摆，很有规律。我很快注意到这一切，便继续读朗斯洛特爵士的故事：

"现在，勇士摆脱了这条可怕的怒龙后，想起了那个铜盾牌，也想到了破除附在盾牌上的魔咒的方法。他搬开面前的巨龙尸体，勇敢地越过城堡的白银路面，直奔悬挂着盾牌的墙壁。还没等他走到墙壁跟前，盾牌就坠落在了他脚下的银色地板上，发出一声可怕的巨响。"

我的话音刚落，便听见一阵声音，好似盾牌在那个瞬间真的重重坠落在银地板上，我意识到，这响声清楚、空洞、叮当作响，然而又很沉闷，不停地回响。我受不了啦，一下子站了起来。然而正在摇摆的厄舍此刻却显得泰然自若。我马上冲向坐在椅子里的他。他的眼睛盯着前面的地面，他的脸就像石头一样僵硬。但是当我把手放在他肩膀上时，发现他整个身子战抖不停。他的嘴边浮现一种苦笑。我看见他低声、急促地喃喃自语，好像完全没有意识到我的存在。我俯身靠近他，终于听明白了那些话的可怕含义。

"没听到吗？——哦，我听了，我听见了。很久了——很久了——很久了——我听到这声音有好几分钟，好几个钟头，好几天了——可是我不敢——噢，可怜的我——我不敢——我不敢说！我们已经把她活着放在棺材里了！我不是说过我的感觉很灵敏吗？现在我告诉你，她最初在棺材里动弹时，我就听到了——但是我不敢——我不敢说！而今晚——艾特尔雷德——哈！哈！隐修士的门的被砸声、龙死前的大叫声和铜盾的落地声！换种说法，这就是她那棺材的裂开声、她那牢门铰链的摩擦声和她在地窖黄铜廊道里的挣扎声！噢，我该逃到哪里？她不是马上就会来这里了吗？她是不是急着赶来责骂我的草率呢？我是不是听到她上楼的脚步声了吗？我是不是听出她沉重而可怕的心跳声吗？疯子！"他怒不可遏地一下子跳了起来，仿佛丢了魂似地大叫，"我告诉你，你这个疯子！她现在就站在门外呢！"

他的叫喊显示了一种超人的能量，其中仿佛有一种魔力——就在那时，他所指着的那扇巨大的老式黑檀木门缓缓地敞开了一个窄口。其实这是被一阵疾风刮开的——门后站着的竟真的是厄舍府那一位身材高大的玛德琳小姐。只见她身穿寿衣，白色长袍上血迹斑斑，瘦弱的身体到处显示出苦苦挣扎的印迹。她站在门槛处，浑身战抖，步履蹒跚，然后发出一声低喊，重重倒向屋内扑向她的哥哥，最终痛苦地气绝而死。他哥哥也被她扑倒在地，成为一具尸体。他被吓死了，这倒在他的预料中。

我惊骇地逃出了那个房间，逃出了厄舍府。外面，暴风雨仍在呼啸肆虐，我跑上那条湖边古道。突然，一道怪光沿古道照来。我转身望去，想知道这道怪光究竟来自何处，因为在我身后只有那座老宅和它投在地上的影子。原来那道光来自那轮沉沉挂在空中的血红圆月。它透过那条几乎看不见的裂缝熠熠地照过来。这道裂缝，我曾说起过，从屋顶上弯弯曲曲一直延伸到屋基。在我注视之际，那道裂缝迅速地扩大，一股旋风急速而来，那圆月骤然冲到我眼前。我一阵晕眩，看见那坚固的墙顿时分崩瓦解，接着一声持久的轰然巨响，犹如万千波涛汹涌而至的声音——我脚边那个幽深的小湖，不动声色地缓缓淹没了"厄舍古屋"坍塌后的瓦砾。

（楼煦昂 译）

黑　猫

[美]埃德加·爱伦·坡

　　对于下面要讲的这个最荒诞不经又最平淡无奇的故事,我并不指望读者相信它,否则,我真的是疯了,因为连我自己都不相信这就是我的亲眼所见。然而,我并没有发疯——而且也确信自己不是在做梦。明天就是我的死期,我要赶在今天把这事说出来,以求灵魂安生。我想马上把这些家常琐事公之于众,只求简洁明了,不加任何评论。这些事让我心惊胆战,备受折磨,最终毁了自己。可我不想对这些事大肆渲染。对我来说,这些事带来的只有恐怖——可对很多人来说,却似乎并不那么恐怖,只是离奇古怪罢了。或许后世会有某种智能把我的讲述视为司空见惯的平常事——某种比我的理性更从容、更有逻辑性、更不易激动的智能,它会觉察我现在满怀敬畏的叙述只是一连串因果相生的普通事件。

　　我从小就以性情温顺并富有爱心而闻名。我柔软无比的心肠,一度成为伙伴们的笑料。我特别喜欢动物,父母对此也百般纵容,给我弄了很多种宠物。我长时间和它们待在一起,每喂它们一次、抚摸它们一下,都快乐无比。这种癖好与日俱增,到我长大成人后,就成为我人生乐趣的一个主要源泉。对那些珍爱忠实而有灵性的狗的人们来说,我根本无须多费口舌解说那是一种怎样的快乐,带来的是多么强烈的快感。兽类富于自我牺牲的无私爱意,能让饱尝人类的虚情假意和背信弃义的人们刻骨铭心。

我早早地就结了婚。让我高兴的是,妻子和我性情相投。见我喜爱饲养宠物,碰到中意的,她从不会放过任何机会,千方百计也要搞到手。我们养了小鸟、金鱼、一条良种狗、野兔、一只小猴子,还有一只猫。

那猫个头很大,浑身乌黑,非常美丽,而且灵性异常。一说到那猫的灵性,我那满脑子迷信思想的妻子就会提到那个古老而普遍的看法——所有的黑猫都是女巫乔装的。我并不是说妻子对此有多当真,之所以提到这一点,只是刚好想起了这事而已。

那猫名叫普路托,是我最心爱的宠物和玩伴。我包揽下喂它的活儿。在家里,它总是围着我转,如影随形。即便我要上街,想甩开它也不容易。

我和普路托的友情就这么一直持续了好几年。在此期间,由于嗜酒成瘾(我羞于承认这一点),我原先的脾气秉性急剧恶化,且一天比一天喜怒无常、烦躁不安,全然不顾别人的感受。我居然能容忍自己辱骂妻子了!后来甚至还对她拳打脚踢。我的宠物当然感受到了我的变化。我不仅冷落它们,还虐待它们。小兔子、小猴子甚至那只狗,一旦想跟我亲热或碰巧跑到我身边,我都会毫无忌惮地踩蹭它们一番。然而对普路托,我还保持着充分关爱,克制自己不对它下手。可我的病情日益严重——世上哪种病能比酗酒更可怕啊!——最后连由于衰老而有几分乖张的普路托也尝到了我坏脾气的滋味。

一天晚上,我从城里一个常去的地方喝得醉醺醺的回到家,以为普路托故意躲我,于是一把逮住了它。惊骇之下,它在我手上轻轻咬了一口,让我受了一点点伤。我顿时恶魔附身一样,怒不可遏,忘乎所以，原本善良的灵魂似乎从躯壳逃逸而出，一种用杜松子酒浸泡出的无比残忍令我身体里的每一根神经兴奋异常。我从背心口袋里掏出折叠刀，打开刀子，攥住那可怜畜生的咽喉，不慌不忙地把它的一只眼珠剜了出来。写到这幕该死的暴行，我不禁面红耳赤，一会儿灼热不堪，一会儿瑟瑟发抖。

睡了一夜，酒醒了。神智恢复后，想到自己犯下的罪行，我又悔又怕。但这只不过是一种无力而暧昧的感觉，我的灵魂依然不为之所动。我又开始纵饮无度，很快就把那事忘得一干二净。

与此同时，猫的伤势也在渐渐痊愈。它那被我剜掉了眼珠的眼窝的确可怕，但它看来已不再感到疼痛。它照常在屋子里到处走动，只是我一靠近，就吓得拼命逃窜。这是意料中的反应。我毕竟天良未泯，所以，看到曾经那么爱我的猫这般厌弃我，不由一阵伤心。但这种伤感马上就化作怒火。后来，仿佛要置我于最终不可避免的毁灭般，那种"反常心态"出现了。哲学没有论及这种心态，不过我深信，它是人心的一种原始冲动——是决定人之性格的原始官能或情感所不可分割的一部分。谁不曾发现自己上百次地作恶或犯浑，别无他图，只是因为不该为而为之？难道我们不是常常明知那么干犯法，还是全然不顾，偏偏要去以身试法？我知道，就是这种反常心态最终毁了我自己。内心深处那股神秘难测的感觉，散发着惑人的气息，让我烦扰不安，以至于违背本性，为作恶而作恶——我被无形的力量推动着，继续对那只无辜的猫下毒手，最终让它送了命。一天早上，我残忍地用索套勒住猫脖子，把它吊在树枝上——吊死它时我泪流满面，痛悔不已——我吊死它因为它爱过我，还因为它没给我任何吊死它的理由；我明知吊死它就犯下了灵魂永难超生的死罪——如果这种事有可能的话——那罪恶就连最慈悲、最令人畏惧的上帝都不会宽恕。

就在我实施那个暴行的当天晚上,我在睡梦中忽听有人大喊失火,惊醒后发现,床上的幔帐已着了火,整幢房子熊熊燃烧。我们夫妻俩和一个佣人拼死拼活才逃出火海。那场大火烧得真彻底,我在世间的所有财产都被焚烧一空了。从那以后,我万念俱灰。

我并不是想在那场灾祸和那个暴行之间找到一种因果关系,但是我要详述一遍事件的来龙去脉——而且不愿遗漏任何可能遗漏的细节。火灾的第二天,我去看了那堆废墟。墙壁已经坍塌,断壁残垣中,唯有一道墙岿然独立。那是一道间隔墙,并不厚,在房子中央,原来我的床头就靠在这堵墙上。墙上的灰泥大大阻隔了火势——我认为是新近粉刷的缘故。那堵墙前边挤满了人,很多人正目不转睛、迫不及待地研究着那道墙的某个部分。人群中不断发出的"奇怪呀!""蹊跷啊!"之类的慨叹激起了我的好奇心。我凑近一看,白色墙面上好像印着一个浅浅的浮雕,形状是只硕大的猫!一只雕得惟妙惟肖的猫!猫脖子上还绕着根绳索!

一看到这幽灵般的幻影——我无法对它轻描淡写——我的惊讶和恐惧无以复加。然而,回顾往事,我又松了一口气。我记得,那猫是吊在离房屋很近的花园里的。火警一起,花园里片刻间就人潮汹涌。准是谁割断绳子,把猫从树上放了下来,再从敞开的窗子扔进了我的卧室。那人可能是想把我从睡梦中砸醒。不过别的几堵墙倒下来,那可怜的死猫,就被挤压到了新刷的泥灰墙上。石灰、烈火和尸骸释放的氨气交互作用,就形成了墙上的浮雕。

尽管在理性上我就这样轻而易举地解释了那个惊人的事实(可良心上根本不能自圆其说),但在我的内心深处,它的确产生了一个根深蒂固的幻觉。几个月里,猫的幻影总是挥之不去,而在此期间,我一直沉浸在像是懊悔又不是懊悔的混杂情绪里。我甚至后悔害死了那只猫,并开始在我经常鬼混的那些下等场所中到处搜寻一只和普路托品种一样、外表也多少有些相似的猫,以填补它的空缺。

一天晚上,当我迷迷糊糊地坐在一个臭名昭著的下等酒馆时,视线突然被一团黑乎乎的东西吸引了过去,那东西正在一只盛放杜松子酒或朗姆酒的大桶上闭目养神。那个酒桶是屋里最醒目的摆设,我刚才就盯着它看了一会儿了,奇怪的是,居然才发现上面蹲着那黑东西。我走过去摸了摸,是只黑猫——一只个头很大的猫——足有普路托那样大,而且除了一个地方之外,它简直和普路托长得一模一样。普路托通体乌黑,没一根白毛;这只猫胸前却有一块白斑,虽然有些模糊不清,但是覆盖了几乎整个胸部。

我一摸它,它就立刻站起身,一边发出呼噜噜的声音,一边蹭我的手。我的关注使它显得很高兴。正是我苦苦寻找的猫。我当场向店主表示要买下它。不料店主却说不是他的——他对那猫一无所知——以前从没见过它。

我继续爱抚它,而当我要动身回家时,猫流露出跟我走的样子。我任它跟着,一边走一边俯身拍拍它。猫一到我家,马上乖顺得不得了,一下子就赢得了妻子的喜爱。

至于我自己,我很快就发现自己对它产生了一股厌恶之情。这真是事与愿违;但是——我不知道怎么回事,也不知道为何如此——它对我明显的喜爱却令我厌烦,渐渐地,这种厌烦升级为深恶痛绝。我开始躲避那猫。羞愧加之对早先暴行的记忆,阻止了我动手伤害它。几个星期过去了,我没打它,也没有用别的方式虐待它。然而,渐渐地——一点点地——我一看见它可恨的形象心里就有一股说不出的憎恶,就像躲避瘟疫一样,悄然逃走。

毫无疑问,这畜生招致我厌恶的原因,就是在带它回家的第二天早晨,我看到它和普路托一样,眼珠也被剜掉了一个。可我妻子竟然因此更疼爱它了。我前面说过,妻子极其慈悲,那种慈悲曾是我显著的性格，并因此使我感受过无比纯朴的快乐。

尽管我憎恶那只猫，它对我却越来越亲热，可以说是寸步不离。这般执着，恐怕作为读者的您难以理解。只要我一坐下，它就自觉地蹲在椅子下，有时跳到我的膝上，百般示好，实在让人生厌；我一站起来走路，它就会钻到我两腿之间，几乎将我绊倒；再不就用又尖又长的爪子钩住我的衣服，顺势爬上我的胸口。那时我恨不得一拳把它打死，可每次都忍住没有动手，部分原因是，我总在那个时候回忆起上次犯下的罪行，但主要是因为——我还是快点承认吧——我是从心底里怕那畜生。

这种怕不是一种对肉体痛苦的惧怕——但我也不知此外又如何界定它。我简直羞于承认——是的，即使现在身陷死牢，我也羞于承认——这猫在我心底激起的惊骇，竟然因脑中纯粹的幻象而日益加剧。妻子曾不止一次地要我留心看这只猫身上的白斑，我说过了，这怪物跟我杀掉的那只猫唯一的不同，就是这块白斑。读者可能还记得，这白斑虽大，原本倒是不太明显；可慢慢地——慢得几乎难以觉察，以至于我的理性在很长时间都竭力把那种缓慢变化视为幻觉——它终于呈现出一个明显的轮廓。眼下，我一提这家伙的名字就浑身发抖——我因此而厌恶它，惧怕它，要是有胆量，我早就除掉它了——我觉得，那东西是个恐怖的形象——一个可怕的东西——一个绞刑架的图形！——哦！那令人恐惧的，代表罪恶、痛苦和死亡的刑具！

眼下，我的不幸已经超越了人类的不幸。一只没有思想的畜生——我轻率地杀了其同类的畜生——居然给我——给一个按上帝形象创造出来的人——带来了这样不堪忍受的灾难。天啊，我再也不得安宁了。白天，这畜生纠缠不休，片刻都不放过我；夜晚，我常常从说不出有多可怕的噩梦中惊醒，醒来发现那畜生正往我脸上喷热气,它那巨大的躯体——我无力摆脱的具有肉体的梦魇——永远压在我心头。

身处这种折磨的重压之下,我身上残余的那点微不足道的良知便丧失殆尽了,意识中全是见不得天日的邪恶意念。我平素就喜怒无常,而今,脾性越发极端,我开始痛恨所有的人和事。自从我任凭自己经常毫无约束地突发狂怒后,我那毫无怨言的妻子,天啊,就成了最经常、最宽容的受害者。

穷困所迫,我们只好住在一栋老房子里。一天,为了点家务事,妻子陪我去老房子的地窖。猫尾随我走下陡峭的阶梯,差点把我绊倒。我气得发疯,抡起了斧头。盛怒之下,我忘了自己曾因孩子般的恐惧至今没对它下手,对准那猫一斧砍去。如果斧头按我的意愿落下去,那畜生当即就得毙命。但妻子伸手拦住了这一斧。她这一拦犹如火上浇油,我的狂怒变成了疯狂。我挣脱她的手,一斧子砍进了她的脑袋。她都没来得及呻吟一声,就当场倒地而死。

完成了这桩可怕的凶杀,我立刻苦苦思索藏匿尸首的事了。我知道,无论白天还是黑夜,要想把尸首搬出去,都有被邻居撞见的危险。种种方案涌入了我的脑海。我一会儿琢磨着剁碎它来个焚尸灭迹,一会儿又想为它在地窖里挖个坟坑,我还仔细考虑过把它扔进院子的那口井里去。最后,我终于想出了一个比其他方法都好的万全之策:我决定把尸首砌进地窖的墙壁里。据记载,中世纪的僧侣就是这么把殉道者砌进墙壁的。

这个地窖派这个用场再合适不过。地窖的墙壁造得不牢,新近又用粗糙的灰泥彻底粉刷了一遍,因地窖潮湿,灰泥还没干透。而且,其中一面墙上原来有一个假烟囱或壁炉形成的突起,后经填补抹平,与其他地方没什么两样。我确信自己很轻易地就能把这儿挖开,塞进尸首,再把墙原样砌好,保管不叫任何人看出破绽。

这番深思熟虑没有让我失望。我找了根铁棍,一下子就把砖头撬开了,然后我小心地让尸体靠在里面的夹墙上,保持着直立的姿势,接着,没费劲就把墙按原样砌好了。为了防止留下痕迹,我搞到石灰、黄沙和一些毛发,调配出的灰泥跟旧灰泥没什么区别,仔细地涂抹在新砌的砖墙上。完工之后,我感到很满意。墙壁看上去就跟没动过一样。连散落在地上的垃圾,我都小心地清扫干净了。我得意地四周打量一遍,心想:"如此看来,我这番辛苦至少没白费。"

接下来,该揪出那个制造惨祸的家伙了。我已横下心来,坚决要置它于死地。如果它现在出现在我面前,肯定必死无疑。可是那个狡猾的东西似乎受到我刚才的狂暴行为的惊吓,知趣地避开了我那阵怒火。这蹲伏在我心口上的可恶畜生终于消失了,我如释重负,幸福得无以复加。猫一整夜都没露面。自从它来到我家,这是我睡上的第一个安稳觉。是啊,即使灵魂背负着杀人的重担,我依然睡得香甜。

第二天过去了,第三天也过去了,带给我巨大痛苦的猫还是没出现。我这才重新自由呼吸。哈!这怪物吓得逃之夭夭了!我再也不会见到它了!我快乐至极。杀害妻子的滔天大罪居然只在我心头泛起一丝涟漪。警察调查过几次,被我三言两语就打发了,他们甚至还来搜了一次家,当然也没找出任何蛛丝马迹。我于是认为,自己的未来已经安然无忧。

在我杀死妻子的第四天,家里来了一帮警察。他们又严密搜查了一番。藏尸的地方隐蔽得超乎想象,我自然一点都不感到慌乱。警官命令我陪他们四处搜查,连旮旯缝隙都没放过。搜到第三遍或是第四遍时,他们终于下了地窖。我泰然自若,心跳平静得如同睡眠者均匀的呼吸。我从地窖这头走到那头,双臂交叉抱在胸前,悠闲地踱来踱去。警察完全对我放了心,都准备走了。我心中那股高兴劲难以压抑,为了表示得意之情,也为了让他们加倍相信我是清白无辜的,我忍不住想说些什么,哪怕只说一句也行。

"先生们,"他们刚抬脚跨上台阶,我就忍不住开了口,"我很高兴消除了你们的怀疑。祝你们身体健康,也向诸位表示我微薄的敬意。顺便说一句,先生们,这——这是一个建得很好的地窖。"(我越是想说轻松点,越不知道究竟说的是什么。)"这地窖可以说建得很好。这几堵墙,先生们,要走了吗?这几堵墙砌得很牢。"说到这里,出于一种虚张声势的疯狂,我竟然用握在手中的一根藤条使劲敲打后面就立着我爱妻尸体的那面砖墙。

上帝啊,把我从大恶魔的毒牙下拯救出来吧!敲击的回响尚未归于沉寂,就听得墓穴里传来了回应——是哭声,开头还瓮声瓮气,断断续续,像孩子的抽泣,随即迅速变成长长的、响亮的而且持续不断的尖叫,极为异常,惨绝人寰——是一种号叫——一种哀鸣,半是恐怖,半是得意,唯有地狱里受罪冤魂的惨叫和魔鬼因为见到灵魂坠入地狱而发出的欢呼交相呼应,才有这样的效果。

现在说来,我当时的想法很荒唐。我头昏脑涨,踉跄着走到对面那堵墙边。阶梯上的警察惊惧万状,一时呆若木鸡。过了一会儿,才有十几条粗壮的胳膊挥舞着拆那堵墙。墙拆倒了。那具已腐烂不堪、凝满血块的尸体笔直地立在大家眼前。尸体头上蹲伏着那只可怕的畜生,张着血盆大口,独眼里冒着火。是它的狡诈诱使我杀了妻子,又是它告密的声音把我送到警察手中。原来我竟把那怪物砌进了墙里!

（刘富丽 译）

信号员

［英］查尔斯·狄更斯

"嗨,下面的!"

听到有声音叫他,他走到信号房门边,手握一面收拢的旗帜,旗杆很短。根据地理常识,他本该知道声音是从哪个角落传来的,因为我就站在靠近他头顶的山坡顶端。可他却不往上看,而是转身朝铁轨那儿望去。他此举异常,尽管我这辈子也说不清楚究竟为什么,但这足以引起我的注意。他的身影在深沟下显得矮小模糊。高处,我的影子在愤怒的夕阳下倾斜,显得高大狭长。因此,我得用手遮住阳光才能看到他。

"嗨,下面的!"

他本来朝铁轨那边望的,现在转了个身,抬头往上看,看到我高高在上的身影。

"有下去的路吗?我想下来跟你聊聊。"

他往上瞅了我一眼,没吭声。我往下看了看他,没有紧追不舍地重复刚才那个不着边际的问题。此时,空气和泥土中传来一种隐约的颤动,然后迅速变成剧烈的振动,一种突如其来的冲动令我好奇诧异,冥冥之中仿佛有一股力量吸引着我下去。突然,一股蒸汽飘升上来，原来是一列火车从我身边飞驰而过，掠过地平线。我回过神再往下看，发现他正在收旗，可见他刚才挥旗给那辆火车传信号了。

我再次问了他。他用特殊的神情打量着我，过了好一会儿，才用卷紧的旗杆指向我所在的高度，离我约两三百英尺远的地方。我说，"好的！"然后走到那边，仔细观察周边，找到一条粗凿的、弯弯曲曲向下延伸的小道，于是沿着小道往下走。

小路挖得很深，陡峭无比，我穿过一块潮湿的大岩石，越往下走，潮气越盛。因此，路程显得很漫长，所以我有足够的时间回想他给我指路时表现出的一丝不情愿或无奈。

我沿着蜿蜒崎岖的小路走到较低处，能再次看到他时，他正站在火车刚刚经过的铁轨之间，仿佛很期待我的出现似的。他左手托着下颚，左肘搭在右手上，交叉胸前。他表现出此等的期盼、提防，令我疑惑不解，一时间停住了脚步。

我继续往下走，步入与铁路平行的方向，走近他。此人皮肤暗黄，长着黑黑的络腮胡和浓浓的眉毛。他的工作岗位是我见过的最孤寂、最凄凉的地方。四周墙面犬牙交错，挂满水珠。这里除了一小角天空，根本看不到周边的风景；瞭望口的一边只能看见崎岖绵延的平地，另一边，视线终结于不远处昏暗的红灯和黑暗的隧道入口。这巨大的人工建筑，透着一种残暴、沮丧、恐怖的气息。此处鲜有阳光问津，透着一股死气沉沉的味道。寒风阵阵袭来，冰冷彻骨，我感觉仿佛离开了自然界。

他纹丝未动，我离他很近了，近得足以触摸到他。他两眼死死地盯着我，后退了一步，抬起一只手来。

我说过的，他的工作岗位偏僻孤寂。先前，在高处俯瞰时，我就莫名其妙地被吸引住了。估计这里没什么访客，希望我这个不速之客不惹人厌才好。在他眼中，我在某个狭小的空间里关了一辈子，最终获得自由,所以对这些巨大的建筑物新鲜好奇。我开口跟他搭话,实际上,我根本不确定自己是用了什么话做开场白的。因为,我平时不喜欢主动跟人搭讪,何况此人身上有一种东西使我胆怯。

他用异常好奇的目光看看隧道口附近的红灯,然后环顾四周,好像那边有东西不见了似的,然后又看看我。

这灯也归他管呢,还是不归他管?

他低声答道:"难道你不知道这也归我管吗?"

注视着他那专注的神情和阴沉的脸,我脑海中浮现出一种荒谬的想法:他不是人,是幽灵。我琢磨着,或许他也一直在揣摩我。

这回轮到我害怕了。我倒抽一口气,后退了一步,同时暗中观察他的眼神,发现他眼中对我充满了一种潜在的恐惧。于是刚才那荒谬的想法不攻自破。

"你看我的时候,"我勉强微笑说,"好像很怕我呀。"

"我刚在怀疑,"他回答道,"我是否见过你。"

"你在哪见过我呀?"

他指向自己刚才注视的红灯。

"在那儿?"我问道。

他谨小慎微(几乎无声)地回答说,"是的。"

"好家伙,我怎么会在那儿出现呢? 然而,就算有可能,我发誓,我从来没去过那儿呀! 你确定吗?"

"我想,我可能,"他回答道,"是的,我敢肯定,我可能在那儿见过你。"

他和我一样,确定了自己的想法。他回答我的问题时高度警惕,用词谨慎。他要做的很多吗? 无疑,他得承担责任;他必须精确、警惕,职责使然。实际上,若论体力劳动,他的活约等于不干活。换信号、修修灯、时不时转动下这铁把手,他需要做的事就是这些。用他那些漫长而孤寂的岁月，我或许可以成就很多事，而他，只能说是，他的日常工作使然，况且他已习以为常了。他还在这下边自学了一门语言——如果说只会读，不怎么会说也算是学会的话。他还在学分数、小数点，尝试着学了点代数；但他从小就不擅长算术。值班的时候，他难道只能一直在这空气潮湿的地道里，难道只能待在这高耸的石墙间，而不能跑到阳光下待着吗？哦，那要视具体时间和情况而定。在某些时候，这条线路的火车比其他线路少，或者平常白天和夜里的某些时段，火车也会少点。那么，若天气晴朗，他是会跑到上面稍微高出这些低矮的"暗室"的地方，去换口气；问题是，这种时候他必须竖起耳朵，加倍警惕，电铃随时会召唤他。只要铃声一响，他必须马上到位。所以即便在这种较好的境况下，他也无法像我们想象的那样有所松懈。

他把我带进他的斗室，里面生着火，摆着一张桌子，桌子上面放着一本公务书（他必须在书里做记录），一台带刻度、表盘和指针的电报机，还有他提到过的小铃。若说他受过良好的教育，我相信他会感到羞愧（希望这话没冒犯他），但也许在这个小站里，他的文化水平算高的。他发现许多单位都不需要文化人，文化与他们有那么点格格不入。他听说在工厂里如此，在警察局如此，甚至在最令人向往的部队里也一样；而且他知道，在所有重要的铁道部门多半也是如此。年少时，他曾经（如果他的话可信，但坐在这斗室里，他也不太可能撒谎）是自然哲学专业的学生，听过讲座；但他不服管教，葬送了这次良机，他辍学了，从此一蹶不振，再无翻身的机会。说这些，他不是在抱怨。走上这条路是他自作自受，人生没有回头路可走。

这些，是我对他的话的概括。他远远地坐在火堆和我之间，悄悄地诉说着他那坟墓般的、心灰意冷的想法。他时不时用"先生"这个词，特别当他讲到年轻时的经历时，他仿佛想让我知道，他没有刻意炫耀自己。好几次,他都被铃声打断,然后看信息、回信息。又一次,火车开过时,他必须站到门外,出示一面旗子,与火车司机做某种"语言"交流。执行任务期间,他表现得异常准确、警惕;一有情况,话到一半戛然而止,甚至中断在某个音节处,然后保持沉默,直到任务完成。

总之,我本该视他为世界上最安全的铁道信号员之一的,但是,不知为何,他跟我说话的时候,两次都意外中断谈话,脸色变得苍白,脸转向警铃(而此时铃声并没有响),然后打开小屋的门(关门是为了防潮),望着隧道口旁边的红灯出神。每次回到火堆旁时,他的神情令人费解。之前我提到过的,我们离得很远,所以很难准确描述他的神情。

起身离开时,我说:"我差点以为,你是个知足的人。"

(我得承认,说这话,是为了引导他继续往下说。)

"我想我曾经知足常乐,"他答道,然后又像起初那样,超低声地说,"可是,我现在遇到麻烦了,先生,我有麻烦。"假如出口的话可以收回,我肯定,他要收回去,可惜不能。

我赶紧趁机发问:"什么麻烦?你遇到什么麻烦了?"

"很难相告,先生,非常非常难解释。假如你能再次来访,我会试着告诉你的。"

"可我打算尽快再次来访的,说吧,什么时间合适?"

"一大早我会离开,大概明晚十点回来上班,先生。"

"那我十一点来吧。"

他道声谢,送我到门口,用他那超低的声音说:"我给您照白灯,先生,直到你找到上面的路。找到路后,千万别大声叫!到了上面以后,也别大声叫!"

他的举止,使这个地方显得更阴冷,但我只是说:"好的。"

"还有，明晚下来的时候，也别大声喊。对了，临走前，我再问你个问题吧。今晚你为什么喊，'嗨，下面的'？"

"天知道，"我回答道，"也许我叫的声音，听起来像这几个词吧。"

"不是听起来像，先生，就是这几个词，我非常熟悉。"

"哦，那就是这几个词吧。我那样喊，无疑是因为我看到你在下面啊。"

"没有其他原因吗？"

"那还能有什么原因呢？"

"难道你不觉得，这些词对你来说有超自然的意义吗？"

"没有。"

他祝我晚安，然后提起灯。我走在下层铁轨旁（因为我对身后开来的火车感到十分厌恶），然后找到了路。上来比下去容易多了。我回到旅馆，途中无奇遇。

第二天晚上，我准时赴约，踏上羊肠小道的第一个台阶时，远处的时钟正敲响十一点。他在底下等我，照亮白灯。靠近他时，我说："我刚才一直没喊，现在可以开口了吗？""先生，那是当然。""晚上好，请拉着我的手。""晚上好，先生，好的。"就这样，我们一路并肩而行，走进他的斗室，关上门，坐在火堆旁。

"先生，我决定了。"我们一坐下他就开口说话，身体前倾，说话的声音就比耳语高那么一点点。"假如您是他，您不需要两次问我是什么麻烦了。昨夜，我误以为你是另外一个'人'。就是这事困扰着我。"

"是这个误会困扰你吗？"

"不。是那个'人'。"

"他是谁？"

"我也不知道。"

"像我吗?"

"不好说。我从未见过他的脸。他左臂捂着脸,右臂挥舞着,用力地挥舞着。就这个这样。"

我目不转睛地仔细观察他的动作,原来是个手势。他用尽吃奶的力气,大声喊道:"看在上帝的分上,快让开!"

"一个月光皎洁的夜晚,"他说,"我就坐在这儿,突然听到上面有人喊,'嗨,下面的。'我惊讶地站起来,向那个门口望去,看见'他'站在隧道附近的红灯旁,手挥舞着,就像我刚才比画的那样,用嘶哑的声音大声喊道:'小心啊! 小心啊!'然后持续叫着:'嗨,下面的!小心啊!'我抓起照明灯,打开红灯,朝那个身影跑去,一边跑一边叫'怎么了? 出什么事啦? 哪出问题了?'他就站在漆黑的隧道外。我离他很近,对他用袖子遮住眼睛感到好奇。我径直向他跑去,手伸过去,正想把他的袖子撩开,他却消失了。"

"跑到隧道里去了?"我问。

"没有。我往隧道里跑,足足跑了 500 英尺,然后停下来,把照明灯高举过头顶,看到一些肉眼可见的影子,只见水珠沿着墙壁,穿过拱墙,形成涓涓细流。我又往外跑,速度比进来的时候还快(因为我打心眼里憎恶这个地方)。提着红色照明灯,我环顾红灯周围,爬上铁梯,爬到上方的通道,后又爬下来,回到这儿。我给两头都发了电报,说:'有紧急情况,你那儿出问题了吗?'两头的回复都是,'没问题。'"

我感觉仿佛有根冰冷的手指,在慢慢触及我的脊梁骨。我一边抵制这种情绪,一边告诉他,这个影子肯定是视觉上的错觉;这些影子源于一种神经性疾病,影响了眼神经的正常功能,这种疾病经常困扰病人,有些病人最后能意识到问题的本质,甚至用自身做实验证实这个问题。"至于那幻觉的喊声,"我说,"来听听,我们如此低声地说话,在这个人工山谷里,有风的声音,还有那电线引起的声音。"

我们坐在那儿,听了一会,他回答说,一切都正常。这很好,他应该了解一点风和电线的知识,因为在无数个漫长的冬夜里,他时常孤身一人在此看守。不过,他又请我让他把话说完。

我请他原谅自己中途打断他的话。他碰了碰我的胳膊,慢慢地补充,说:"那影子出现后,不到六个小时,这条线路上发生了令人终生难忘的事故;不到十个小时,死者和伤员就被抬到那个影子站过的地方。"

刹那间,我感到毛骨悚然,但我尽力克制自己,告诉他说,无疑这事异常巧合,深深地印在他的脑海。然而,针对这种情况,我们必须要考虑到,异常巧合的事总是在不断地发生。我补充道(我想,我知道他很快会反驳我),尽管非常肯定,我也得承认,有常识的人不允许过多地用巧合去解释日常生活中的问题。

他再次请求让他把话说完。

我再次道歉不该打岔。

"这,"他说,又把手放到我的手臂上,用空洞的双眼,打量着自己的肩膀,"仅仅是一年前的事儿。六七个月以后,我从惊恐中恢复过来了。可是,一天早晨,天刚蒙蒙亮,我站在门边,往红灯方向望去,又看到那个幽灵。"他停了一下,仔细打量着我。

"它喊了吗?"

"没。它没吭声。"

"它挥胳膊了吗?"

"没。它斜靠在灯柱上,双手捂住脸。像这个样子。"

我再次仔细观察他的动作。那是哀悼的动作。我见过一些墓碑上的石像是这个姿势。

"你迎上去了吗?"

"我进屋坐下，一是整理思绪，二是因为它把我吓晕了。当我再回到门边时，天亮了，这只鬼不见了。"

"可是，接着没事发生吧？这回没有出事吧？"

他用食指碰了我的胳膊两三次，每次都可怕地点点头。

"就在那天，一列火车从隧道里开出来，我看到，靠我这边的一节车厢的窗户里仿佛有些模糊的形状，像手和脑袋，还有东西在挥动。我知道，要及时给司机发信号，让他停下。他关掉电源，踩下刹车，可是火车在这儿继续行驶150多英尺。我追上去，跑的时候听到可怕的尖叫声和哭声。其中一节车厢里的一位漂亮女士当场死亡，其尸体被带到这里，就躺在你我站着的地方。"

我看着他指向自己那边的木板时，不由自主地把椅子往后挪了挪。

"是真的，先生，是真事。一切如实，所以才告诉你。"

我脑子一片空白，不知道该说什么。我嘴巴很干。风和电线听了这个故事，发出长长的悲叹。

他继续说道："先生，现在，您知道我受什么困扰了吧。这幽灵，一星期前又回来了；而且回来以后时不时地都在那儿出现，没有任何规律。"

"在红灯旁吗？"

"在危险信号灯旁。"

"它可能会做什么呢？"

他重复着之前示意的那个动作，一有可能，就用越来越激动的声音喊："看在上帝的分上，快让开！"

然后，他又继续说道："因此，我心底无法平静。它召唤我，一喊就好几分钟，它用一种痛苦的方式喊'下面的！小心啊！小心啊！'它站在那，朝我挥手，摇响我的警铃——"

我抓住这个时机，问："昨晚我在这儿的时候，是它摇响你的铃，所以你走到门口吗？"

"是的，两次。"

"哎！瞧，"我说，"是你的幻觉误导你了。那会儿，我的眼睛盯着你的铃，侧耳倾听，我这个大活人可以明确地告诉你，昨晚这个铃根本没响。没有，昨天其他时段，除了站里响起警铃与你进行交流之外，这铃都没响过。"

他摇摇头。"我从不犯这样的错误，先生。我从来不会把幽灵的铃声和人的铃声混淆。幽灵的铃声是一种奇怪的振动，源自别的东西，而且我还没告诉您呢，这铃声还很刺耳。您没听到，我不觉得奇怪，可我听到了。"

"那么，昨天你朝外望的时候，看到这个幽灵在那了？"

"是的，它在那儿。"

"两次都在吗？"

他十分肯定地重复道："两次都在。"

"你现在能跟我一起去门边，看看它在那吗？"

他咬着下唇，似乎有点不情愿，但还是起身了。我打开门，站在台阶上，而他站在门口。那边就是危险信号灯，那边就是阴暗的隧道口，那边就是高高的湿漉漉的石墙。上面星光满天。

"你看得到它吗？"我问，一边专心地注视他的脸。他眼角深陷，眼神紧张，但是，可能我在认真地引导他往那看时他表现得更紧张。

"没，"他回答说，"它没在那儿。"

"我也没看到。"我说。

我们回到屋里，关上门，坐回自己的位子。我在想，如何最好地利用这个优势，假如这可以算是个优势的话。他谈这番话的时候，想当然地认为那是事实。所以，假设我们之间不谈严肃的真相问题，我感到自己完全处于劣势。

"现在您应该完全理解了，先生，"他说，"困扰我的这个可怕问题就是，究竟这个幽灵是什么意思？"

我跟他说，我不确定我是否完全理解。

"它到底要警告什么？"他说，然后沉思着，眼睛盯着火焰，偶尔才瞄向我，"这次是什么危险？危险要在哪儿发生呢？这条线路上潜伏着危险事故。可怕的大灾难即将来临。毫无疑问，前面两次可以证实，这是第三次警告。但对我来说，这绝对是一种残酷的折磨。我该怎么办呢？"

他拿出手绢，擦着从滚烫的额头滴下的汗珠。

"如果我发电报，对一边说有危险，或者对两边都说有危险，而我却不能解释原因，"他继续说道，一边擦着手心的汗，"我会有大麻烦的，而且说了也没用。他们只会想我疯了。结果可想而知——消息：'危险！小心！'回复：'什么危险？哪里？'消息：'不知道。但是，看在上帝的分上，小心！'那么，他们除了炒我鱿鱼，找人替换我，还会做什么呢？"

他内心的痛苦最令人同情。对一个善良谨慎的人来说，这是莫大的精神折磨。一种关系到生命的难以名状的责任感压抑着他，给他带来难以承受的痛苦。

"当它第一次站在危险信号灯下的时候，"他把黑发往脑后拨，双手向外，在太阳穴附近比画，表现得极度沮丧，继续说，"它为什么不告诉我事故将在哪儿发生呢——如果必然会发生的话？它为什么不告诉我如何防止事故发生呢——假如有可能避免的话？它第二次出现时捂住脸，可为什么不干脆告诉我：'她会死的，让她家人阻止她出门'呢？假如，它前两次出现只是为了向我证明警告的真实性，使我第三次相信它，并有所准备，可现在为什么不简单明了地告诉我呢？

上帝啊,帮帮我吧! 我只是这个无名小站里一个小小的信号员! 为什么不去警示有信誉、有权力的人呢?"

见他如此痛苦不堪,我知道,不管是为了这个可怜人,还是为了公共安全,我当时必须安抚他,使他平静下来。所以,我把所有真实和虚幻的问题搁置一边,并告诉他,无论是谁,在他这个位置都必须尽职尽责。至少他应该感到欣慰,他了解自己的职责,尽管他不理解那些令人迷惑不解的异象。这样远比我企图用理智推翻他所坚信的东西有效得多。他平静了些;随着夜幕降临,他这个岗位随时可能发生需要处理的事,需要他加倍集中注意力。我清晨两点才离开。我提出要留下来过夜,但他不同意。

上来时,我一路上不止一次回头看那边的红灯,我讨厌它。假如我的床在它下面,我会睡不安稳的。对此我没有理由掩饰。我也讨厌那两次相继出现的巧合:第一次事故和那个死去的女士的故事。对此我也没有理由掩饰。

不过,我现在考虑得最多的是,既然他把秘密透露给我,我该做点什么呢? 事实证明,此人聪明、警惕、勤恳、真实;可是,他目前的精神状态要延续到什么时候呢? 虽说他的职位卑微,但至关重要,寄托着众人的信任。假如我是旅客,我会拿自己的生命做赌注,让他继续执行任务吗?

如果把他告诉我的一切转告给他公司的领导,而不是先向他坦白,并提出一个折中的办法,我会深感愧疚,感觉自己是个叛徒。最终,我决定提出来陪他去看医生(但暂时先保守他的秘密),找那一块我们所听说过的最有智慧的医生,采纳医生的意见。他告诉我说,大概到第二天晚上,他可以换班休息,日出后他可以离开一两个小时,日落后又要迅速回岗。我便说,到时回去找他。

翌日傍晚,夜色优美,我早早出门享受这美丽的夜晚。横穿过深沟顶端的田间小径时，太阳还未完全下山。我心想，先散步一小时，半小时去，半小时回。到时候，刚好能准时到达我的信号员的屋里。

还没来得及散步呢，我走到田边，机械地朝下看，从我第一次见他的角度望去，顿感毛骨悚然。这种感觉无法用语言形容。就在隧道口附近，我见到一个影子，左袖遮住双眼，右臂拼命地挥舞着。

这种难以名状的恐惧稍纵即逝，因为我很快就发现，刚才看到的影子确实是个人，而且那边还有其他人站在不远处。这个人似乎在排演刚才那个动作给他们看。危险信号灯没有亮，灯杆的旁边支起了一个矮小的棚屋，我从未见过。小棚屋用木条支撑物和帆布做成，仅仅只有一张床那么大。

难以抗拒的不祥之感油然而生，肯定出事了。我脑海里闪现出一种自责的恐惧，致命的大灾难怕是已经酿成，都只因为我把信号员一个人留在那，致使无人来监视他，或纠正他的行为。我以最快的速度沿着凹凸不平的小路往下跑去。

"发生什么事了？"我问那些人。

"信号员早上被撞死了，先生。"

"不会是那边小屋的信号员吧？"

"就是那个信号员，先生。"

"不是我认识的那个信号员吧？"

"假如您认识他，先生，您会认出来的。"负责人说着，严肃地脱下帽子，撩起帆布的一端，"因为他的脸还是完整的。"

"天哪，这是怎么回事，这是怎么回事？"我一个接一个地问过去，棚屋被重新遮盖起来。

"先生，他是被机车撞的。全英国就他最了解他的工作了。可是，不知怎地，他对外轨还不太清楚。这大白天的，他已经把信号灯打亮了，手里提着一盏灯。机车从隧道开出来的时候，他刚好背对着火车,所以被撞死了。是那人开的机车,他刚才就在演示事故发生的过程。汤姆,去给这位先生演示一遍吧。”

这人身穿黑色的粗布衣服,回到隧道口,站到先前站过的位置。

“先生,请到隧道拐角处来,”他说,“我见他在那头,仿佛通过望远镜看到他似的。当时我压根没有时间减速,我知道他非常谨慎。但他好像没注意到汽笛声,于是我们朝他开过去时就关掉了汽笛,尽可能用最大的声音喊。”

“你怎么喊的?”

“我说:‘下面的! 小心啊! 小心啊! 看在上帝的分上,快让开!’”

我愕然。

“哎! 这真是太可怕了,先生。我的喊叫声一直没停。我用这只手臂遮住眼睛,不忍心看哪,另一只胳膊挥舞着,但都无济于事。”

我不想再把这个故事讲下去,没必要对这些奇怪的事纠结不已了。故事结尾处,我或许得指出其中的巧合,包括火车司机的警告,和这个不幸的信号员萦绕心头、反反复复告诉我的那些话的巧合,以及,我自己——不是他——仅仅在我自己的脑海里,把那些话与他模仿的动作联系在一起的巧合。

（卓素玲 译）

审理谋杀案

[英]查尔斯·狄更斯

  我时常注意到,人们在讲述自身那些离奇的心理经历时普遍缺乏勇气,即便智慧超群、温文儒雅的人也不例外。因为几乎所有人都害怕讲述的故事不能在听者的心灵深处激起共鸣,或得不到回应,害怕可能遭到怀疑或嘲笑。诚实的游客如果真的见过酷似海蛇的罕见生物,谈论起来可能没有思想负担;但同样是这个人,倘若产生过奇特的预感、冲动、奇想、(所谓的)幻视、幻梦或其他不可思议的念头,要承认这一切就会有顾虑。人们对此讳莫如深,我认为主要是因为这种事本身含混晦涩、令人费解。我们不像谈论实实在在的事物那样时常谈论虚无缥缈的"事物",因此从这点来看,牢记这种经历就显得有些另类。事实也的确如此,因为它实在是太难以捉摸了。

  下面要讲的这则故事,没有任何杜撰、篡改或添油加醋。我了解柏林书商的历史,研究过由大卫·布鲁斯特爵士讲述的已故皇家天文学家妻子的案件,还仔细探究过几位密友遇见幽灵这类更加古怪离奇的经历。说到最后一件时有必要申明一点:受害者(某女士)不论亲疏都与我毫无瓜葛。如果在这方面妄加猜测,我可能就得对经手的这桩案子的某些情节做出解释(虽说只是一部分情节),可这种猜测完全是捕风捉影。这不能归结为我生性古怪，也不是因为我之前有过类似的经历或者此后有过类似的经历。

不知多少年前或仅仅几年前，英格兰发生了一起谋杀案，引起了广泛关注。据说几名涉案凶犯先后浮出水面，其手段之毒辣实属罕见。案犯的尸首埋在新门监狱，而我唯有将有关残忍凶犯的记忆一同埋藏在心底，如果能的话。下面我有意隐去了有关罪犯个人的直接线索。

刚发现凶杀案时，没有人对后来接受审判的男子产生怀疑——或者应当说没有人在公开场合对此表示任何怀疑，因为我对这些情况再清楚不过了。当时报纸没有刊登与他有关的报道，显然那时也不能提供任何与他有关的消息。记住这一点非常重要。

那天，我边吃早餐边打开晨报，上面刊登了谋杀案的首次报道，这则新闻很有趣，于是我仔细阅读起来。我大约读了两遍，要不就是三遍。这桩案子是在卧室里被发现的。就在放下报纸的一刹那，我感觉有道亮光一闪而过——我不知该如何描述它，因为实在找不到一个十分贴切的词。在这道亮光中，我仿佛看到那间案发卧室的景象从房前一掠而过，犹如流淌的小河里竟绘制了图画一般。尽管稍纵即逝，画面却十分清晰；它太清晰了，我甚至不费吹灰之力就能清楚地看到那张床上消失的尸体。

我萌生这种奇异的感受绝不是在什么让人浮想联翩的场所，而是在距圣詹姆斯街很近的毕卡第利街的单身公寓。我刚搬过去。当时我正坐在安乐椅上，产生那种感觉时，我浑身怪异地抖动起来，那张椅子也随之晃动不已。（不过值得注意的是，椅子的脚轮可以自如地转动。）我走到一扇窗前，看毕卡第利街上往来的人群，以缓解视觉疲劳（我房间在二楼，室内有两扇窗）。这是秋天里一个阳光明媚的清晨，大街上五光十色，满是欢声笑语。风有些大。我朝外张望，狂风将公园里的许多落叶吹得满地都是,忽然一股强劲的旋风卷起了这些落叶。一会儿旋风停了,落叶散了一地,这时我看到路对面有两名男子自西向东走去,两人一前一后地走着,前面的人不时地回过头来。

跟在后面的男子相距前面的男子大约三十步,后者右手高举着做威胁状。首先,在主干道这样的公开场合竟出现如此奇特而坚定的威胁举动,这引起了我的注意;其次,更加不可思议的是竟没有人注意到这一幕。然后两人又淡然地穿过人群,与刚才在人行道上行走的神情截然不同。据我观察,没有一个人给他们让路,碰到他们或是注意他们。经过我的窗前时,他们同时抬头朝我看。他们的脸我看得非常清楚,而且我相信即使他们走到天涯海角我都能认出来。我特意留心了一下,没发现他们脸上有什么特别不同寻常之处,除了两点:一是前面的人神情格外沉郁,二是后面跟着的人脸色晦暗。

我是个单身汉,男用人和他太太便是我的全部家庭成员。我在某银行分行任职,幻想着分行经理的工作就像人们希望的那样轻松。那年秋天我正想换换环境,却因公务留在了镇上。我虽说没病,但身体不是很好。看书不过是以合理的方式尽可能使自己疲惫不堪,使自己对单调乏味的生活懊丧不已,甚至患上"轻度抑郁症"。我那声望颇高的私人医生向我担保,他说我当时的健康状况并不是太糟,还应我的要求出具了一份书面答复。

随着案情逐步浮出水面,公众对此事越来越关注了。不过尽管这是人们热议的话题,我却不予理会,尽可能不去了解案情。即便如此,我还是知道已做出的蓄意谋杀裁决对嫌疑犯不利,而且他已被送往新门监狱受审。此外我还知道,中央刑事法庭以普遍存有偏见和没有时间准备辩护为由,将开庭审理的时间推迟了一个周期。我或许还能进一步打听到,什么时候或大约什么时候延期的审理会重新开庭，不过我相信自己不会这么做。

我的起居室、卧室、更衣室都在同一层。也正因此，卧室同其他房间是隔开的。以前卧室的确有扇门向楼梯间开着，但浴室的部分陈设挡在那里，而且已经这样挡了许多年了。不仅如此，那扇门已被钉上并用帆布盖起来了，也作为阻挡之用。

一天深夜，我正站在卧室里，趁男佣还没就寝，我向他吩咐了些事情。我的脸朝着唯一一扇通往更衣室的门，门是关着的，男佣背朝着那扇门。正同他说话时我看到门开了，一位男子出现了，向我招招手，神情十分殷切而又神秘。他正是沿着毕卡第利街行走的两人中脸色晦暗的那一位。

那个身影招过手后向后退，把门关上了。我毫不犹豫地穿过卧室，打开更衣室的门，朝里望去。我手上拿着一支燃着的蜡烛，心里希望不要在更衣室里看到那个身影，所幸它不在。

我意识到用人惊呆了，于是转向他说道："德里克，你信不信，我很清醒，我想是看到了一个——"当我把手放在他胸前时，他突然剧烈地战抖起来，道："啊，上帝啊，是的，先生！有个死人在招手！"

现在我相信，直到被我碰到，这个二十多年来我最信任、最亲近的仆人约翰·德里克才意识到看到了这个身影。因为我碰到他的那一刻他的反应很强烈，我完全相信，他是根据我在那一瞬间流露出的诡异神情产生了这种印象。

我吩咐约翰·德里克拿些白兰地来，给他倒了点，自己也欣然喝了一杯。我跟他详详细细地讲述了那晚之前发生的事情。回想起来我敢肯定，除了毕卡第利街那次之外，我以前从未见过那张脸。我比较了一番他在门边向我招手时的神情与我站在窗边时他抬头看我的神情，并得出这样的结论：第一次，他试图给我留下一个深刻的印象；至于第二次，是要确保我能迅速想起他来。

那晚我很肯定那个身影不会再来了,也说不清楚为什么那么肯定,不过还是心神不定。到了黎明,我终于沉沉睡去,直到被约翰·德里克唤醒。他来到我的床边,手里拿着一份文件。

看来刚才送信人和用人就是为这份文件在门口发生了争吵。这是法院向我开出的传票,要求我在中央刑事法庭即将到来的开庭期间参加陪审。我以前从未受到传唤参与这样的陪审团,这一点约翰非常清楚。他认为那种级别的陪审员一般是从资历比我低的人中挑选的,所以一开始就拒绝接受传票(不过这次我不知道是事出有因还是随机挑选的)。送达传票的人漠不关心,说我出席与否与他毫无关系,传票就在那里,如何处理责任自负,与他无关。

我头两天没有决定是应邀出席还是不予理会。我没有对任何一方产生莫名偏见,也没受任何一方的影响或吸引。不过最终我还是决定去,权当是对单调生活的一种调剂。

开庭的那天定在十一月,早晨阴冷而潮湿。毕卡第利街上有一团褐色的浓雾,浓雾随后化成漆黑一片,笼罩着压抑得令人窒息的伦敦法学会。我看到煤气灯把法庭的走廊和楼梯都照得灯火通明,法院本身也被照得透亮。我认为是直到被工作人员领进老法庭,看到那里被挤得水泄不通,我才意识到那天嫌疑犯就要接受审理了;我还认为是直到他们费了九牛二虎之力把我带到老法庭,才弄明白开庭传票究竟传我去两个法庭中的哪一个。不过不能把这些看作乐观的言论,因为我对走进任何一个法庭都不太满意。

我在陪审员的指定等待位置就座了。我透过重重浓雾和人们的呼吸努力环顾法庭,感到这里的气氛十分沉重。我发觉大窗外缭绕的黑色水汽仿佛黑魆魆的帘布;我听到车轮碾过散落街面的稻草和鞭渣时发出的沉闷声响,还有人群的嘈杂声偶尔会被一声尖厉的口哨、一句高喊或招呼打破。很快,两位法官进场入座了,法庭里纷繁嘈杂的声音顿时停止。法官传令将被告押解到围栏后。他在那里现身了，也就在那一瞬，我认出他就是沿着毕卡第利大街行走的两人中的第一个。

如果当时点到我，我怀疑我回答时人们是否能听得到。不过我大约处于陪审团成员名单中的第六位或第八位，到那时可以说"到！"。现在，看吧。被告一直专心致志地抬头看着，神情倒也淡定，不过我一走进包厢，他顿时变得惶恐不安，向他的律师招手示意。被告针对我的企图一目了然，大家不得不暂停片刻。当时那位律师手搭在被告席上，与当事人耳语了几句后，摇了摇头。事后我从律师那里得知，那名被告跟他说的第一句骇人的话是："驳倒那个人！不惜一切代价！"可是被告说不出什么原因，也承认直到听见点到我，我出现了才知道我的姓名，因此律师并没有接受被告的要求。

原因如前所述：一方面，我不想重温那段有关被告的惨痛记忆；另一方面，完全没必要详细叙述漫长的审理过程，我只想描述接下来的十天十夜里发生的事情，这段时间我们陪审员聚在一起，这与我个人那段诡异的经历紧密相关。因为我想让读者对这段经历而非对凶手产生兴趣；因为我想让读者注意这段情节，而非新门监狱的日程表。

我当选为陪审团主席。审判期的第二天上午，也就是记录证据两小时后（当时听到教堂的钟敲了十二下），我碰巧扫了一眼陪审团同仁，发现清点人数时出现了一个无法解释的问题。我数了好几遍，仍然无法弄明白。一句话，多了一个人。

我碰了碰紧挨着的陪审员，低声说："帮我数数陪审员。"他听到这个请求露出了惊讶的表情，随后转过头开始数。"呃，"他突然道，"我们有十三——可是不对，不可能，不对，我们是十二人。"

根据那天统计的数据，我们的细节一直是对的，但总数上总是多了一个。多出的一个没有露面，没有身影，也没法解释；但是我现在内心深处有种预感——肯定是那个出现了的魅影。

陪审团成员被安排在伦敦客栈。我们不同桌就餐，但在同一间大房里就寝，全天候受警官保护，一举一动都在他的监护范围内，他宣誓要保证我们的安全。我没有必要隐去这位警官的真实姓名，他机敏细心、有修养，（我听说）在当地备受尊崇。他相貌和蔼，目光敏锐，腮帮上蓄着令人艳羡的黑胡子，还有一副洪亮的嗓子。他是哈克尔先生。

晚上我们一行十二人熄灯就寝时，哈克尔先生就拖过床，把它横在门口。第二天晚上，我还不想躺下休息，看到哈克尔先生坐在床上，便走过去坐在他身旁，递给他一小撮鼻烟。哈卡尔先生伸手把它从我的盒里拿出来时碰到了我的手，忽然全身诡异地战栗起来，惊声道："这是谁？"

我顺着哈克尔先生的目光朝房间看去，又一次看到了那个意料中的魅影——沿着毕卡第利大街行走的两人中的第二人。我站起身，上前几步，然后停住，转身看着哈克尔先生。他毫不在意，大笑起来，打趣地说："我想了一下，一共有十三名陪审员，却少了张床，但是我看这是月光。"

我没有告诉哈克尔先生缘由，只是邀他与我一同走到房间的尽头，看看那个魅影做了些什么。只见他在每一位陪审员床边靠近枕头的位置都站了一会，而且总是走到床的右手边，从下张床的脚边绕过去。从魅影头部的动作来看，他似乎只是向下沉郁地凝视着每一个熟睡的人。他没注意到我，也没注意到我的床，我的床离哈克尔先生的床最近。他似乎沿着虚无缥缈的楼梯，穿过一扇高高的窗户，从月光照进来的地方出去了。

第二天吃早餐时，除了我和哈克尔先生之外的所有人，昨晚都梦到了被谋杀的人。

现在我深信，沿着毕卡第利街行走的第二人就是被谋杀的男子，仿佛是他的直接证据使我明白了这一点。然而这究竟还是发生了，以一种我毫无心理准备的方式发生了。

审判第五天，起诉已接近尾声，这时死者的一幅微型画像作为证据被呈送到法庭。这幅画在发现死者的卧室里一度消失，后来又在被告挖掘过的埋尸地点找到了。画像质证时经证人确认后呈递给了法官，之后交由陪审团检查。正当着黑袍的工作人员捧着画像朝我走来时，沿着毕卡第利街行走的第二个人不顾一切地从人群中冲了出来，从工作人员手中一把抢过画像，双手递到我面前，同时用一种低沉沙哑的嗓音说："我那时年轻些，脸上有血色。"那时我还没看到小匣里的画像。随后他站到我和正要查看画像的下一位陪审员中间，然后又站到这位陪审员和下下位陪审员中间，就这样，画像在所有成员中传了一遍，最后又回到了我手中。然而没有一个人觉察到刚发生的这一幕。

每每就餐以及受到哈克尔先生的监管不得随意行动时，我们自然而然地一张嘴便会热烈地谈论当天的诉讼。审判第五天，诉讼要结束了，我们已经充分掌握了被告的情况，于是讨论变得更加激烈严肃。我们当中有一位是教区委员，是我迄今为止见到过的最笨的家伙，他对一目了然的证据提出了最荒谬的反对意见，还有两个软弱的教区跟屁虫站在他那边。这三个同教区的混蛋胡言乱语、信口雌黄，一个个真该为犯下的滔天大罪接受审理。

快到午夜了，有些成员已经准备就寝了，几个爱开玩笑的愣头青还在高声喧哗，这时我又看到了那名死者。他冷酷地立在他们身后向我招手示意。可正当我朝他们走去要打断他们的谈论时，他嗖地消失了。这是头一次现身，之后就反复出现了，而且就在我们住的那间长长的房间里。只要陪审员们把头凑在一起，我就会看到那个死者的头也夹在当中；只要他们的记录一对他不利，他就会忍无可忍地向我示意，神态庄严肃穆。

要记住的是，审讯第五天，一直到呈出那幅微型画像之前我都没看到他在法庭现身。目前在辩护环节出现了三个变化，其中两点先一起说。这个鬼魂现在时常进入法庭，不过从不和我交流，而是和当时正在发言的人交流。比方说，死者的咽喉被横着直切开了，而被告的申辩书中称可能是死者自己切断的，这时幽灵就站到发言人的手肘旁，露出提到的那个惨不忍睹的喉部（之前咽喉是遮着的），一会用左手，一会用右手，一遍又一遍地作势横切自己的咽喉，努力向发言人证明，无论用哪只手自残都不可能形成这样的伤口。再比方说，一位女人格证人作证，说那名被告十分善良，幽灵就立即站在她面前，正面对着她的脸，伸长了胳膊，伸直了手指，指着被告那副邪恶的面容。

现在要说的第三个变化给我留下的印象最深刻也最惊人。我不做推理，只是原原本本地叙述事实，任由读者评判。尽管各位发言者看不到跟他们说话的鬼魂，但是它一走近发言人，就必定会使他们感到烦躁恐惧。我认为他可能是受到不能适用于我的法律的限制，不能在其他人面前现身，不过仍然可以不露行迹地、无声无息地、暗暗地影响他们的思想。当首席辩护律师提出可能是自杀时，鬼魂就站在这位学识渊博的绅士旁，骇人地锯自己已被割断的喉咙。不可否认，律师顿时变得结结巴巴，用手帕擦擦额头，脸色变得惨白，一时间无法继续构思精妙的辩护。当人格证人与鬼魂直面相对时，她的目光真的顺着他手指的方向，停留在囚犯那张犹豫不决和焦虑愁苦的脸上。

再举两个例子就足够了。审讯第八天，按照惯例，下午刚开始都要暂停片刻,相关人员可以稍事休息,用些茶点。之后我与其他陪审员比法官稍微提早一点返回了法庭。我在陪审席处站起身四下环顾,认为幽灵不在那儿,不料碰巧抬头朝走廊看去时,看到他身体朝前倾,仿佛是想弄清楚法官们回到席位上了没有。他的下方有一位衣着体面的妇女,她顿时一声尖叫,身体一软竟昏了过去。审理本案的那位德高望重、沉稳睿智的法官也出现了类似情况。案件审理完毕后,他定定神整理记录准备做总结。这时死者从门口进来,走到法官大人的办公桌前,越过法官的肩膀关切地阅读他正翻动的那几页材料。法官脸色一变,手停住了,浑身诡异地战抖了一下——这是我最熟悉不过的;他支支吾吾地说道:"抱歉,先生们,请稍等。空气太混浊,我有点喘不过气了。"他喝了杯水才缓过神来。

遥遥无期的十天里有六天都是单调乏味的。法官席位上坐着的是同样的法官和其他成员,被告席上站着的是同样的被告,台上坐着的是同样的律师,法庭屋顶上回荡着的是同样语气的问题和回答;法官的笔画出同样的沙沙声,进进出出的是同样的庭警,余晖快散尽的同一个时间点同样的灯,起大雾时大窗外笼罩着同样的迷雾,下雨时同样的雨点在屋外滴滴答答,同样的锯屑上天天都会印上看守和被告同样的脚印,同样的钥匙把同样沉重的大门关上再打开。经历了所有这些令人厌倦的乏味程序之后,我感到自己仿佛已经担任陪审团主席很久很久了,毕卡第利街已经与古巴比伦一样热闹非凡了。在我看来,死者的一举一动都那么清晰可见,而且任何时刻也都比旁人醒目。有一点必须说明——我从未看到自称为"被谋杀者"的幽灵朝凶犯看看。我一遍又一遍地自忖:"他为什么不这么做呢?"然而他还是不看。

他在死者的微型画像呈交之后再也没看我,直到工作人员向我们递交了审理的最终结束记录才有了改变。晚上九点五十三分,我们退席考虑宣判结果。那位愚蠢的教区代表和两个跟屁虫给我们制造了很多麻烦,我们不得不两度返回法庭,请求相关人员把法官的记录摘要再宣读一遍。我们当中九人对那些章节基本上都没有疑问,而且我相信庭上任何人也都没有疑问,然而愚蠢的三人帮却只是一味胡搅蛮缠,揪着其中的段落争执不休。不过最终还是我们获胜了,最后陪审团于十二点十分回到了法庭。

死者当时站在法庭的另一边,正对着陪审席。我入席时,他全神贯注地注视着我;他看起来心满意足,慢慢地摇着一块大大的灰色面纱。他第一次出现时就把这块面纱缠在胳膊上,罩着头和整个身体。当我宣判"有罪"的判决时,面纱飘落了,一切都消失了,他的位子空了。

法官依照惯例询问被告,宣判死刑前他是否还有话要说,他本能地嗫嚅着些什么,用第二天主流报纸描述的文字就是,"说了些杂乱无章、前后颠倒、含混不清的话,人们觉得他是在抱怨审理不公,因为陪审团主席受到操纵要对他不利"。他真正发表的引人瞩目的宣告是这样的:"法官阁下,我看到陪审团主席进入陪审团包厢时就知道自己难逃一死。法官阁下,我知道他绝不会放过我,因为我在被捕前的某天晚上,他不知怎么来到我床前,把我吵醒,把一根绳子套在我的脖子上。"

(毛静林 译)

螺丝在拧紧

[美]亨利·詹姆斯

大家围坐在炉火旁，被这个故事牢牢吸引住了，一个个屏气凝神。只有一个人说，这个故事就像平安夜在古宅中讲的灵异故事，真让人毛骨悚然。我记得，除此之外，屋里便鸦雀无声了。后来，有人说，像孩子遇到幽灵这样的事，他还是第一次听说。我说的这件事，是在与我们这幢房子相似的一座古宅中发生的。一个可怕的幽灵出现在一个小男孩的房间里，当时这个孩子正和母亲睡在一起，看到幽灵后惊恐不已，赶紧摇醒睡在身旁的母亲。他摇醒母亲是为了让她驱散自己的恐惧，安抚自己再入睡，可是母亲还没来得及这么做，便也瞧见了那个吓醒孩子的幽灵。这是道格拉斯讲的故事，当时他并未接着往下讲，直到晚上，他才对自己白天所讲的话做出回应。我提醒大家说，他在回应中一定会说明这件事的来龙去脉。之后，又有人讲了一个故事，却并不怎么生动有趣。我看得出，道格拉斯还在揣想什么，我们只得等待。实际上，我们等了两个晚上。就在当晚大家散去之前，他道出了记忆中的故事。

"我非常认同这种想法，格里芬的幽灵——不管它到底是什么——起初出现在这个年幼的孩子面前，无疑让故事更加富有悬念。

据我所知,把一个孩子的故事写得这般迷人的并不少见。你们说,如果让两个孩子出现在故事中,那么这个故事会不会更吸引人?"

"当然了,大家肯定会觉得,"有个人喊道,"有两个孩子会更吸引人! 我们也想听听他们俩的故事。"

我看见道格拉斯站在那里,背对炉火,两手插在口袋里,低头看着同他讲话的人。"到目前为止,也只有我曾听说过这故事。这个故事太可怕了。"自然,有几个人表示非常想听这个故事。我们的朋友故意沉默了一下,用目光扫视了在座的其他人,踌躇满志地继续说:"这个故事可谓是独一无二。就我所知,没有任何一个故事能与它媲美。"

"十分恐怖吗?"我赶忙问道。

他好像回答说,故事并非所想的那样简单,可实在不知该怎样去形容它。他用手在眼前晃了晃,做出一副害怕的样子:"可怕啊,太可怕了!"

"噢,多有趣啊!"其中一位女士大叫。

他并未在意那女人,而是看着我,不过他实际上并非在看我,而是在看他讲的东西。"丑陋、恐怖和痛苦,让人感到诡异。"

"那好吧,"我说,"就坐下来开始讲吧。"

他转向火炉,踢了踢一块木头,看了它一眼。接着他又转过来,面朝大家:"我讲不了,我得去城里。"大伙儿一听,不约而同地发出一片嘘嘘声,纷纷抱怨起来。等到大家安静下来,他心事重重地解释道:"这个故事已经写完了,锁在了一个抽屉里——很久没拿出来了。我可以写信给我的用人,把抽屉钥匙放在信里寄给他。他找到那包故事稿后,就会给我寄来的。"他好像特意对我说的,似乎是在求助于我帮他做决定。他打破了持续了很久的沉默,本来他是有理由继续让大家保持沉默的。大家对他这种拖延感到不满,而正是他的这种犹豫不定吸引了我。我求他赶在今天的第一批邮件寄出前写好信，好让大家能早点听到这个故事。然后我又问他这是不是他自己的亲身经历，他马上回答说："哦，感谢上帝，当然不是了！"

"是你写的吗？是你把这件事情写下来的吗？"

"不是，我把它都装在这儿了，"他拍拍胸口，"绝不会忘的。"

"那你的手稿……"

"手稿的墨迹已年久褪色了，它出自一只秀美之手。"他迟疑了一下，"是一个女人的手稿。她去世已经二十年了，她死前把手稿寄给了我。"大家认真听着，当然也有人故意找茬，一味做出自己的推断。不过，他对这种推断既没有报以微笑，也没有恼怒。"她是一个很有魅力的女人，比我大十岁，是我妹妹的家庭教师。"他心平气和地说，"她是我见过的家庭教师中最和蔼可亲的女人。她能胜任任何一份工作。是很久以前的事了，当时我正在三一学院读书，第二年夏天我回家时，看到她在我家。那是一个美丽的夏天，我在家里待了很长时间。她空闲时，我们常常在花园里散步和聊天。她的谈吐让我感到她极其聪慧和亲切。噢，是这样的，你们别笑。我太喜欢她了，至今一想到她也喜欢我，我仍然很开心。要是她不喜欢我的话，她也就不会对我说这件事了。这件事她从未向别人说起过，不只是她自己这么说，我也确信她没有对别人说起过，我心里很清楚这一点。你们往下听，很快便会明白我为什么这么说了。

"是因为这件事太恐怖了吗？"

他继续盯着我。"你很快会明白的，"他重复道，"你一定会的。"

我也盯着他。"我明白了。她在恋爱。"

他笑了，这还是头一次。"你真机灵。的确，她那时在恋爱。也就是说，在那之前她一直在恋爱。结果是，除非她在恋爱，不然她无法讲述她的故事。我看出了这点，而她也明白我看出来了，然而对此,我们俩都只字未提。我记得当时的情景——在草坪的一角,在高大的山毛榉的树荫下。那是一个漫长而又炎热的夏日午后。这并不是那种让人不寒而栗的情景。但是,噢……"说着,他离开火炉,回到他自己的座位上。

"你能在周四早晨收到包裹吗?"我问他。

"恐怕要等到那天的第二批邮递了。"

"那么,好吧。晚餐后……"

"你们都来这儿见我?"他再一次环顾我们,"没人要走吧?"这近乎一种充满希望的语气。

"没人会走的!"

"我不走了!""我不走了!"那些原打算要走掉的女士们嚷道。而格里芬太太想要弄得更加明白一点。"和她相爱的那个人究竟是谁?"

"故事自然会告诉你的。"我自告奋勇地回答了她。

"噢,我真是迫不及待想要听这个故事!"

"故事不会告诉你的,"道格拉斯说,"至少不会直截了当地告诉你。"

"那太遗憾了。不能够直截了当,我恐怕很难理解故事了。"

"道格拉斯,你能告诉我们吗?"有人问道。

他跳了起来。"我会的——明天吧。现在我要去睡觉了。晚安,各位。"

话音刚落,他便迅速拿起一个烛台走了,留下我们困惑不解地坐在那里。从褐色大厅的尽头传来他上楼梯的脚步声。于是,格里芬太太开口了:"嗯,即便我不知道她爱的那个人是谁,可我知道'他'是谁。"

"她比那个人大十岁,"她的丈夫说。

"就这个年纪来说,也算是一个理由! 但过了这么久,他还能不露声色,这已经相当不错了。"

"足足四十年啊!"格里芬插嘴说。

"这终将暴露的。"

我言归正传,说:"周四晚上是一次难得的机会。"大家都十分赞同我的说法。大家的关注点似乎只有这件事。上面讲的这个故事并不完整,更像是连载小说的一个开头。我们握手告别,拿着蜡烛各自回屋睡觉了。

第二天,我得知那封装有钥匙的信件已经随着第一批邮递送达他位于伦敦的公寓了。尽管大家都知道了这消息,不过直到晚餐后,才去见他。傍晚时分最符合我们所期望的那种情感氛围。他那会儿变得如我们所渴望的那般健谈,而且也确实让我们知道了他这一变化的最佳理由。我们再一次在大厅里的火炉前,怀着前一晚的好奇心继续听他讲述。看起来,为了有助于理解,他答应读给我们听的那个故事确实需要用几句话作为开场白。允许我在这里稍做说明,我目前要讲给你们听的这个故事,它确实来源于我自己后来的抄本。可怜的道格拉斯,在知道自己将不久于人世之前,将他来这里的第三天收到的手稿托付给我。在第四天晚上,也是在这里,我们这些人开始屏气凝神地听他绘声绘色地读那篇手稿。谢天谢地,那些原打算离开而后又声称留下来的女士们还是走掉了,那主要是因为早有安排的缘故。不过,她们坦承,他的说辞打动了大家,让她们怀着极大的好奇心离开了这里。不过,她们的离去使留下的少数听众更加紧凑而精简。这些听众始终围坐在炉旁,一起感受着一种紧张氛围。

在开场白后不久,他便适时地开始了故事。事实是,他那个老朋友是一位贫穷的乡村牧师的小女儿。当时,她年方二十,初来伦敦,应聘一份家庭教师的工作。此前她已经与雇主有过简短的通信,但当天亲自前去应聘时还是感到紧张。她来到雇主位于哈利街的家。事实证明,她的雇主的确如她所想,是一位十足的绅士,一位正值盛年的单身汉。对她这个来自汉普郡一个教区牧师家庭的女孩来说,这样的人也只会出现在梦中或旧小说中,这让她感到紧张不安。任何人都会很容易地迷恋上他,并会始终为此乐此不疲。的确,他英俊、勇敢、随性、宽容。毫无疑问,他给她的印象是殷勤有加、极具魅力。不过,最令她动容且受鼓舞的是,他完全信赖她,并感激她替他承担了一份责任。在她想象中,他大富大贵、挥金如土、时尚不凡、仪表堂堂、出手阔绰,很有女人缘。他在城里拥有一幢大房子,里面摆满了旅游纪念品和打猎所获的战利品。可是,他却希望她立即启程去他位于艾塞克斯的老家。

他有一个小侄子和一个小侄女,是他那个在军队服役的弟弟的孩子。两年前,孩子们的父母死在了印度,他便成了他们的监护人。像他这样一个单身男人,既没有照顾孩子的经验,又无耐心可言,让他来照顾这两个孩子,无疑是一个重担。他一直为这事焦虑,做了不少错事,但他着实可怜这两个羽翼未丰的小家伙,竭尽所能地照顾他们。他把孩子们送到了他的另一座房子,当然最适合他们的地方是乡村了。从一开始,他就让他们待在那里,找最好的人来照看他们,甚至让自己的用人来服侍他们。只要一有空,他就会亲自去乡下看他们,了解他们的近况。但令他头疼的是,孩子们除了他别无所依,而他又常常忙于自己的事。他把他们安置在布莱这个卫生而又安全的地方,而且那儿还有格罗斯太太这样一个出色的女人当管家。他相信,这位新来的家庭教师一定会喜欢格罗斯太太的。格罗斯太太过去是他母亲的侍女,现在是管家,并照看他的侄女。很幸运,膝下无子的她格外喜欢他的侄女。尽管有不少人帮她忙,但是要去那里担任家庭教师的那位女士无疑会拥有最高权力。假期里她也照看那个男孩,他已经在学校待了一个学期了。尽管他还太小,但别无他法,只能送他去念书。眼下临近假期,他说不准哪天就回来了。起初,这两个孩子有过一个年轻女教师,但很不幸后来失去了她。她生前把他们教得很好,也很受大家的尊敬。她的离世让大伙不知所措,只能把小迈尔斯送去学校。从那时起,格罗斯太太就开始尽其所能地教给小弗洛拉礼仪等方面的事情。此外,还有一个厨子、一个女佣、一个挤牛奶女工、一个年迈的马夫与他照料的一匹老马,还有一个老园丁,他们都是一些老实本分的人。

道格拉斯讲到这儿,有人问道:"前一任家庭女教师那么受人尊敬,她是怎么死的?"

道格拉斯马上回答:"事情终会水落石出。可我不能事先透露。"

"抱歉,打断一下。我原以为你要解释给我们听的。"

"站在她继任者的角度看,"我说,"我想知道这份差事是否会有……"

"会有不可避免的生命危险,是吗?"道格拉斯说出了我的想法。

"她当然想知道,而且她也确实知道了。明天你就能听到她到底知道什么了。与此同时,她也感到前景有点严峻。她年轻稚嫩,初出茅庐,不免感到紧张。她感到责任不小,而身边缺少朋友,孤立无援。她犹豫了,花了几天时间斟酌考虑。可是雇主提供的薪酬超乎她的预期,所以她在第二次同雇主会面时,便勇敢地应承了下来。"说罢,道格拉斯停顿了一下。

为了帮助大家理解,我插嘴说:"她当然是被那个英俊的男人迷住了,所以最终她屈服了。"

道格拉斯站了起来,就像昨晚那样走到壁炉前,用脚拨了拨柴火,然后背对着我们站了一会儿。"她只见过他两次。"

"没错,但那正是她那份恋情的美妙之处。"

听了他这句话,我有点惊讶。道格拉斯转过身来面向我。"这的确是她这份恋情的美妙之处。可也有人并没有屈从。他把所有的困难都开诚布公地告诉了她。有几个应聘者觉得工作条件太严苛,他们多少有些担心。这份工作听起来很沉闷无趣,还有点奇怪,尤其是他提出的主要条件也有点奇怪。"

"他的主要条件是……"

"她绝不要去打扰他,绝不要,绝不要:既不要向他求助和抱怨,也不要写信给他。她所能做的就只是独自面对一切问题,从他的律师那里接收她的工资,替他料理一切,只要让他清净就好。她承诺按照他的要求去做。她还对我说起过,他听了以后很高兴,感到如释重负,禁不住握住她的双手,感谢她为此做出的牺牲。她觉得自己已经获得了回报。"

"这就是她获得的全部的奖赏吗?"一个女士问道。

"她从此再也没见过他。"

"哦!"那女士念叨着。鉴于道格拉斯就要离我们而去,这可以算得上当晚最有价值的一句话。第二天晚上,他坐在壁炉角落那把最好的椅子上,打开一本薄薄的老式小册子,小册子的页边镀了金,红色封面已经褪了色。花了好几晚他才讲完整个故事。他第一次开始讲时,还是那位女士又提出了一个问题:"故事的题目是什么?"

"我还没想好。"

"哦,我想到一个!"我说道。但是道格拉斯并没有在意我的话,而是用明亮的声音朗读起来,而我们就像看到了故事作者隽秀的字体一样。

1

我记得,一开始时,我的心就像跷跷板那样忽上忽下,时而觉得对,时而又觉得错。我起床后,要去城里见他,回复他的请求。反正之后有这么几天,我度日如年。我知道自己又疑虑起来,觉得自己肯定做了一个错误的决定。怀着这种心情,我坐在马车里颠簸摇晃了几个小时,最后到达了车站。庄园已派车来接我了。来人对我说,接我的事是早就安排好的。那是六月,临近黄昏时分,我看到一辆宽敞的马车正在等我。那天,天气晴朗,车子穿过乡间。夏日的芳香仿佛在欢迎我的到来,使我重新振作起来。车子转而驶入一条林荫路,我的心情稍稍轻松了一些。我想,大概我先前想得太过悲观了,看到眼前惬意的情景多少让我感到一点喜出望外。房屋正面宽阔整洁,窗户敞开着,窗帘洁净,两个女仆正从那里向外张望。我还记得那片草坪,那艳丽的花朵,车轮碾过砾石路发出的嘎吱嘎吱的声响,还有树冠下的白嘴鸦回响在金色天空中的叫声。这里的景象如此美妙,全然不同于我那寒酸的家。一个举止得体的女人牵着一个小女孩的手出现在门口。她向我行了一个屈膝礼,仿佛我是这个庄园的女主人或贵客。在哈利街的时候,我对这庄园知之甚少。如今回想起来,我感到,庄园的主人并不仅仅是一个绅士那么简单,一切似乎都在暗示着,我将要面对的远比他所形容的要难以承受。

那一整夜,我兴奋不已。那个女人把年龄较小的那个学生介绍给了我。随后的几个小时,我真的有一种飘飘然的感觉。格罗斯太太把那个小女孩带到我面前。这小女孩长得十分迷人,能够教这样的女孩,简直是莫大的幸运。她是我所见过的最漂亮的孩子。后来我心中有点诧异,雇主在谈到她时为何只是寥寥数语带过?

那天夜里,我太兴奋了,几乎没怎么睡。我回想起来,能受到如此慷慨的待遇,让我深感意外。房间很大,很吸引人,是这栋房子里最好的一间。床也很气派,帷幔宽大而华丽,长长的镜子让我第一次能够从头到脚看到自己。这一切都深深地吸引了我。可就像拥有我那个令人着迷的学生一样，还发生了其他许多突如其来的事情，它们都一下子闯入了我原本平凡的生活之中。当务之急就是我到底该如何同格罗斯太太相处的问题。我在乘马车去庄园的路上就已经在考虑这个问题了。的确，在初次见面中唯一让我不安的是，显而易见，她见到我太过高兴了。她是一个身材结实、心地单纯、朴实无华、干净利落的女人。不到半个小时，我就看出，她心里是那么高兴，却尽力掩饰，不让自己表现过头。当时我也有点纳闷，她为何不愿显露出她的高兴？或许正是由于这些疑虑让我感到不安。

不过，让人感到宽慰的是，无论碰到什么事，一想到那个光彩照人的小女孩，我的心情自然而然就爽朗了，不安感也随之烟消云散。但也许是她天使般的美，才最有可能引起不安。想到这里，天还没亮，我就已起床好几次，在房间里踱来踱去，揣摩整个境况，期望透过敞开的窗户欣赏夏日的晨曦，看看房内其他目所能及的东西，聆听晨光中传来的最早的鸟鸣。我想，我还不时听到一两个奇怪的声音，这声音不是来自屋外，而是来自屋内。有那么一会儿，我想，这肯定是一个小孩的哭声，声音虽远，却也微弱可闻。又有一次，我在门前的过道上，真切地听到了轻轻的脚步声。不过，这些幻觉不够明晰可辨，也无法置之不理。我想说的是，我现在所遇到的其他事以及随后发生的事都处于忽明忽暗的状态。照看、教导、培养小弗洛拉显而易见成为一种充满快乐和有意义的生活。我们在楼下就商量好了，初次见面后，到了晚上，弗洛拉当然应该和我在一起；为此，她那个白色的小床已经安放在我的房间了。我的职责就是全心全意照顾她。出于我们的一致考虑，决定以后都不需要再让格罗斯太太陪着弗洛拉一同入睡了。我们担心天性羞怯的弗洛拉初见我这个陌生人，难免会感到不自在。如若撇开她内向羞涩的性情不说，这孩子倒是挺坦率而又挺有勇气的。她很快就同意了，没有表现出丝毫的不适之意。听着我们讨论对她的安排,她仍保持她原有的文静,那神情简直就像是拉斐尔油画里的圣婴。意识到这一点,我和格罗斯太太更加确信我们的安排相当明智。我敢肯定,用不了多久,弗洛拉一定会喜欢上我这个家庭教师的。我坐下来就餐时,桌上立着四个高高的蜡烛,摆放着牛奶和面包,我的学生坐在高脚椅上,脖子下面围着围嘴,神情愉悦地面对着我。我露出满脸的欣赏和惊奇。我之所以对格罗斯太太抱有好感,是因为我多少能够看出,看到我的钦佩和惊奇,她觉得开心。有些话当着弗洛拉的面不方便说的时候,我和格罗斯太太就会用富有深意的表情和含蓄的暗示来传递信息。

“那个男孩和弗洛拉长得像么? 他也长得这么帅吗?”

我想,人们还不至于会对一个小孩子阿谀奉承。“哦,小姐。他简直帅极了,要是你觉得你眼前的这个还不错的话。”她站在那儿,手里端着盘子,对着我们身后的“小跟班”笑了笑。而此时,弗洛拉眨巴着眼睛,用她那天使般纯真无邪的目光看着我们俩。

“要是我确实这么认为的话……”

“那么你会对那个小绅士着迷的!”

“嗯,被迷住? 我想,这正是我来到这儿的原因。恐怕是这样的,”我记得,当时出于冲动,我又脱口说了一句:“我很容易被人迷住。在伦敦时,我就被人迷住过。”

我看着格罗斯太太的大脸盘。她问道:“在哈利街?”

“是的,在哈利街。”

“哈哈,小姐,你绝不是第一个,也不会是最后一个被先生迷住的人。”

“噢,我并非自负到想成为这唯一的一个。”我笑着说道,“那么,就我所知,我的另一个学生明天回来,是吗?”

“不是明天——是周五回来,小姐。他来的时候会像你来的时候一样,乘公共马车来,有人护送,我将派那天去接你的马车去接他。"

我立刻表示,他的车抵达后,我和弗洛拉一起去接他。我想,这不仅是出于礼貌,也是一件令人愉快、表示友好的事。格罗斯太太十分认可我的这个提议,不知怎地,我觉得她的态度特别诚恳,毫无虚情假意。谢天谢地,这么一来,我和格罗斯太太今后应该能够在每一个问题上达成一致。噢,她很高兴我能来这里。

到了第二天,我的心情还是一如既往的兴奋,就像我刚来这儿时一样。我想看看这庄园究竟有多大,于是便漫步四周,举目张望,熟悉我的新环境。可在熟悉的过程中,我竟不由得产生了压抑的感觉。可以说,这个地方比我预想的大多了。置身其中,我新奇地发现,自己既有点害怕,又有点自豪。我情绪不稳,上课肯定得延迟了。我想,我首先要做的是,以我能设想出的最亲切的方式,让这个女孩熟悉我。她对我的安排非常满意,她,也只有她,能够带我去各处参观。她领着我走过一个又一个楼梯和一个又一个房间,诉说着一个又一个秘密,用一种欢快有趣而稚气的口吻谈论那个地方。结果不出半小时,我们就成了无话不谈的好友。在这次短暂的游览中,她所表现出的自信和勇气让我感到惊讶。穿过那空荡荡的房间和阴暗的走廊,登上弯曲的楼梯,我会停下来喘口气;登上古老的方形城垛塔楼时,我会感到眩晕。随后,她带着我离开了那儿。自那天从塔楼离开后,我就再也没去过。我敢说,在游览了一遍庄园后,我明显感觉它变小了,不像我刚来这里时所认为的那么巨大无比。不过,此时我那个身着蓝衣裙的金发碧眼的小向导,在我前面蹦着,转过拐角,轻快地顺道而下。我仿佛看到了一座充满浪漫传奇的城堡,里面住着一个欢快的小精灵。像为了取悦孩子,庄园特意从小说和童话里借来各种奇幻的色彩,由此变得美丽梦幻。这难道不是在我幻想的小说里才会出现的情景吗? 不,这是一幢虽然外观不起眼但进出便利的古宅,它的一半房屋还住着人,另一半则废弃了,这越发显得它古老陈旧。置身其中,我会产生一种幻觉,我们就像一艘随波逐流的大船上的乘客般感到茫然不知所向。奇怪的是,我竟然是这艘船的舵手!

2

两天后,当我和弗洛拉驱车去接格罗斯太太所说的那个小绅士时,我脑海里又出现了同样的幻觉。第二天晚上发生的事,越发让我感到不安。第一天,就像我讲的那样,总的来说,是让人安心的。然而很快我的心陡然又紧张焦虑起来。那天晚上,有个邮包很晚才送到,里面装有一封雇主写给我的信。信上只写了简短的几句话而已。其中还附有一封别人寄给他的尚未拆封的信。雇主的信上写道:"我猜得出来,那封信一定是那个校长寄给我的。这个校长让人讨厌死了,请你读一下他的信,然后回复他。不过,提醒你一下,不要向我汇报,哪怕一个字也别提起。我外出了。"我费了好大的劲想要打开信的封印,谁知那封信封得太牢固了,我得花好久才打得开。最后,我把未拆封的信函带到卧室,直到入睡前我才打开它。我本该等到第二天早晨再拆信的,因为读这封信又让我度过了一个不眠之夜。因为没有人可以商量如何处理这事,第二天,我满心烦恼。最后,我觉得至少可以找格罗斯太太开诚布公地谈一谈。

"孩子被学校开除了。这是什么意思?"

她看了我一眼,而我恰好在那一瞬间看到了。格罗斯太太明显怔了一下,似乎想竭力恢复常态。"但是他们不是都被……"

"被送回家了——是的。不过,只是其他孩子是因为放假才回家的,而迈尔斯可能再也不能回学校去了。"

意识到我的注视,格罗斯太太脸红了起来。"他们不要他了?"

"他们坚决不要了。"

说到这儿,她的目光从我这里移开,朝上看去。我看见她眼里满是善良的泪水。"他到底做了什么事?"

我迟疑了一下。然后我觉得最好还是把信给她看。可是格罗斯太太并没有接那封信,而是把双手背在身后。她伤心地摇了摇头,说:"我不识字,小姐。"

我要找的顾问竟然目不识丁!我想要弥补我的冒失,于是再次打开信,读给她听。就这样我支支吾吾地读完了,又把信叠好,塞进我的口袋。"他的表现真有那么坏吗?"她眼睛里依旧含着泪水,"那些先生们是这么说的吗?"

"他们并没有具体说明,只是简单表达了他们的遗憾,说不可能继续让他留在学校了。也就是这个意思了。"格罗斯太太不动声色地听着,没有追问我那句话的真实含义。眼下,为了将此事理出个头绪来,我想我需要格罗斯太太的帮助。我接着说:"也就是说,他会伤害其他人。"

听到这句话,单纯的格罗斯太太突然恼了。"迈尔斯少爷!他会伤害其他人?"

我坚信,正是由于我的过分担心才使自己认同了格罗斯太太这种略显荒谬的说法,尽管我还没见过那个孩子。为了让格罗斯太太好受些,我急忙连讽带刺地说:"伤害的是他的那些可怜而无知的同学们!"

"太可怕了,"格罗斯太太哭了起来,"做这种残忍的事情。为什么呀,他还不满十岁啊。"

"是呀,是呀,这简直让人难以置信。"

显然,格罗斯太太听到我这么说非常感激。"小姐,在没看到他之前,决不能相信那些话啊!"听她这么一说,我越发迫不及待地想要见他了。开始我仅仅出于好奇,而在随后的几小时内,这种好奇心不断加剧,几乎变成了一种痛苦的等待。我看得出来,格罗斯太太意识到她对我说的话已对我产生了作用。她笃定地继续说:"你不妨相信那个可爱的小女主人的话吧。愿上帝保佑她。"接着她又说了一句:"喏,瞧瞧她!"

我随即转过身来,看到弗洛拉站在敞开的门前。十分钟前,我还安排她在教室用纸和笔摹写圆圆的字母"O",而此刻她就站在那里看着我们。她以自己特有的方式告诉我,她渴望摆脱那无聊的功课,但她瞧我时那种充满稚气的眼神,似乎传达了她对我的喜爱,因此她才需要与我形影不离。我对她的影响现在完全可以同格罗斯太太对她的影响相提并论,我深切感受到了这一点。于是,我一把将弗洛拉搂在怀里,不停地吻她,因歉疚而啜泣。

尽管如此,那天我一直都在找机会接近格罗斯太太,尤其临近傍晚时分,我开始猜想她是在有意躲避我。我记得,就在楼梯那里我追上了她。我们俩一起走下楼梯,快走到底时,我用手挽住她的胳膊留住了她,说:"我想,从你中午对我说的一番话来看,你根本不知道迈尔斯是一个坏孩子,是吗?"

格罗斯太太仰起头。这次,她以明确而真诚的态度说:"噢,对此,我一无所知——绝不会知道而假装不知!"

听她这么说,我又一次陷入了不安。"那么你真的了解他吗?"

"是的,确实如此,小姐,谢谢上帝!"

思忖了片刻,我明白了她的意思。"你是说,这个孩子根本不是……"

"在我看来,他已不是孩子了!"

为此,我抓得她更紧了。"你喜欢孩子们的那种顽皮本性,是吗?"还不等她回答,我就脱口又说了一句,"我也是。只不过,我认为孩子的顽皮还不足以毁掉一个人。"

"毁掉人?"我的措辞让她感到困惑。我解释说:"我是指让人堕落。"

她凝视着我,琢磨着我的意思,随后发出古怪的笑声。"你担心他会让你堕落?"她问得实在太幽默了,笑得无疑有点愚蠢,看来她本人也真的是愚不可及。不过当时为了礼貌起见,我还是没有表现出丝毫对她的讥笑。

第二天,当马车快到时,又有个新问题冒了出来。"以前在这儿的那位女士怎么样?"

"你说上一个女家庭教师? 她差不多同你一样,小姐,既年轻又漂亮。"

"啊,那我倒希望她的年轻和貌美于她而言是种优势。"我记得我还脱口说了一句,"他似乎很喜欢我们这样年轻漂亮的人啊。"

"是的,的确如此,"格罗斯太太赞同我的说法,"他喜欢任何年轻美丽的姑娘!"话音刚落,她赶紧又说道:"我是说,这就是他的风格——主人的风格。"

我感到很诧异。"那您刚刚想说的是谁?"

她一脸茫然,但脸变红了。"什么,说的就是他呀。"

"是主人?"

"那还会是谁?"

显而易见,并不会有其他什么人。之后,我便忘了她无意中说漏嘴的这个细节。我只是问我想知道的事。"那么她在这孩子身上发现什么了吗?"

"有什么不对吗? 她从未对我说起过。"

我有所顾虑,不过我还是消除了疑虑,继续问:"她是特别细心的一个人吗?"

格罗斯太太的回答似乎很谨慎:"在某些事情上,确实如此。"

"但不是事事如此吧？"

她又想了想说："好啦，小姐——她都已经死了，我不想对她说三道四。"

"我理解你的心情，"我赶忙说。但我想了一下，继续问下去也并无不可。"她是死在这里吗？"

"不是——她离开这儿了。"

我不知道格罗斯太太简短的回答中包含了什么，只觉得她的回答模棱两可。"她是离开这里后才死的？"格罗斯太太两眼一动不动地盯着窗外。不过我觉得，我有权利知道受雇到布莱工作的年轻人做了些什么。"她生病了，然后就回家去了。你是这个意思吗？"

"至少她在这里的时候还没生病。年底的时候，她离开这里回家去了。用她的话说，她要休一个短假。毕竟她在这儿待了那么久，肯定有权休假。然后，我们又找来了一个年轻的女孩子做保姆。她曾在这里待过，人很不错，也比较机灵。那段期间，就是由她代为照看孩子们。然而，那位年轻的女士再也没能回来。当我盼她回来时，却从主人那里得知她死了。"

我想了一下，问她："可是，她是怎么死的呢？"

"主人从未说起过！对不起，小姐，"格罗斯太太说，"我得忙去了。"

3

因我刚才的追问，格罗斯太太突然转身而去。还好，这并未影响我们之间已经建立起来的相互尊重。在把小迈尔斯接回家后，我又和格罗斯太太碰面了。恍惚之中，我觉得我和她之间似乎变得更亲密了。我想说，我面前这么可爱的孩子，竟被学校勒令退学，这未免太可怕了。我去接迈尔斯时稍微迟到了一会儿，他已走出了马车，站在旅馆门前渴望看到我。一看到他，我便立马感受到了他身上散发出来的一股纯洁清新的气息，和我初见他妹妹时的感觉如出一辙。他的美简直不可思议。正如格罗斯太太所说，只要他出现，你心中总会充满温柔的激情。当时，让我难以忘怀的是他身上有着某种神圣的东西，这是我在其他孩子身上从未见过的。他的神情是那么单纯，仿佛他在这个世界上除了爱以外对其他一无所知。把恶名同一个如此纯真无邪的孩子联系在一起是不可能的。带他回布莱的路上，我一直对锁在我房间抽屉里的那封可怕的信感到困惑，不过我并没有为此恼火。我一有机会能和格罗斯太太私语，便明确地告诉她，那封信简直莫名其妙。

她立刻明白了我的意思。"你是指信中的无情指控？"

"指控根本不成立，亲爱的格罗斯太太，瞧瞧他吧！"

她笑了，因为她确信我已经发现了迈尔斯的魅力。"我向你保证，小姐，我不会过问此事的。那么你会怎么说呢？"她马上又问了一句。

"你是说怎么回信？"我已想好了，"不回。"

"也不回复他伯父？"

"一个字也不回。"我言语犀利地答道。

"那对这个孩子呢？"

我的回答也很坚决："同样只字不提。"

她用围裙擦了擦嘴。"好，我支持你。我们会解决好这事的。"

"嗯，我们会处理好的！"我热切地回应道，把手伸向她发誓。

她用一只手搂住我，然后用另一只手拉起围裙抹了抹嘴巴。"小姐，不知你是否介意我冒昧……"

"吻我吗？当然不介意了！"我把这个可爱的女人揽在怀里。我们像姐妹一般拥抱后，我感到我们的想法更坚定了，对学校的做法也越发愤愤不平。

不管怎样,这样的状况只维持了一段时间。那段时间里发生了太多的事,现在回想此事的来龙去脉,要搞清它,还真的需要一些方法。回想一下,连我自己都感到诧异,我竟然会顺应了那种处境。我和格罗斯太太一起着手摆平此事。我简直是着魔了,显然我们无论怎样努力,都会无济于事。我被迷恋和同情冲昏了头脑。或许由于我的无知和困惑,或许由于狂妄自负,我认为自己能够轻而易举地管教好这个初出茅庐的男孩。现在,我已经记不清当时给他制订了什么学习计划。在那个迷人的夏天,大伙大概会认为是迈尔斯跟着我学习,其实我倒觉得,我从中学到了不少。最初,我学到了一些东西,当然是从我过去狭小而压抑的生活中学不到的一些东西。我学会了让自己和别人开心,学会了活在当下而不为明天发愁。就某方面来说,这也是我第一次认识到了什么是空间、空气和自由,懂得了夏日的各种音乐和大自然的全部奥秘。然后,还有关心,关心让人感到温馨。哦,对于我的想象,对于我的敏感,也许还有对于我的虚荣,这简直就是一个圈套,虽不是故意设置的,却足以叫人深陷其中。无论什么都能让我兴奋不已。至少我已经没有了戒备之心。那两个孩子没有给我惹太多的麻烦,他们温顺极了。我常常想,他们将来会如何应对艰难困苦(因为未来总是充满艰难困苦的),尽管这里所说的艰难困苦与他们现在的生活无关。他们正值健康和幸福的好年华。我就像是在照料一对王公贵族的子女。对他们来说,最好一切都该处于被隔离和保护之中。根据我的想象,他们未来的唯一生活形态就是享受浪漫生活,就像真正生活在宏大的皇家园林里那样。当然,先前的宁静突然被打破,因为在这种宁静下面聚集和潜伏着的什么会突然爆发出来。这种突然的变化,就像一头野兽原本潜伏着却猛然跃起进攻。

最初几个星期，白昼很长。我有了更多可以自由支配的闲暇时间，也就是我的学生午后喝茶和睡觉的时间。我最后入寝前，也会有一个短暂的空闲时间。尽管我喜欢孩子们，这却是我一天当中最喜欢的时段。我最喜欢的还是暮色渐浓时——准确地说，是徘徊的归鸟的最后鸣叫声从古树传来，回响在晚霞映红的天空的时候。那时，我会绕一圈走进绿地，怀着一种这个庄园带给我的愉悦和满足感，欣赏这里的美和尊贵。在这样的时刻，亲自感受这里的宁静和适意，真的很惬意。毋庸置疑，或许我也会想，通过我的细心周到，通过我的良好感知，通过我的举止得体，我正将快乐带给那个与我同样承受压力的人，要是他想要这种快乐的话。我当时所做的正是他热切希望并直接要求我去做的。而我能做到这一点毕竟让我获得了一种出乎意料的快乐。我自认为是一个出类拔萃的年轻女性，并相信我能得到周围人的认可。是的，我确实需要成为出色的人来应对那些已初现端倪的非同寻常之事。

一个下午，正值我的闲暇时间，孩子们都被带去吃饭了，我出来闲逛。每当这样散步时，我脑子里总会冒出这样或那样的念头，我也会毫不迟疑地把它们记下来。当时我的念头就是，要是能在此刻邂逅某人的话，一定会像浪漫故事里写的那么浪漫。那个人会出现在一条小路拐弯的地方，朝我站着，点头微笑。我只问他该知道的事，除此之外不会再啰嗦什么。确证他是否知道的唯一方式就是看他那张英俊的脸上的神采。它果真出现在我面前了，我是说那张脸。那是六月的一天，黄昏时分，我第一次碰到这样的事。当时我走出植物园，看到那栋房子时，驻足了一会儿。就在那里，我看到了那张脸。还有什么能够比我看到这张脸更让我震惊的呢？想象瞬间变为现实。他就站在那儿，只不过他高高在上，站在草坪那边的塔楼顶。来这儿的第一个早晨，弗洛拉曾带我去过这个塔楼，这座塔楼是两个塔楼中的一个。这两座塔楼的结构方方正正,互不对称,呈雉堞形状。它们确实还是不同的,只不过除了新旧的差别,我看不出来其他什么区别而已。它们正好一左一右位于房子两端。从建筑的角度来看,它们有可能建得不太合理,幸好两座塔楼整体看起来还算和谐,高度也适中,算是弥补了它们的这点不足。塔楼华而不实的古旧风格极富浪漫主义色彩。我很欣赏这两座塔楼,对它们充满了幻想。尤其当它们极其庄严的城垛在暮色中若隐若现时,更加叫人着迷。可是,我想的那个人真不该出现在这样的高处。

我记得,在明亮的黄昏中,这个人先后两次都使我感到莫名的紧张,我从最初的震惊变成无比的惊恐。这混淆了我的视力:我看到的那个人并不是我当初假想中的那个人。因此,那情景让我深感困惑。多年之后,我都无法准确地说出当时我的所见所闻。在如此偏僻之地,对于一个不谙世事的年轻女子来说,一个陌生男人的出现必定会让她感到恐惧。几秒钟之后,我更加确定,此刻我面对的那个人并非我心想的那个人。在哈利街的时候,他并未提起过有这号人存在。这个人的出现,瞬间就给庄园笼罩上了一层荒凉之感。至少对我来说,当我在以前所未有的审慎态度讲述这一切时,那时的全部感觉又回来了。这种感觉,就我所理解,仿佛除了那情景,其他情景都不复存在了。一旦拿起笔,我又能感觉到夜幕降临后的死寂。飞翔在金色天空中的白嘴鸦停止了啼叫,须臾,美妙的时光便失去了它的声音。然而,大自然并没什么改变,变化的只是我清清楚楚地看到了那个陌生人。天空依然金灿灿的,空气分外澄净。站在城垛上看我的那个男人,就像画框里的画像那样清晰可辨。我脑中飞快闪过所有我熟悉的人的面孔,想确定他到底是谁,然而他谁都不是。我们就这样遥相对望,我一次次问自己他到底是谁,我无法回答,没过多久,我就抑制不住自己对他的好奇了。

后来,我发现问题的关键是,这种情形已经持续多久了。好吧,请你们设身处地从我的角度想想看。我想到了十几种可能,但没有一个可能让我满意。于是,我想,这房子里一直有一个我压根不曾知道的人存在,主要的问题是,他在这里有多久了?这个问题不断纠缠着我,不过我要让自己的头脑清楚一点:我的职责要求我不能坐视不理,更不能放任这样来历不明的人出现在周围。不管怎样,只要这个不速之客存在,这个问题也就会持续存在。在我印象里,这个陌生人没戴帽子,行为随意,熟悉这儿的环境。我们就像这样透过微光互相打量着,心中带着相同的疑问。我和他相隔太远,根本没法说上话,只能互相凝视。但在某一瞬间,我会突然感觉到,似乎只要再走近一点,我们就能打破目前对峙的这种寂静,兴许还能说上话。我看得很清楚,他位于远离房子的一个角落,身子笔挺,两手搁在墙垛上。当我看到这一页上的文字时就像看见了他。没一会儿,似乎为了扩大他的视野,他慢慢移动了位置,走向了高台的另一个角落,但两眼始终盯着我。是的,我很确信,他在走动时,目光始终没有从我身上移开过。其间,我也可以看到,他的手从一个垛口移到下一个垛口。他在另一个角落停了下来。直到他转身离开前,他的双眼始终都直勾勾盯着我看。这就是我看到的全部。

4

我惊得站在那里,就像脚底生根一样一动不动,想象着接下来将要发生的事。难道布莱隐藏着一个"秘密",就像尤道夫的秘密,或是是被秘密关押的一个疯子、一个不为人知的亲戚?我不知道自己对此翻来覆去地想了有多久,也不知道沉浸在惊奇与恐惧的状态中时,我在那个与他狭路相逢的地方待了到底有多久。只记得,当我再回到屋子时,夜幕已降临。那段时间里,烦恼和焦虑左右并驱使着我。

我想必围绕着那个地方走了足足三英里。后来，我真的不知所措了，一阵惊慌涌上心头，使我不寒而栗。事实上，最异常的——就像见过的其他异常事那样——是我在门厅碰见格罗斯太太时所意识到的事。现在，这幅画面又一遍遍出现在我脑海里。这是我回来时看到的一幕：宽敞的白色隔间，明亮的灯光，墙上的画像，红色的地毯，还有我那朋友一脸惊讶的表情，这让我马上看出，她一直惦念着我。她的心情并不复杂。看到我回来，她放心了。看来，格罗斯太太对我打算告诉她的事一无所知。事先我并没想到她那舒心的神情会使我欲言又止。我权衡了一下我的所见所闻的重要性，对于是否该对她如实相告，我又犹豫起来。我从没有过这样的古怪经历，正如我所言，我害怕的真正原因是那种不想连累我同伴的本能。因此。在舒适的门厅时，面对着她，为了某种说不清道不明的原因，我找了个借口，含糊其辞地对格罗斯太太说，夜色太美，露水太大湿了鞋，所以回来晚了。说完，我快步回到了自己的房间。

几天之后，这里又发生了一件事，这事太奇怪了。每天我都有几小时的自由时间，至少有让我忙里偷闲的时刻，每到那时我都是一个人关在房里想事情。我很担心自己会因此变得精神紧张，但值得庆幸的是，我的神经目前还没有紧张到让我无法忍受的地步。我反复思考真相，显然我无法解释和说明这位不速之客的来历，然而这事对我来说似乎太重要了。没过多久我就明白了，无须询问，无须置评，即可弄清家里到底发生了什么事。经历了先前的这些事，我的感觉变得更加敏锐。经过连续三天的仔细观察，我可以肯定，这不是仆人们在捉弄我或把我当成"游戏"的对象。据我所知，我周围没有出现新情况。不过，有一个合理的推断：有人擅自闯入，为非作歹。这就是我把自己关在房间里反复对自己说的话，我们大家都受到了这个闯入者的影响。一个无耻的游客，出于对古宅的好奇，趁没人的时候悄悄溜了进来,站在塔楼的最佳位置观赏景色,然后又偷偷溜走。他竟胆大包天地和我对视,无疑体现出他的轻佻无礼。好在,我们今后该不会再碰见那个人了。

让我盲目去判断,我承认,并不是一件好事。说到底,我很喜欢这份工作。我所喜欢的工作就是同迈尔斯和弗洛拉生活在一起。我爱这份工作胜过其他,我觉得即使遇到困难,我也会全身心地投入。照看他们俩给我带来无限的欢乐,这使我想到,最初我还怕我的工作会枯燥乏味,令人反感。在这里,不仅不会感到单调乏味,还会觉得时间过得飞快。如此一来,这份迷人的工作怎能不成为每天的乐趣所在呢?我们在这充满诗情画意的地方共同学习小说和诗歌,我已无法用言语讲清他们在我心中激起的对一切事物的兴趣。对一个家庭教师而言,这就是一个奇迹:姐妹们可作证——我不断有新发现!可以确定,目前有一个追查方向。尽管我对那男孩在学校里的情况一无所知,但我并未因此而放弃,我相信我很快就能揭开谜团。他一直在为自己做辩解,试图洗刷罪名。他的行为让那封信中对他的指控变得荒唐可笑。我的结论因他纯真天性的自然展示而更加坚定。较之那所令人生厌的龌龊学校,他实在太优秀、太纯洁了,他为此付出了代价。我很快想到,像迈尔斯这种出类拔萃、与众不同的优秀品质势必让大多数人包括愚蠢而卑鄙的校长怀恨在心。两个孩子都太过文静(这也是他们唯一的不足,这并没有让迈尔斯变得愚笨)——我该怎么形容呢?这几乎让他们变得缺乏个性,当然也不该受惩罚。他们就好像传说中的小天使,道德上无懈可击。我对迈尔斯的感觉是,他特别像一个没有过去经历的孩子。对孩子,我们期望不多,但是比起我所见过的与他同龄的孩子,这个漂亮的小男孩身上有某种超乎寻常的敏感,也有某种更超乎寻常的快乐。他总是让我感到每天都是崭新的开始。他从未受过苦。我将此作为他从未受过惩罚的直接证明。他要是真的邪恶的话，那么他肯定会露出马脚，而我也应该能发现蛛丝马迹。我什么也没发现，因此他就是一个天使。迈尔斯从不谈论他的学校，也从不提起他的同学和老师，而我也很讨厌拐弯抹角地提及他们。毫无疑问，我着魔了。最让我不可思议的是，即使那时，我也完全清楚自己着了魔。然而，我还是放任自己着魔下去。我有很多痛苦，而这是一种痛苦的解药。那几天，我收到几封让人心烦的家信，说家里的情况不太好。不过，和这两个孩子在一起，这世界上的其他什么事又有什么关系呢？我一空下来就开始思考这个问题，我真的被这两个可爱的孩子迷昏头了。

接下来，那是一个星期天，瓢泼大雨下了好几个小时，我们无法去教堂做礼拜。天渐渐暗了下来。我和格罗斯太太商量，等晚上天气好转，我们一起参加晚礼拜。后来，雨果然停了。只要穿过公园，沿一条平坦的道路走上大概二十分钟就可以到村庄了。准备出发了，于是我下楼来到门厅同格罗斯太太碰头，那时我想着带上一双需要缝几针的手套。手套就丢在餐厅，我得返回那里找手套。天空灰蒙蒙的，但下午的天光还没消散。我跨过门槛，不仅看到靠近紧闭的大窗户的椅子上有我要找的手套，而且也感觉到有人在窗外往里看。我又朝里面走了一步，就在一瞬间我看到了什么，就在那里。那个往屋子里瞧的人正是此前在我面前出现过的那个人，他又出现了。我说不上有什么更加明显的不同。他离我那么近，也就一步之遥。看到他，我大气不敢喘，全身发冷。他果真同我之前见过的那个人一模一样，虽然我只能透过窗户看清他上半身的样子。这餐厅位于底楼。他并没有从他所站的阳台上下来，他的脸紧贴着窗户玻璃，我可以清清楚楚看到他的脸。奇怪的是，我看到的这个人的情绪十分激越。他只停留了几秒钟，但这已足以让他看到我并认出我来。不过，好像我们相识多年了，我对他一点也不陌生。然而，这次不同的是，他站在屋外，目光透过窗户玻璃，穿越房间，投向我的脸。他的目光是那么深邃和执着。可没一会儿，他的视线从我身上转开了。尽管如此，我仍然能看到他的目光，看到他把目光转向了其他东西。我心里突然一惊，确信他来这儿并不是找我的，而是在找别的人。

这个念头一闪而过，令人不寒而栗，太震撼了。我站在那里，突然产生一种责任感和勇气。我之所以称勇气，是因为当时毫无疑问我变得义无反顾了。我夺门而出，赶到房子的大门，跑到车道上，飞快地穿过阳台，拐过墙角，却什么也没看到！那位陌生人消失得无影无踪。我停住了，差点跌倒。我松了一口气。我环顾周围，希望等一会儿他会再度出现。我说再等一会儿，但是再等多久呢？即使现在我也说不清该等多久。当时我哪里还想到该如何估算时间啊。事实上，这种事不可能等那么久。阳台、整栋房子、房子后面的草地、花园，以及我目光所及之处，到处都是空荡荡的，一个人影也没有。那里有一片灌木丛和高大的树，但是我清楚地记得，那里是藏不住人的。他是否藏在那里呢？我要是看不到他，他就不会在那里。我记得，当时我十分肯定，那人绝没有躲在那里。不管他到底在不在那里，只要我没看到他，他就不会在那里。就这样，我一边想一边走，没有原路返回，而是下意识地走向窗边。不知为何，我就是觉得我应该站在他站过的地方。我确实这么做了。我把脸凑近窗玻璃，认真地往屋里瞧，想从他的视角进行一番观察。就在这时，格罗斯太太也像我之前那样从门厅走进餐厅。于是，相同的一幕上演了。她看到我，就像我当时看到那位不速之客一样，一下子呆住了。她肯定也受到了和我一样的惊吓。她脸都吓白了。我不禁想，当时我的脸是不是也被吓白了。总之，她注视了我一会儿，立刻像我之前那样冲出了屋子。我知道她会绕过来找我的，我很快就会见到她。于是，我就站在原地不动，等她的这一会儿，我想了很多。但这时我有一个疑问：格罗斯太太为什么也会这么恐惧？

5

哦，她很快就会给出答案了。格罗斯太太绕过屋角，又出现在我面前。"我的天，到底怎么回事呀？"她涨红了脸，上气不接下气地问道。

直到她走近，我才开口说："你是说我吗？"当时我的脸色一定很奇怪。"你从我脸上看出什么来了吗？"

"你的脸白得像纸，看上去有点吓人啊。"

我琢磨了下，我可以毫无顾虑、坦坦荡荡地同她谈此事了。我不需要再顾及格罗斯太太的颜面，也算是悄悄地卸掉了包袱。我踌躇了片刻，但我不是要退缩。我向她伸出手，她握住了我的手。我握紧了一点，我喜欢她靠近我的感觉。

我从她的又羞又惊中感受到了一种支持。"你是来叫我一起上教堂的？可我现在不能去了。"

"发生什么事了吗？"

"是的，现在你该知道了。我刚刚是不是看起来很怪啊？"

"你是说透过窗户看吗？太吓人了！"

"是呀，"我说，"我吓坏了。"从格罗斯太太的眼神中可以看出，她其实不太想接着说下去。我接着说："哦，你得知道。一分钟以前，你在餐厅看到的就是那人来过之后的样子。而我看到的要糟糕得多。"

她将手握得更紧，说："看到了什么？"

"一个奇怪的男人，正往屋子里张望。"

"什么奇怪的男人？"

"我说不清楚。"

格罗斯太太朝我们周围看了看，问："那么他去哪儿了？"

"这我就更不知道了。"

"那你之前见过这个人吗?"

"是的,见过一次,就在那座塔楼上面。"

格罗斯太太睁大了眼睛看着我。"你是说他是个陌生人?"

"哦,很可能如此!"

"可你没对我说起呀!"

"是的,不过,那是有原因的。可现在您已经多少猜到了……"

格罗斯太太瞪圆了眼睛表示不满。"哦,我猜不到!"她淡淡地说,"这只是你的想象,我又怎么能猜得到呢?"

"并不是我的想象。"

"除了在塔楼见过他,你还在其他地方见过他吗?"

"刚才就在这儿见过。"

格罗斯太太再次环顾四周。"那当时他在塔楼做什么?"

"他就站在那儿,俯视着我。"

她想了想:"是个绅士吗?"

我毫不犹豫地回答:"不是。"她越发诧异地看着我。"不是。"

"那么,当时附近没人吗? 没有从村子里来的人?"

"没人,一个人也没有。虽然我没对你说起过,可是我敢确定。"

说到这儿,格罗斯太太舒了口气。好奇怪,她就像听到一个好消息似的。须臾,她又问:"假如他不是个绅士的话,那么他是谁?"

"他是一个可怕的人。"

"可怕的人?"

"是的。老天保佑让我们知道他是谁吧!"

格罗斯太太又一次望了望周围。她的目光锁定在了远处更加昏暗的地方。然后,她恢复了镇静,突然转过身来说:"好了,我们该去教堂了。"

"哦,怕是我现在的状态不便去教堂!"

"去那儿对你有益处,不是么?"

"对他们可无益啊……"我朝房子的方向点点头。

"你说那两个孩子?"

"我现在不能离开他们。"

"你怕什么呢?"

我大胆地说:"我怕他。"

听到我这么说,格罗斯太太的大脸盘第一次隐约闪现出一种更强的敏锐感。从她的神情多少可以看出,她觉得我并没有及时告知她我的想法,但就连我自己也不清楚自己的想法。我马上想到,可以从她那里了解到什么。我也觉得她也有想了解更多的意愿。"塔楼那事是在什么时候?"

"大约是这个月的中旬,也就是这个时间。"

"天快黑的时候?"格罗斯太太问。

"哦,不是的,天还没黑呢。"

"他是怎么进来的呢?"

我笑着说:"我压根就没机会问他! 你看,今晚他就进不来了。"

"他就只是偷看几眼吗?"

"我倒巴不得他只是偷看呢!"这时,她松开了我的手,转过身子。等了片刻,我开口说:"去教堂吧。再见。可我得看着他们。"

她又慢慢地转过身来看着我说:"你是不是担心他们?"

我们对视许久。"难道你不担心?"她没回答,走近窗户,将脸贴近玻璃窗看了一会儿。"他是怎么往屋子里看的,你明白了吧。"我继续说。

她并没有动。"那么他在这里站了多久?"

"到我走出去找他,他就不见了。"

格罗斯太太总算完全转过身来，神色异样地说："要是我，我就不会出去追他。"

　　"我也不想啊！"我又一次笑了，"但我得这么做，这是我的职责所在。"

　　"那我的职责也是如此啊，"她回复说。随后她又问："他长什么样？"

　　"我倒是很想告诉你呀，可他和谁都不像。"

　　"和谁都不像？"她重复着。

　　"他没戴帽子。"说着，我从格罗斯太太的脸上看到了一种深深的沮丧，似乎她脑子里出现了某个人的模样。我于是又一句一句地快速补充说："他一头红发，非常红，卷曲；脸色苍白，长脸，棱角分明；胡须稀疏、怪异、红如发。不过，他的眉毛又黑又弯，还很灵活。他目光犀利、奇异、可怕，但异常坚定。他嘴大唇薄，脸上胡子以外的部分刮得很干净。我觉得他像一个演员。"

　　"演员！"格罗斯太太说这话的语气简直不像她本人。

　　"我从没见过演员，也不知道他们到底长什么样，我只是假设。他高大、敏捷、挺拔！"我接下去说，"但他绝不是——绝不是一个绅士。"

　　我不停地讲，格罗斯太太的脸色变得煞白。她双眼圆睁，嘴巴张大。"不是绅士吗？"她气喘地说，"不是绅士吗？"

　　"莫非你认识他？"

　　看得出，她正竭力控制着自己的情绪："那么他长得英俊吗？"

　　我顺着她话说："当然咯，非常英俊！"

　　"他穿什么……"

　　"他穿着别人的衣服。衣服倒是好看，但不是他自己的。"

　　她气急地呻吟道："那是主人的衣服。"

我紧追不放地问:"那你是认识他的?"

她支吾一下。"是昆特!"她喊道。

"昆特?"

"皮特·昆特,主人在布莱时的贴身男仆。"

"主人在这儿的时候?"

格罗斯太太仍然紧张地张着口,但是看到我,还是告诉了我一切:"他从不戴帽子。但他确实穿着……唉,所以主人的西装马甲找不着了。去年他们两个都在这儿。后来,主人离开了,就昆特一个人待在这里。"

我顿了一下,继续问道:"他一个人?"

"他一个人同我们大家在这儿,"然后,她深深吸了一口气又说,"照看这里。"

"那么他后来怎么了呢?"

她迟疑那么久,让我更感疑惑。"他也离开了。"她终于回答了。

"去了哪里?"

她的神情一下子变了。"天知道他去了哪里! 他死了。"

"死了?"我几乎尖叫起来。

她似乎下了决心讲出事情的来龙去脉:"不错,昆特先生死了。"

6

当然,仅凭那谈话还不足以让我们达成共识,格罗斯太太还不清楚为什么那鬼魂的印象让我如此耿耿于怀、难以忘却,而我也不明白她听闻我的事后为什么表现出一副既惊恐又同情的模样。当天晚上,格罗斯太太对我透露实情后,有一个小时的时间里,我情绪低落。为此,我和她都没去做晚间祷告,而是一起去了教室,待在那里不出来,在那儿又是祷告,又是发誓,还不停流泪。最重要的是彼此相互诘问和承诺,为的是要弄清一切。她本人啥也没看到,连个影子也没见到。在这个家里,说到底,就只有一个家庭教师亲眼看见了,并且她还因此陷入了苦闷。可是格罗斯太太接受了我告诉她的实情,并没有指责我有失理智。相反,她表现出一种让人肃然起敬的体谅,表达了对我的优势无可置疑的肯定,让我感受到了最美好的人性善之情怀。

于是,那晚,我和格罗斯太太一致商定,我们必须一起承担这一切。我没法妄下定论,格罗斯太太毕竟没有亲眼看见过,我也就确定不了她所承受的压力是否比我大得多。从这时起,我想,我知道了我的学生有可能碰到什么。经过了一段时间,我完全确定,我这位诚实的盟友为了遵守我们之间的约定已准备行动了。我是一个有点难相处的合作伙伴,她也差不多。但当我回想起我们所共同经历的事情时,我看到,就对此事的看法上我们有许多共同点,这使我们的合作关系越加融洽,也让我在接下来的行动中摆脱了内心的恐惧。我可以到院子里透透气了,格罗斯太太也可以去那里同我在一起。现在我也能十分清楚地回想起,那天晚上在我们分开前,我就已经感觉到有一股力量奇妙地注入了我的身体。我们一遍又一遍地回顾了我听到、看到的每一个细节。

"你是说,他在找别的什么人而不是你?"

"他在找小迈尔斯。"一种不祥之感朝我袭来,"迈尔斯就是他要找的人。"

"可你是如何得知的?"

"我知道!我知道!我当然知道了!"我一下子变得兴奋起来,"你知道,亲爱的!"

她没否认,不过我需要知道的可不只这些。过了一会儿,她又问道:"要是那人见到他会怎样呢?"

"小迈尔斯？那正是他想要见的！"

她一下子变得恐慌起来。"那孩子想见那人吗？"

"但愿不是这样！那个家伙，他想要见孩子们。"他也许只是一个可怕的幻影，但我能够阻止幻影的逼近。而且，事实上，我们在那儿时也成功地证明了这一点。我坚信，我会再次看到我所见过的那个东西。作为唯一的目击者，我心里一直有种声音在说，要敢于挺身而出，敢于接受，敢于挑战，敢于战胜一切。我应该为捍卫同伴们的平静生活而做出牺牲，尤其要竭尽全力守护和救助孩子们。我又回想起那晚上，我对格罗斯太太讲的最后几件事来：

"让我吃惊的是，我的学生们竟然从未提起过……"

我停下来，默不作声。她使劲看着我："你指的是他在这里住过，而且和他们相处了一段时间的事情么？"

"他们与他一起度过的那段日子，连同他的姓名、模样和生平这些，他们对此竟然都只字未提。"

"哦，那小姑娘忘记了。她从没听说过，自然也就一无所知。"

"你是指他死的事吗？"我非常关心这个问题，"她也许不知道。但是，迈尔斯会记得，他会记得的。"

"啊，千万别试着去问他。"格罗斯太太突然说。

我也像她刚才那样使劲看了她一眼，说："不用担心。"可我心里想，"还真是古怪。"

"难道小迈尔斯从来没提起过他吗？"

"从来没有，连一点暗示也没有。但你对我说过，他们是好朋友？"

"哦，迈尔斯可不这样想，"格罗斯太太强调说。"这只是昆特的臆想罢了。我是说，昆特太宠他了。"她稍作停顿后又说，"昆特太随心所欲了。"

这让我一下子想起了他的脸，那是怎样的一张面孔啊！厌恶之心油然而生。"是对迈尔斯太随心所欲了吗？"

"对所有人都太随心所欲。"

有这么一会儿，我不再对她所说的做进一步分析，而是思忖。昆特同这个家中五六个男女用人的关系都很随便，而其中几个用人仍然还待在我们这个小小的地方。还好，我们注意到这样一个幸运的事实：每个人对这个古宅的记忆中，都没有让人不安的传闻或用人捣乱的事，既没留下过坏名声，也没有什么丑闻。格罗斯太太默默地战抖着，很显然，此刻她只想靠着我。时值午夜，她一手扶着教室的门，准备离开。就在此时，我向她提出了最后一个问题："大家肯定都认为他很坏，是吗？我想请你证实这个问题，因为这个问题很重要。"

"哦，并不都这么认为。我知道，但是主人并不知道。"

"那么你从没对主人说过？"

"嗯，他不喜欢人们搬弄是非，也讨厌抱怨。所以他绝对不能容忍这种事。要是他觉得某人不错的话……"

"那么这个人就不会过多地打扰他，是吗？"这恰好印证了我对他的印象。他是个不喜欢麻烦的绅士，也不是那种对自己雇佣的人特挑剔的人。尽管如此，我还是说出了自己的看法："我敢说，要是我，我一定会对他说的。"

格罗斯太太或许意识到了我和她在这个问题上的意见不合，于是说："恐怕我确实做错了。但我是真的感到害怕。"

"害怕什么？"

"害怕那个人会做什么事来！昆特很聪明，也很有心机。"

我若有所思，问她说："你不担心别的吗？不担心他的影响……"

"他的影响？"她重复着我的问题，脸上露出痛苦的神色。她一言不发。

我踌躇地说:"对两个纯真无邪的宝贵的小生命的影响啊。他们可是由你负责照看的。"

"不,他们并不由我照看!"格罗斯太太随即苦恼地回答道。"主人十分信任昆特,所以才会让他到这里来。大概他的身体不好,乡间的空气对他的健康有益。因此,几乎所有事情都是他说了算,"她如实相告,"甚至连他们俩的事也都由他说了算。"

"连孩子们的事,那家伙也说了算?"我抑制不住叫了起来,"你还能容忍下去!"

"不,我当然难以容忍,即便现在也是一样!"说着,这可怜的女人突然哭了起来。正如我说过的,从第二天开始,我便开始对他们严加看管。随后的一星期,我们常在一起继续讨论那个话题。虽然那个礼拜天的晚上,我们谈了很多,但在随后的几个小时里,无论我是否睡着,心里总觉得她还有什么没告诉我。我对格罗斯太太无话不谈,可她却仍然对我有所保留。第二天早晨,我想明白了,并非是她不够坦诚,而是因为她太过恐惧了。回想一下,我似乎也是紧张不安,匆匆思考了摆在我们面前的事实,想象着随后发生的更残酷的事对孩子们将意味着什么。我了解到的是,这个人活着的时候为人凶险,死后还阴魂不散。几个月来,他频频造访布莱,到处制造恐慌。终于,任由他作恶的日子到头了。冬日的一个早晨,一个上早班的工人在从村子来这里的路上发现了昆特的尸体。至少从表面上看,他头上有明显的伤口,这也许正是他的致死原因,而最后的证据表明,那天他醉醺醺地离开小酒馆,在夜色中走错了路,失足滑下结冰的陡坡,横死于坡底。那条结了冰的陡坡和醉酒之后的迷路,这种种最终使他断送了性命。实际上,最后经过验尸和人们的纷纷议论,就形成了这样的说法。然而,他生前本就行事古怪、作恶多端,背地里还做过不少坏事,这些劣迹或许更能说明问题。

我几乎不知该用怎样的言语去表达我的心情。那时，我还能从英雄主义的非凡壮举中获得快乐。现在我明白了，我需要去完成的事足以让人肃然起敬，可要完成它也有不小的难度。倘若他看到了我的成就，一定会称赞我是多么了不起！毕竟要是换了其他姑娘来做，一定会以失败告终。对我来说，这想法是一个巨大的鼓励。回顾过去，我不得不为自己当时的坚定态度鼓掌。我在那儿保护着这世界上最可爱也最孤苦无依的两个小家伙。看到他们的无助，一个有责任心的人总忍不住心疼他们。我们原本毫不相干，可因为危难，我们却走到了一起。他们只有我，而我也只有他们。简而言之，这算是一个奇缘。我实实在在地看到了这个奇缘。我就是一道屏障，我要挡在他们的前面。我承担得越多，他们肩上的担子就越轻。守护他们的同时我也忧心忡忡，满心焦虑。如果一直这样下去，我一定会发疯的。后来事情出现了变化。我所有的担心都一一应验了。

事情发生在某天下午。当时我正巧陪小弗洛拉在院子里玩耍。迈尔斯说他想读完一本书，便独自留在屋里，坐在窗台的那个红色坐垫上。他太过活泼好动了，这也是他唯一的不足。所以，我很高兴他愿意这么做。小弗洛拉则正好相反，她不怎么愿意外出活动。那天烈日当空，热得要命，我和她闲逛了半个小时，想要寻找一处阴凉地。走着走着，我逐渐对她有了新的认识。这两个孩子身上都有着相同的魅力。就像她哥哥一样，弗洛拉总是很巧妙地与我保持若即若离的状态。他们从来不对我纠缠不休，也从不显示出无精打采的样子。我注意到，即便没有我，他们也能自娱自乐。更多时候，好像是他们在精心准备一场表演，而让我成为他们的一个热心观众。除此之外，他们不会要求我做其他什么。因此，我的时间只是用在了为他们扮演当时那个游戏所需要的重要人物或者其他什么角色上。我要感谢我的主人，感谢我的天分，让我有了这份快乐而高贵的闲职。我已经忘记当时我具体扮演了什么角色，只记得弗洛拉玩得很投入，而我演了一个很重要也很安静的角色。我们就在湖边。由于她最近刚开始学习地理，我们称此湖为"亚速海"。

忽然，我感到在"亚速海"的对岸有人正在注视我们。这种突如其来的感觉，就连我自己都觉得不可思议。当时我正扮演一个角色，坐在一个旧的长条石凳上做针线活，因此我可以清楚地看到湖面。可以肯定地说，我完全可以感觉到远处还有一个人，尽管我并没有直视那人。那儿有参天古树和浓密的灌木丛，遮出一大片舒适的阴凉地，但仍有一点点日光从树叶缝隙中投射下来。一切再清楚不过了。我相信，此刻只要我抬起头直视前方，就一定会看清湖对岸的那个人。我努力将目光固定在我手中的针线活上，控制自己不朝那看，直到情绪稳定后再做下一步打算。一个陌生人突然出现在那里，顿时引起我不安的思考。

我努力回想，历数了种种可能性，并提醒自己，这应该没有什么不正常的吧。出现的这个人或许来自附近一带，或许是一个信使或邮差，或是村里店铺的一个伙计。可这些设想并没能让我心安，我还是坚信自己实实在在的感觉。那位不速之客给我留下深刻的印象，我甚至仍可以感觉到那人的体态特征。这事粗略一看很平常，其实它远没我想的那么单纯。

一旦我有了百分百的勇气，我就能查明那个幽灵的确切身份，弄清楚一切问题。与此同时，我努力将视线转回到小弗洛拉身上，她当时距我大约有十米远。一想到她可能也会看到那幽灵，我就惊恐得心脏都快停止跳动了。我屏住呼吸，等着她大叫一声，想从她突然显露的惊奇或惊慌的天真神情里找到答案。可她镇定自若，面不改色。然后，我感觉到了某种更加可怕的事，比我之前提到过的任何事都可怕，那便是她长达一分多钟的静默。她当时正在玩耍，接着就转过身去背对着湖面。我最后一次朝她看去时,她就是这个姿势。我敢肯定,我们都在那人的注视之下。弗洛拉从地上捡起一块小木板,上面碰巧有个圆形小孔。她觉得可以把另一根木棍插进小孔做桅杆,然后将这些零部件拼成一只小船。她专心于固定她的玩具。过了一会儿,我感觉自己已经调整好状态,做好了面对任何东西的准备。于是,我再次转移视线,直面我必须正视的那东西。

<h1 align="center">7</h1>

事后,我马上找到格罗斯太太。我语无伦次地告诉她刚才那段时间我是怎样熬过来的。我扑到她怀里哭了起来。"他们知道——这太可怕了! 他们知道! 他们竟然知道!"

"到底发生了什么……"我倒在她怀里,听出了她话里的疑惑。

"哎呀,就是那个只有你知我知的秘密,天知道还有其他什么事情。"她松开我,听我讲述了刚才发生的一切。也许只有现在,我才清楚地意识到刚刚到底发生了什么。"两小时前,就在那花园里。"我费劲地说,"弗洛拉看到啦!"

听到这儿,格罗斯太太心里似乎猛然一震。"是她告诉你的吗?"她气喘吁吁地问。

"她什么都没说——这正是可怕之处啊。一个八岁的孩子,竟然可以对此守口如瓶! 这孩子!"我无法形容出内心的讶异。

当然,格罗斯太太惊讶得嘴巴张得更大了。"你是如何得知的?"

"我就在那里啊。我亲眼所见,看得出来她完全知道。"

"你是指弗洛拉早就注意到他了,是吗?"

"不,是'她'才对!"我这么说着,意识到自己当时的表情有些吓人,这从格罗斯太太的沉思表情就看得出来。"这次是另一个人了,但也显然是一个可怕而又邪恶的人。她是一个黑衣女人,脸色苍白,也是那样一种恐怖的神态,一副可怕的面容!她就在湖的对岸。当时,我和孩子静静地待在那儿——她就这样来了。"

"她怎么来的,又是从哪儿来的?"

"该从哪儿来就来自哪儿!她就这样出现,站在那儿,不过离得并不很近。"

"她没有再走近一点吗?"

"哦,无论怎么说,她都可以像你这样靠得更近啊!"

我的朋友表现出一种怪异的冲动,后退一步问:"她是你从未见过的人吗?"

"是的。可是小弗洛拉见过这个人,你也见过。"我把藏在心里的话说了出来,"她就是我之前的一任家庭教师,那个已经死了的女人。"

"是杰赛尔小姐吗?"

"就是杰赛尔小姐。你不信我的话?"我追问道。

她显得有些苦恼,将身子转来转去。"你怎么能肯定?"

这一问让本就神经紧绷的我变得有些不耐烦。"那么你去问弗洛拉好啦,她能确定!"话刚出口,我便改口道,"不,看在上帝的分上,还是别去问她了!她会说她确定不了——她不会说实话!"

格罗斯太太并不糊涂,反驳我说:"哦,你怎么能这么说呢?"

"因为我心里明白,弗洛拉根本不想让我知道。"

"当时她只不过是不想让你受惊吓罢了。"

"不,不是的,没那么简单!绝对没那么简单!我越想越明白,也就越担心。我什么都清楚,我知道自己担心的是什么。"

格罗斯太太试图跟上我的思路。"你是说你怕再见到那人?"

"哦,不。现在说来,我已经无所谓了!"然后我又解释说,"我倒是怕我见不到她。"

格罗斯太太看起来一脸疑惑："我不明白你的意思。"

"哎，我是说那孩子守口如瓶，她也肯定会继续私下与那人来往，瞒着我不让我知道。"

一想到这种可能，格罗斯太太简直要崩溃了，但她很快又恢复过来。我们心里都清楚，只要我们稍稍退缩，就会面临行动的彻底失败。"亲爱的，亲爱的——我们要保持头脑清醒。毕竟，假如弗洛拉并不在意……"她甚至还试图讲个冷笑话，"或许她喜欢这样呢！"

"喜欢这种东西——她已经不是个懵懂无知的孩子了！"

"这不是恰好证明她很纯真吗？"我的朋友鼓足勇气说出这话。

她几乎就说服了我。"哦，我们的确应该秉着这种想法去做事！假如它无法证明你所说的，那也只能证明——上帝才知道那是什么了！那个女人是这世上最可怕的存在。"

等我说完，格罗斯太太盯着地上看了许久，随后又抬起头问我："告诉我，你是怎么知道的。"

"那你就是承认弗洛拉的确知道这事了？"我叫了起来。

"告诉我，你到底是怎么知道的？"我的朋友又重复了一遍。

"怎么知道？我看见了！还看见那女人看着弗洛拉的样子。"

"你是说她看你——不怀好意吗？"

"不是的，亲爱的——这我倒受得了。可她根本连瞧都不瞧我一眼，只是死盯着孩子看。"

格罗斯太太试图想象当时的情景，说："死盯着弗洛拉看？"

"啊，那眼神太吓人了！"

她看着我的眼睛，仿佛我的眼神和那女人的眼神一模一样。"你是说她的两眼充满了厌恶？"

"愿上帝保佑我们。比这还要糟糕。"

"比厌恶还要糟吗？"这真的让她怅然若失。

"她的目光里有一种难以形容的决心，还有一种愤怒的意图。"

听了了我的话，她脸色顿时刷白。"意图？"

"她想抓住弗洛拉。"格罗斯太太的目光始终盯着我——她战抖了一下，走到窗边。趁她站在窗边往外看时，我赶紧接下去说："这就是弗洛拉知道的一切。"

过了一会儿，她转过身来问我："你说，那个人身穿黑衣是吗？"

"穿的是丧服吧，很旧，显得很寒酸，却透出一种别样的美感来。"我看得出，我对那个女人的描述最终让格罗斯太太相信了。她显然已经接受了我所说的话。"哦，非常非常美，"我不停地说着，"美极了，不过却很邪恶。"

她慢慢走回到我身边。"杰赛尔小姐很邪恶。"说着，她又一次拉起我的手，将它们紧紧握住，像是要给我勇气，以防我被她将要说出口的秘密吓着了。"他们都很邪恶。"她最后说。

于是，我们又有了需要共同面对的事情。我认为明确这一点十分重要。"我非常感谢，"我说，"你因为周全考虑，迄今没把事情全说出来。不过现在到了该让我知晓一切的时候了。"她似乎赞同我的想法，但还是沉默不语。见此情形，我继续说："我现在必须弄明白，她的死因究竟是什么？她和昆特之间有什么事吧？"

"他们俩之间的事多了。"

"撇开他们的不同……"

"哦，他们的身份和地位大不相同，"她满是悲伤地说，"她是一位小姐。"

我想了想，猜到了这点。"确实——她是一位小姐。"

"而他的身份则比她低得多。"格罗斯太太说。

我想着自己也是一个用人，因此完全没必要给她施加太多压力。不过听她讲一讲我上一任的一些故事也未尝不可。我脑子里清晰地出现了雇主那个聪明、俊朗的贴身仆人的形象。他厚颜无耻,自以为是,恃宠而骄,腐化堕落。"这家伙简直就是一条走狗。"

或许格罗斯太太觉得,这样能表明他到底有多堕落。"我从没见过像他这样的人,他简直是为所欲为。"

"对她吗?"

"对所有人。"

我仿佛又从我朋友的眼睛里看到了杰赛尔小姐。她的影子瞬间变得清晰无比,就像我看见她站在湖边时那样清楚。我断然说道:"这想必也是她所希望的吧!"

格罗斯太太的表情无疑证实了这一点,不过她又说:"这可怜的女人——她也为此付出了代价!"

"那么你是知道她的死因了?"

"不——我一无所知。我不想知道,也庆幸自己不知道。感谢上帝,她终于解脱了!"

"可那时你想的是……"

"她离开这儿的真正原因吗?哦,是的,我想过这个问题。她在这里待不下去了。你大可以想想看,她是一个家庭教师啊!后来,我也猜想过,现在我依然这么想着,只不过我所猜测的非常可怕。"

"不会有我想的那么可怕吧,"我回应说。说完,我意识到自己的话让格罗斯太太看到了我惨遭失败的模样,再次引发了她对我的同情。这最终让我无法控制自己的情绪,又像之前那样在她面前大哭起来。她如母亲一般将我搂在怀里,我恸哭不已。"我的努力白费了!"我绝望地啜泣着,"我没能救他们,没能保护他们!这比我想象的糟糕许多——我失去了他们!"

8

我对格罗斯太太所讲的并无虚言。这事太复杂,我想我没有足够的决心深查下去。因此,当我们怀着心中的疑惑再次相见时,我们达成共识,决不能对此妄加揣测。我们清醒地认识到,经历这种非同寻常的可怕之事后,想要视若无睹、泰然处之谈何容易。但我和格罗斯太太确实做到了。那天深夜,大家入睡后,我们俩又在我房里进行了长谈。她认同我的说法,我的确看到了那个幽灵,这毋庸置疑。为了使她完全信服,我抓住这一点趁势问她,如果这事是我编出来的,我又怎能如此详细地描绘出我看到的那两个人的模样特征呢?而且据我描述,她立刻就认出了他们,并喊出了他们的名字。她希望我别太责怪她!——就让这事过去算了。我也想让她知道,我也正想方设法摆脱这事,希望这风波早点平息。我们都认为那幽灵还会再出现,可我们不会再像之前那样对此大惊小怪了。我想我已经习惯随时面临这种危险,它已经不会使我过分焦虑了。可最让我难以忍受的是一个新的疑惑。不过,到了那天晚些时候,这种疑惑消散了不少。

谈完之后,我告别她,又回到了我的学生身边。他们的魅力总能替我排忧解愁。这真是一件让我受益且屡试不爽的事。换句话说,我置身于和小弗洛拉的游戏中时,她有一种特殊的魔力足以化解我的痛苦。她用甜甜的眼神看着我,问我是否哭过。我原以为自己早已擦去了脸上难看的泪痕,此刻反倒庆幸没有完全擦干。看着这孩子深邃的蓝眼睛,倘若要把她眼睛中的爱意解读成一种早熟的狡黠,这完全是我的过错了。我还是先别做判断吧,不能感情用事。不过,要这样做确实不容易。我再三对格罗斯太太说,甚至短时间内不停重复着这些话。只要听到孩子们的声音,看到他们靠在我胸前,或是看到他们美丽的面庞贴在我脸上时,我所能感受到的就只有他们的柔弱美好而已。遗憾的是,我不得不再次提起那天下午湖边发生的蹊跷事情,我眼中的不可思议在孩子们看来却极其平常。那个小女孩明明看见了幽灵,就像我清楚地看到格罗斯太太那样,却要我相信她没看到;同时,她还不动声色地猜测我有没有看到。我不得不再次说起弗洛拉那些设法用来转移我注意力的小动作:移动明显频繁、玩得更起劲、高声歌唱、叽里咕噜说废话,还邀请我玩游戏。

不过,急于想弄清事情原委的我反复回顾着那天发生的一切,这反倒使我心里舒服了许多。我可以信誓旦旦地和格罗斯太太说,至少我没有把我知道的泄露出去。我也不会因为自己内心承受的压力和绝望而把格罗斯太太逼得无路可退,我不会给她施压,好让她一点点对我道出实情。但仍旧有一个诡异的点时不时像蝙蝠的翅膀那样扫过我额头。我还记得当时的情况——屋子里其他人都已入睡,我们面临的危险越来越大,注意力也越来越集中。我觉得是时候打开窗户说亮话了。回想起来,当时我说:"我不相信事情有那么可怕。说得更明确一点,亲爱的,我不相信。可如果要我相信,你就得告诉我一件事,不管怎样你都无法逃避。你还记得吗?迈尔斯回来之前,当时我们正在为学校寄来的那封信而苦恼。在我的追问下,你才肯告诉我说他实际上也曾'坏'过。他实际上并不坏,是不是?这段时间,我和他一直生活在一起,这给了我近距离观察他的机会。在我看来,他一直都是个沉静的孩子,可爱善良、讨人喜欢。因此,如果不是你亲眼看到他做了什么坏事,你是不会说出那种话来的。那么你究竟看到了什么?他到底做了什么?"

我问得直截了当,质问的语气也很严肃。不管怎样,在结束谈话前,我得到了我想要的答案。我朋友心中所想恰好可以解释清楚一些问题。有好几个月的时间,昆特和迈尔斯一直形影不离。事实就是,格罗斯太太冒昧批评了他们的行为,暗示他们这种过于密切的关系不太合适。她甚至把这事坦诚地告诉了杰赛尔小姐,然而杰赛尔小姐的态度很奇怪,竟然叫格罗斯太太不要管闲事。于是,这个好心的女人又直接去找小迈尔斯。在我催促下,她告诉我,她对迈尔斯说她希望年轻的绅士们不要忘记他们自己的身份。

我又追问道:"你是想提醒他,昆特只不过是个低贱的仆人吗?"

"正像你说的那样。只不过,他的回答太糟糕了。"

"接下来呢?"我等她继续说下去,"他把你的话转达给昆特了吗?"

"没有,没有说吧。他不会说给昆特听的!"她的话仍然让我印象深刻。"反正我可以肯定,"她补充说,"他没有告诉昆特。但他否认了一些事。"

"什么事?"

"他们在一起时,昆特就像他的老师,还很受尊敬——杰赛尔小姐只不过是小姐的家庭教师。迈尔斯跟着那家伙外出,我意思是说,他们一起出去好几个钟头。"

"然后他就支支吾吾搪塞过去。他否认同昆特在一起,是吗?"她点了点头,我立刻说,"我明白了,他撒了谎。"

"哦!"格罗斯太太嘟哝着,表示她觉得这并不是重点。她继续解释说:"你看,杰赛尔小姐一点也不在乎。她并没有阻止昆特的无礼行为。"

我想了想,说:"他对你这么说,是不是只想说明自己没有错?"

说到这儿,她声音又轻了下去。"不,他从来没说起过。"

"从来没说起过杰赛尔同昆特的关系吗?"

她听懂了我的意思后,脸立马变红了。"是呀,他什么也没讲,还矢口否认了。"她重复道,"他否认了。"

上帝呀,我一直在逼问她!"所以你心里清楚,他知道那两个恶人之间有关系?"

"我不知道! 我不知道!"这可怜的女人呻吟着。

"你肯定知道,亲爱的,"我回答她说,"你只是没有我那样的胆量罢了。你胆小、谦卑、世故,遇事就往后缩。过去你给人的印象甚至是,没我的帮助,你不得不默默挣扎和忍受,悲惨便缠上了你。但我还是从你这儿了解到了一些事! 从男孩身上你可以看出,"我接着说道,"他隐瞒了他们的关系。"

"哦,他隐瞒不了的……"

"你了解真实情况? 我敢打赌! 可是,天哪,"我心中愤然,想了一下说,"这说明,他们已经把他带坏了!"

"啊,可他现在这样没有什么不好的呀!"格罗斯太太辩解道。

"当我向你提起学校寄来的那封信时,"我继续说,"我不明白你当时的表情为什么那么怪!"

"我想,我的表情不会像你的表情那样怪吧!"她心平气和地反驳我说,"如果他当时真的那么坏,现在又怎么会像个天使呢?"

"是啊,可他们的确说他在学校是个魔鬼! 怎么可能? 怎么可能? 怎么可能呢?"我痛苦地说,"你肯定会再问我的,但这些天我没法回答你。之后再问我好了!"我不自觉地拉高了嗓音,使得格罗斯太太直盯着我看。"有些线索,目前我自己也查不下去。"与此同时,我又回到她刚才提到的一个例子——说那男孩高兴时会偶尔说漏嘴。"假如你在规劝迈尔斯时说昆特是个低贱的用人,我猜,迈尔斯会对你说,你也是一个低贱的用人。"她再次承认了我的说法。我接着问:"那你原谅他了?"

"难道你不会这么做吗?"

"哦,当然会!"在寂静中,我们相视而笑,笑得有些怪异。随后,我继续说:"不管怎样,迈尔斯和那个男人在一起时……"

"弗洛拉小姐就会和那女人在一起吧。这样的安排倒挺适合他们的!"

她说的话正符合我的想法。我的意思是,准确地讲,她说了我本来想说而忍住没说的话,毕竟这说法太可怕。无须再进一步说明,只需要提一下我对格罗斯太太的最后观察结果。"尽管他撒谎,还表现得很无礼,可我得承认,我们不能由此就认定他天性如此,"我沉思一番后说,"他们一定还有所行动,这越发让我觉得,我必须好好关注他们的一举一动。"

没过多久,我从格罗斯太太的表情上看出,她已经完全原谅了迈尔斯。她说这一切就是为了打动我,唤起我对孩子的柔情,这反而让我觉得不好意思。在教室门口她和我分手时说的那句话就表达了这个意思:"我想你不会怪迈尔斯了……"

"怪他瞒着我去同他们交往?啊,请记住,在没有更多证据之前,我是不会责怪任何人的。"之后,我说了最后一句话,"我只有等待。"说罢,我关了门。她则沿着另一条道回到了自己的住处。

9

我等啊等,随着时间的流逝,我心中的恐慌也逐渐减弱。事实上,在接下来的一段时间里,我和学生们形影不离,没再发生新的事情,就像被一块海绵抹去了那些伤心甚至可憎的记忆一样。我曾认为,他们那种天真烂漫的魅力足以给我勇气和鼓舞。我又怎么会忘记自己从他们那里获取的慰藉呢?有一件我自己也说不清楚的事,那就是我时常抗拒自己的一些新想法。然而,要是这种抗拒没有成功的话,那么无疑会让我更加紧张不安。我过去常想,要是这两个小学生知道了我对他们有奇怪的感觉,他们会怎么想呢?这些事让我对他们越发感兴趣，也让我逐渐揭开了他们身上的神秘面纱。我怕他们看出来我对他们如此感兴趣。我时常冥思苦想，无论事情多么糟，我也要不顾一切地驱除罩在他们心上的阴云，还他们以清白和本真。有时，我会产生一种难以遏制的冲动，想冲上去把他们搂在怀里。可一旦这么做了，我又会对自己说："他们会怎么想呢？是不是我的表现太过了？"这会很容易让我感到悲哀，纠结于自己怎样做才不会太过。我觉得自己依然能够享受这段平静时光，其真正原因是这两个孩子的魅力，他们总能使我着迷。我想到，对他们表现得过分热情也许会引起他们的怀疑，那他们那种越来越大胆的行为是不是也会让我感到怪异呢？

在这段时间，他们似乎非常喜欢我。我想想，这也可能只是他们对我常常弯腰拥抱他们做出的一种礼貌性回应吧。他们对我太毕恭毕敬了，说真的，这让我有点紧张。他们做得如此之好，表面上好像根本看不出他们有何意图。我想，他们以前从未想过要为他们可怜的看护人费心做这么多事。我说的是，他们学习越来越认真，成绩也越来越好，这无疑全是为了取悦我。他们以这种方式来吸引我，使我感到震惊。他们给我念书、讲故事、猜字谜，化装成动物和历史人物吓唬我。最主要的是，他们通过背诵作品片段，让我对他们刮目相看。我不会再深究那些闲言碎语，尽管它们正在慢慢浮出水面。这些天，我就是这样来消磨他们的时间的。他们从一开始就向我显示了他们无所不能的才能。他们很乐意这么做，也很投入地做，充分发挥了他们卓越的天赋和惊人的记忆力。他们不仅扮成老虎或罗马人向我冲过来，而且还扮成莎士比亚戏剧里的角色、天文学家和航海家等。眼下这种情形是那么不同寻常，大概多少同迈尔斯转学之事有关。至今我也没弄明白对这事我为何出奇得镇定。我记得当时我不愿意公开讲这个问题。首先，他的心眼实在太多了，单凭一个寻常的家庭教师或一个牧师的女儿是不会把他教坏了的。我循着一条清晰的线索发现了一个非常奇怪的现象,那就是似乎有某种影响在暗暗鼓动着他用心学习。

要是说像迈尔斯这样的孩子有可能暂时去不了学校,这好理解。但要说这样的孩子被学校给"开除"了,这就无法解释了。需要说明的是,我现在始终伴随他们左右,小心翼翼地留意不要出什么差错,尽管如此我也并没有察觉到有什么不对的地方。我们的生活里,仿佛只有音乐、爱、成功和戏剧表演。每个孩子都具有很强的音乐悟性,尤其是迈尔斯,他对曲谱掌握得很快,听一遍就记住了。教室里的钢琴声激起了我们各种各样的可怕幻想。琴音刚落,他们就在某个角落里窃窃私语。然后有一个会兴致勃勃地出去,为的是扮成新的人物再进来。我也是有兄弟姐妹的人,不用说我就知道,小女孩往往会对小男孩产生崇拜之情。但异乎寻常的是,世界上竟有这样的男孩子,对比他年纪小又不及他聪明的小妹妹竟如此呵护有加。他们好得就像一个人似的,从不争吵和埋怨。对他们的可爱,再怎么赞誉都不为过。有时,我会在不经意间看穿他们之间的小默契:其中一个吸引我的注意力,而另一个则趁机溜走。我想,他们无论如何总会露出破绽。不过,我的学生用这种伎俩对付我时,我也并没有觉得不自在。在其他方面,他们将这种手段也发挥得淋漓尽致。

我发现自己真的有些踌躇不定,但不管怎样,我还是要硬着头皮坚持下去,继续讲述布莱发生的丑事。这不仅是关乎自由信仰的挑战,也意味着我将脱离苦难重新开始。我再一次鼓起勇气前进。现在回过头去看,那突如其来的事无疑叫我痛苦不堪。然而,我至少对它了然于心,最有效的做法就是先做足准备。一天晚上,在毫无防备的情况下,我感到了一阵阴冷,这让我想起自己刚到布莱那天晚上的情形。正如我提到的,当时的印象已经模糊。要不是之后发生那令人印象深刻的麻烦事,我还真记不清多少了。我还没上床睡觉,借着几根蜡烛的光,坐在那儿看书。在布莱的房子里,满屋都是旧书。其中一些是上个世纪的小说,显然已无人问津,甚至连被人偶然翻阅的机会都没有。而藏在这个偏僻之地的书似乎引起了我这两个学生的好奇。我记得,当时我毫无睡意,手里拿着菲尔丁的《阿米莉亚》在读。即使没看表,我也意识到夜已深了。小弗洛拉的床头被当时流行的帷帐遮挡住了,我根本看不到床上的情形。虽然我对这小说很感兴趣,可翻着翻着还是走了神,抬头朝房间门口望去。我仔细听了会儿,隐约感到房间里有什么动静。从敞开的窗户吹进来的微风扇动着半开的百叶窗。我慢慢放下书站起来,拿着蜡烛,径直走出房间,走向长廊,烛光把周围都照亮了。我轻轻地关上门并锁好。

不知是什么驱使我下决心走了出去。我独自一人,手持蜡烛,直奔前厅,走近楼梯拐角处的一扇高大窗户。就在此时,我突然觉察到了三个奇怪的现象,它们几乎同时出现,又相继消失。我手中的蜡烛突然一亮后就熄灭了。我感觉到透过没有帘子的窗户,朦胧的晨光照了进来,无须再用蜡烛照明。就在这时,我看见楼梯上有一个人影。我马上挺直身子,准备好第三次和昆特碰面。那个幽灵早已到了楼梯中间的位置,我看到他紧挨着窗户。他停了下来,盯着我,就像他在塔楼和花园盯着我时那样。他认得我,我也认得他。寒冷而朦胧的晨光映照在高高的窗户和窗下光滑的橡木楼梯上,我们就这样站在晨光中相互直视着。这一回,他的出现绝对是真实的,让人感到憎恶,觉察到危险。可奇怪的是,相比之前那次,此时的我心里竟然毫无畏惧之感,而是能勇敢地面对他。

尽管此事发生之后我十分痛苦,但是谢天谢地,我丝毫没有畏惧。这在那件事结束的时候我就意识到了。当时我信心十足,要是再坚持一下,他就会退缩。在那次短暂的碰面中,那幽灵就那样站在那里，真是可怕。他在短短的时间内独自出现在寂静的房子中。他就是敌人、闯入者、罪犯。在这种狭小的空间里，我们久久注视对方，周围的死寂实在太恐怖了。假使我那时碰上的是一个杀人犯，我们至少还可以说上话。我们之间会发生的仅仅是有关性命的事。要是什么都没发生，我们其中一个就会离开。那会儿，时间过得太慢了，让我一度怀疑自己是不是还活着。我无法讲清楚接下来发生的事，只知道在那样的寂静中，我一直表现得很有胆量，直到幽灵消失。我亲眼看那恶棍转身离开，那模样就像一个奴仆听到主人命令匆忙离去似的。我看着他那邪恶的、佝偻着的背影下了楼梯，消失在黑暗中。

10

我在楼梯口待了一会儿。确定那位不速之客已经离开后，我回到自己房间。借着烛光，我最先看到的是弗洛拉的床空了。见此情景，我吓得喘不过气来。记得就在五分钟之前，我还能控制住内心的恐惧呢。我冲到她床边，她刚才还睡在那儿（丝绸小床单和床罩揉成一团），白色帷帐被拉开来掩人耳目。我的出现引起了一些动静。我看到窗帘动了下，从窗帘后面钻出了弗洛拉。她坦坦荡荡地站在那儿，穿着小睡衣，赤着粉红色的小脚丫，披散着金色的卷发，一脸严肃的样子。我突然感到自己失去了之前的气势。她指责我说："你太没规矩了，你去哪儿了？"明明该是我质问她的反常行为，而现在却是我受到指责，还得替自己辩解。弗洛拉也对此事做了简单明了的解释，如往常一样表现出可爱真诚的一面。她说，看到我走出房间，于是也想起床看一下发生了什么。至少她回来了，这还是让我很开心，我一屁股坐在椅子上，当时就感觉有点头晕。她快步向我走来，爬到我的膝上，依偎在我怀中。在烛火的笼罩下，她那美丽又睡意蒙胧的小脸蛋泛着红晕。我记得我当时闭了一会儿眼,能感觉到有什么美妙的东西在她那双蓝眼睛中闪烁。"你刚才躲在窗户那里朝外看是在找我吗?"我问她,"你以为我是在园子里散步,是吗?"

"嗯,你知道,我以为是有人……"她面不改色,笑着对我说。

噢,看看她,真让我诧异!"你看到什么人了吗?"

"哦,没有。"她回答道,带着那种孩子气的得意和一点不满,但她拖长的语调多少让人感觉到一种甜美。我当时处于神经紧张的状态,认定她在说谎。不过,我要是再闭上眼一想,这也不过是我的一种猜测而已。但有一种猜想让我无法忍受,我一下子抓住她。奇怪的是,她很顺从,既没哭也没怕。我为什么不当面对她说清一切,了断此事呢?为什么不对着她可爱的小脸蛋直截了当地说:"你心里清楚,你知道自己在做什么,而且你也清楚我知道这件事。既然这样,你为什么不向我坦白?至少我们可以一起去面对它,弄清我们现在的处境,弄清它到底是怎么回事。"这个想法来得快,去得也快。如果当时我马上把话挑明了,我就可能给自己省去许多困扰了。我没再让步,而是又跳起来,看着她的床,采取了一个无奈的折中方法。我问她:"你拉上帷帐,是为了让我以为你还睡在那儿?"

弗洛拉认真地想了想,然后露出她那天使般的笑容说:"因为我不想吓着你!"

"但要是我真像你想的那样出去了呢?"

她丝毫没有感到困惑。她转头朝烛火看去,好像这个问题同她无关似的。

"哦,但你知道,"她从容不迫地回答说,"你自己会回来的。亲爱的,你确实回来了!"过了一会儿,她便上床睡觉了。我在她床边坐了好久,握着她的小手,想要证明我认识到自己回来的重要性。

你可以想象,自那以后的几夜我是如何熬过来的。我常常半夜醒来看看时间。我通常选择弗洛拉熟睡后溜出房间,悄悄地拐进走廊,甚至走到上次遇见昆特的那个地方。可从那以后,我再也没在那里见过他。不妨说,我再也没在这栋房子里见过他。我差点错过了发生在楼梯上的另一次奇遇。一次,我从楼梯上往下看,有个女人坐在楼梯底部。她背对着我,上身前倾,低垂着头,双手捂着脸,看上去很悲伤。我就站在那里,可是一眨眼的工夫,她头也没回就消失不见了。不过,我能清楚地想到她那张脸会有多么可怕。倘若我当时是在下面而不是在上面,我不知道我是否还会像上次面对昆特时那样有勇气。哎!显示勇气的机会还多着呢!在我上次遇到那个男人后的第十一个晚上,我又遭遇了一次惊吓。这次惊吓更让我震惊。那天夜里,我疲惫不堪,我本该像往常那样躺在那里半醒半睡的,谁知我一躺下便睡着了,醒来已是子夜一点。好像有一只手在摇晃我。我醒来后立即坐了起来。睡前,我明明点了蜡烛,现在蜡烛却熄灭了。我马上意识到,蜡烛肯定是弗洛拉吹灭的。于是我摸黑走到她床边,发现床上果然是空的。我看了一下窗子,心里顿时明白了,于是划亮了一根火柴。

这孩子又下床了,这次她还吹熄了蜡烛。为了观察或是回应什么,她躲在百叶窗后面,凝视着窗外的黑夜。与上一回不同,她这回是在看些什么。我重又点亮蜡烛并匆忙穿上拖鞋和衣服,她似乎并没有察觉。她躲在那儿,全神贯注,双肘放在窗台上,窗户向前敞开着。她似乎忘了周围的一切。窗外的月亮很亮,足够让她看得更清楚。我迅速做出判断:她正和我在湖边见到的幽灵面对面地进行他们上次没能完成的交流。我想还是不要惊动她,便穿过走廊,走到另一扇窗子那儿去。我走到门口,她仍然没有察觉。我走出房间关好门,从另一边听弗洛拉的动静。我站在过道里,密切注视着十步开外的她哥哥的房门,又产生了一种奇怪的冲动——不久前我还把这种难以言说的冲动称为诱惑呢。倘若我径直走到他的窗前,那会怎么样? 倘若我出现在这个迷惑的男孩面前,那又会怎么样? 我该不该继续把这个谜团追查到底?

我一心琢磨着他的想法,走到他门口又停了下来。我小心翼翼地听着,猜想里面是否发生了什么不好的事情。我不知道他的床是否也是空的,他是否也在偷偷地往外面看。这一刻异常安静。待这一刻过去后,我的冲动也就消失了。他那儿很安静,看来他是无辜的。我想还是别冒险闯入了,于是打算转身离开。就在这时,院子里有个人影在那里徘徊翘盼。那是同弗洛拉交谈的那个访客,与迈尔斯无关。基于其他原因,我又开始犹豫了。随后我做出了选择。在布莱空房多的是,问题只是选哪一间合适罢了。我突然想起了一个合适的房间:这个房间就在这栋房子的一角,位于花园的上方,就是我称为古塔的地方。这个方方正正的大房间曾被用作卧室。可它确实太大了,大到让人住起来觉得不便,因此被闲置了多年。它现在由格罗斯太太管理着,她把这个房间打理得井井有条。我早就喜欢上这个房间了,自然对它的情况了如指掌。房间空久了,有些阴冷,我迟疑了一下还是走了进去。我快速打开一扇百叶窗,轻轻地拉开帘子,把脸贴到窗玻璃上。外面比屋里亮堂多了,所以我知道,自己找到了一个合适的观察角度,可以观察到更多的东西。月光下,我看到草坪上有一个人,距离有点远,影影绰绰。他站在那里一动不动,就像着了魔似的朝我所在的方向张望,但并非正面对着我,显然是对着我的上方。毫无疑问,有一个人在我的上方,有一个人在塔楼上。但是草坪上的那个人完全不是我急切想找的那个人。当我看清了站在草坪上的人到底是谁之后,我心里一阵难过,因为那个人正是可怜的小迈尔斯。

11

　　直到第二天晚些时候,我才同格罗斯太太说上话,因为我一直盯着我的两个学生,很难私下见到她。我们都认为,当务之急是不要让仆人和孩子们对我们知道的事有所怀疑和议论。格罗斯太太做事稳重,让我格外放心。从她可爱的脸上根本看不出我曾对她讲过那么可怕的秘密。我敢说,她绝对相信我。要是她不相信我的话,我真的不知道自己会怎么样,因为我无法独自一人应付这种事。格罗斯太太缺乏想象力,这真是她的一种福气。如果她只看到这两个孩子的漂亮和可爱、快乐和乖巧,那么她对我的烦恼就不会感同身受。如果孩子们明显遭受过什么打击,那她一定会为此变得憔悴不堪的。不过,现在看到她忘却烦恼,交叉着白白的双臂,一脸宁静的时候,我似乎能明白她的感受了。感谢上帝的仁慈,即使他们遭受了打击,只要他们人还好就足够了。她早就不瞎琢磨了,只是呆望着炉边的光亮。几天过去了,没发生什么需要大家注意的事。我越来越相信,这两个孩子能够照顾他们自己了。不过,我也开始觉察到,她对我这个家庭教师所关注的事表现出一种焦虑。在我看来,我只需要不露声色就完全能应付这些。但是,我恰恰是因担心她才会变得如此紧张不安。一转眼就换季了。阳光宜人的午后,我们坐在一起聊天。就在离我们不远的草坪上,孩子们安静地闲荡着。他们就那样踩着相同的步调,慢悠悠地走着。男孩一边大声念着书上的故事,一边用手搂着他妹妹,两人互动频繁。格罗斯太太瞧着他们,眼里尽是温柔。然后,我听到低沉的嘎吱声。格罗斯太太转身从我的角度朝房间的帷幔看了一眼。她用心听我诉说,就像即使我配制的是巫婆汤,她也会伸出一个空的大汤锅来盛。这就是她当时的态度。我讲述着那晚发生的事,讲述了我见到迈尔斯后他对我说过的话,事情就发生在他现在的地方。说到这里，我便走下去把他带进了屋。那会儿，我站在窗边，在不惊动屋里其他人的前提下不声不响地做着这一切。与此同时，对于我所讲述的，格罗斯太太不仅不怀疑，而且还很相信。我把迈尔斯带进屋后，这孩子就要面对我最直接的质问了。当时，我刚出现在月光下的露台，他就径直朝我走来。我没说一句话就抓住他的手，带他走过黑暗空地，登上了楼梯——就是昆特为他而徘徊的那个地方，又穿过我曾在那儿偷听的大厅，来到他的房间。

　　一路上，我们两个都沉默不语。哦，我想知道他是否能从自己的小脑瓜里寻出一个听起来可信而又不太荒谬的理由，我多么渴望知道啊！他势必要挖空心思地编出个谎言，这可不简单。这回我感到他真的有些尴尬了，一种奇妙的激动心情爬上我心头。对于这个难以捉摸的小家伙来说，这绝对是一个难以逃脱的陷阱！他无法再以无辜伪装自己，那么他又会如何来为自己辩解呢？的确，一想到这个问题，我的心就一阵狂跳。可问题是，我又该怎么办呢？我要是将那个可怕的问题说出来的话，那么我最终会面临所有由此而引发的风险。事实上，我记得，当我们推开门进入他的卧室时，月光从没有窗帘的窗户照射进来，屋子里的一切都可以看得很清楚，用不着点蜡烛。他的床并没有人睡过。一想到他当时心里一定很清楚，他是在"愚弄"我，我就一下子坐在了床沿上。只要我认同那古老的传统——看管小孩的人传播迷信、散播恐惧是有罪的，那么凭他那鬼心眼，他肯定会为所欲为。他的确"愚弄"了我。我现在处于两难境地。要是我先挑明，说在我们看似完美的交往中竟然存在着如此可怕的事的话，我会因此受到责怪吗？我会因此受罚吗？不，不，即使说给格罗斯太太听也没用，就像我在这里力图说明迈尔斯是如何在黑夜中轻而易举地就让我受到惊吓一样毫无用处。当然我要表现出和蔼可亲的样子，把手温柔地放在他的肩膀上，可我以前从未这样做过。

我靠在床上,抓住他,假装恼羞成怒的样子;至少从表面上看来,我除了这么做别无选择。

"你现在必须给我说实话。你为什么出去?你去那里做什么?"

我仍然可以看到他脸上诡异的笑容、美丽双目中的眼白和昏暗中闪亮的皓齿。"如果我说了,你能理解吗?"听到这儿,我的心都快跳到嗓子眼了。他会对我说实话吗?我哑口无言,只能用一种不置可否的幽默表情点了点头。当我对他点头时,他表现得很绅士。他站在那里就更像一个童话中的小王子,正是他那可爱的模样让我稍稍放宽了心。他若真讲出来,那就太棒了。"好吧,"他最后说道,"我就是为了让你改……"

"改什么?"

"改变你对我的看法,让你觉得我——坏!"我永远无法忘记他说出"坏"字时那副高兴的模样,也无法忘记他说到兴奋处还起身吻了我。事实上,一切都结束了。我接受了他的吻,将他搂在怀里,自己竭力忍住眼泪。他解释得非常充分,我决定不再深究。在他确定我接受了他的说辞后,我扫视了一下房间,然后问道:"那么你根本就没脱衣服?"

他的眼睛在黑暗中闪烁着。"根本没脱。我坐在那儿看书。"

"那你是什么时候下楼的?"

"半夜十二点吧。我想做坏事时就这样。"

"我懂了,我懂了,挺有意思的。可你怎么确定我知道的呢?"

"哦,是我和弗洛拉一起安排好的。"他胸有成竹地回答说,"她的任务是起床后看着外面。"

"她也确实这么做了。"原来是我落进了他们的陷阱!

"所以她叫醒你,让你看她所看到的,而且你也看到了。"

"而你,"我顺着他的话说,"不顾着凉就在深夜跑了出去!"

迈尔斯对这次行动的成功扬扬自得,因此他很爽快地承认了我所说的:"要不然,我又怎么坏得起来呢?"我们再一次拥抱在一起。最终,我不得不承认他聪明机灵。我们的对话也到此结束了。

12

那天早晨,我对格罗斯太太讲了我对此事的特殊感想,可她并不太相信我所说的,尽管我还特别强调了迈尔斯同我分手前说的一句话。"那句话总共也就几个字,"我对格罗斯太太说,"可这寥寥数语就已经说明了问题。当时迈尔斯说:'想一想吧,你知道,我会做什么!'我知道他这么说,就是为了让我瞧他多有能耐。他十分清楚自己'会'做什么。在学校,人们早已领教过他这一点了。"

"上帝啊,你真的变了!"我的朋友大声说道。

"我没变,我只是把这件事弄清楚了而已。他们四个人就是这样不断见面。假若昨天晚上你同他们中的任何一个在一起,你就会明白的。我观察越久,等待越久,就越感到,如果没有别的什么可以确定此事的话,那么这两个孩子的缄口不语就证实了这个问题。这两个孩子绝口不提他们过去的老朋友,迈尔斯也绝口不提他被学校开除一事。噢,是的,我们可以坐在这里瞧着他们,而他们可以在那里尽情地向我们炫耀。然而,即使他们假装沉迷于童话故事之中,其实心中所想的也仍是那复活的死者。迈尔斯并不是在念书给弗洛拉听,"我说,"他们是在谈论'他们',他们在谈论可怕的事情啊!我知道,我继续说下去就会显得好像我疯了似的。奇怪的是,我并没有发疯。你要是看见了我目睹的一切,你也会如此的。然而,它只是让我的头脑更清醒,也让我掌握了更多的东西。"

我的头脑保持着异乎寻常的清醒。这两个迷人的小家伙友好地手挽着手走来走去,却还是逃不过我的洞察。不过,这却让格罗斯太太觉得坚持自己的看法是对的。我能感受到她的紧张。我的激情并未影响她。她紧紧地盯着他们:"你还弄清楚了什么事?"

"唉,弄清了曾一度让我兴奋和痴迷而现在却让我感到困惑和烦恼的事。他们有着超乎寻常的美貌和善良,然而这只不过是一场游戏。"我继续说,"这是一种策略,也是一个骗局!"

"你是说这些可爱的小家伙?"

"只是可爱的小家伙吗? 是的,看起来就像疯了一样!"把这种想法提出来,确实有助于我理清思绪,把所有线索都联系在一起。"他们并不是一直那么乖——只不过是心思一直不在这里罢了。同他们生活在一起很简单,因为他们只过自己的生活。他们不属于我,也不属于我们俩。他们属于他,属于她!"

"昆特和那个女人?"

"是的,他们想要接近他们。"

听了这话,可怜的格罗斯太太似乎在琢磨。"但是,为什么呢?"

"为了满足对邪恶东西的迷恋。在那段可怕的日子里,他们两人向孩子们灌输邪恶思想,并利用他们干邪恶的事,快赶上魔鬼所干的事了。这就是他们回来的目的。"

"天哪!"我的朋友压低了声音叫道。她的惊叹很平静,却表明她已经接受了我的说法。看来,相比现在发生的事,以前发生的事想必更糟糕。关于那两个恶棍的堕落程度,格罗斯太太根据自己过去的所见所闻,完全赞同我的看法。过了一会儿,她显然回想到什么,说:"他们过去简直坏事做尽! 不过现在他们能做什么呢?"

"做什么?"我问道。我的声音那么大,远处的孩子们停下脚步,朝我们望过来。"难道他们做得还不够?"我压低声音说。孩子们朝我们笑着点了点头,朝我们这边送来一个飞吻,然后继续他们的活动。我想了一会儿,随后答道:"他们会毁了这两个孩子的!"听着,格罗斯太太转过身来,仿佛对我提出无声的质疑,于是我愈加直言不讳:"迄今为止,他们还不知该如何下手,不过他们一直在想方设法。可以说,目前他们常现身于一些特殊的地方,如高处、塔楼顶、房顶、窗外和湖对岸。不过,双方都在苦思冥想,想要缩短距离,克服障碍。对那两个诱惑者来说,成功只是时间问题。他们只需不断提醒有危险就行了。"

"他们是为孩子来的?"

"而且企图毁灭他们!"格罗斯太太缓缓地起身,我又谨慎地加上一句,"当然,除非我们能阻止!"

我坐在那里没动。她站在我前面,显然在反复琢磨这件事。"他们的伯父必须要加以防范。他得把这两个孩子带走。"

"那么谁去告诉他呢?"

她一直在留意远处,现在她的目光落到我身上,一脸傻乎乎的表情。"你,小姐。"

"写信告诉他,他的宅邸遭到破害,他的侄子和侄女发疯了。"

"可他们确实发疯了该怎么办,小姐?"

"那你的意思是,我也发疯了?这样的消息真是妙极了,而且报信的人还是他雇用的家庭教师,而家庭教师的主要职责就是不要给他添堵。"

格罗斯太太思忖着,目光又投向孩子们。"是的,他确实讨厌添堵的事。这是个重要原因。"

"为什么那两个恶魔能蒙骗他这么久?毫无疑问,他那种漠不关心的态度是他们成功的一个关键因素。不过,我可不是恶魔,我不该蒙骗他。"

格罗斯太太停顿了一下,又坐了下来,抓着我的手臂说:"无论如何,要让他来见你。"

我瞪大眼睛，说："来见我？"对她的提议，我突然害怕起来。"叫他来？"

"他应该来这里，应该来帮忙。"

我一下子站了起来。我想，此刻我的表情一定有点古怪。"你看我能请他来吗？"她盯着我的脸，显然看出我不能。一个女人总是能读懂另一个女人的心思。她知道我心里是怎么想的：他会嘲笑我，会因我无法独立承担职责而蔑视我，也会因我费尽心机用自己那点魅力吸引他而轻视我。格罗斯太太不知道，也没人知道：能为他服务并坚守协议，我是何等的自豪啊。不过，我想，她会认真考虑此刻我给予她的警告："如果你昏了头，为我去求助他——"

她真的被吓到了："那会怎么样，小姐？"

"我会马上离开你们，离开他和你。"

13

跟他们相处还算愉悦，但是想同他们交谈，特别是推心置腹的交谈，困难仍跟以前一样难以克服。这种情形在持续了一个月后变得更糟了，尤其是我这两个学生的语气里渐渐流露出讽刺意味，且越来越刻薄。无论过去还是现在，我都确信这并非我的恶意揣想。各种迹象清楚地表明，他们已经意识到了我的困境，这种微妙的关系早已成为我们相处的主旋律。我并不是说他们言不由衷，或做了鄙俗之事，这些倒不是他们危险的地方。我说的是另一方面，我们之间最大的问题是彼此心照不宣而又讳莫如深；若无一番精心安排，光是一味的回避是很难做到的。这种情形就像是，我们走在巷道里，遇到人便停住脚步，然后突然转身走出死巷；关门时，发出轻微的声响，我们面面相觑；而开门时又过于随意，会砰然作响，超出了我们的预期。条条大路通罗马，有时我们也许会注意到，几乎我们的每一门功课、每一次谈话,都会避开禁区。所谓禁区,就是死去的人能否复活的问题,特别是孩子们的亡友是否能凭借什么幸存于他们的记忆之中。有那么几天,我可以赌咒发誓,其中一个孩子用臂肘轻轻地碰了一下另一个孩子说:"她以为这次她会做的,可她不会!"为了实现他们的目的,他们会说起教他们如何应对我的管束的那位女士,哪怕只说一次,也尽显热切之态。他们乐此不疲地追问我的各种生活经历,而我也一遍又一遍地讲给他们听。对我生活中发生的一切,他们可以说是了如指掌。无论是一次小小的冒险经历,还是我家兄弟姐妹和猫猫狗狗的故事,抑或我父亲的怪癖、家中家具的布局、村里老太太们闲聊的详情,他们都一清二楚。我要讲的事太多了,一件接着一件。我讲得很快,而且有一种天生的善于添枝加叶的本领。他们非常善于拨动我的想象和记忆之弦。事后回想,我疑心自己正被他们暗中观察。只要谈我的生活、我的往事和我的朋友,我都会如数家珍般畅所欲言。他们有时会善意地提醒我,请我重讲一遍戈斯林婆婆的警句妙语,抑或再次证实教区牧师的小马是如何聪明机灵的详情。

好几天过去了,我没再遇见过幽灵,我紧张的心情该放松了。自从第二天夜里,我站在顶楼平台上看见楼梯脚下一个女人一闪而过后,不管是在屋里屋外,我再也没有看见那个最好还是不要见到的女人。有许多次经过拐角的时候,我都希望能碰见昆特;在许多情况下,我都会有一种不祥的预感,觉得杰赛尔小姐会出现。夏季悄逝,秋季降临布莱,秋风吹走了一半的日光。这里,天空阴沉,花朵凋零,满园荒芜,枯叶飘零,宛若演出结束后的剧场,散落着揉皱的节目单。也是这样的天气、这样有动有静的情境以及看护孩子时的复杂感受,让我回想起六月的那个傍晚我在户外初次看见昆特的情形,回想起透过玻璃窗看见他之后我在灌木丛中徒劳地寻找他的情形。我认出了当时的现场物证和迹象,也辨明了当时见到昆特的时间和地点。

然而,这里空荡荡的,空无一人。我也没受到烦扰。虽然没受到烦扰,可奇怪的是,我的敏感度非但没有降低,反倒更高了。我曾对格罗斯太太谈起过小弗洛拉在湖边的骇人一幕。这让她颇为困惑。正是从那时起,我深感苦恼,几乎到了力不能支的地步。当时我曾表达过这样一个想法:既然还没有确切的证据证明孩子们真的看见幽灵,那么我宁愿挺身而出,做他们的保护人。我愿意探知那即将被揭晓的可怕真相。当时我最不愿看到的情形是,他们睁大眼睛时而我却双眼紧闭。好吧,我的眼睛被蒙蔽了,这仿佛是一件让人谢天谢地的事。要是不感激上帝,那可真是亵渎神灵了。唉,摆在我面前的难题是,我的学生肯定有事瞒着我,我要是连这一点都确定不了的话,那么我真的要感谢上帝了。

现在我该如何追溯我在迷狂中走的每一步呢?我们在一起的时候,我很愿意发誓,说真的,就在我在场的时候,孩子们熟识和欢迎的不速之客来过了。要不是我担心这样做会比一味躲避带来的伤害更大,我就会兴奋地大声嚷嚷起来:"他们就在这里,他们就在这里,你们这两个小坏蛋,现在别想耍赖了!"不过,这两个小坏蛋摆出比平时更加讨人喜欢的样子,将此事赖得一干二净。他们看似内心深处澄澈透明,实则他们那种冷嘲热讽的本事却像溪流中的鱼肚白儿倏忽闪现。实际上,那天夜里,我受到的震惊要比我预想的大多了。当时,我抬头望去,想看一看昆特或杰赛尔小姐是不是会现身于星空下,结果却看到自己看管的男孩直接走到那里,转过身来,带着可爱的表情朝我的方向仰视着,而此刻昆特这个可怕的幽灵正在我上方的城垛上。这次的发现让我惊惧万分,并且,正是这种由惊恐而引起的紧张情绪让我得出了合乎实际的结论。这些结论深深困扰着我,有时我会把自己关在屋里自言自语,一遍又一遍地推导这些结论,我的心情在这种推想中得到舒缓,但过后不久,就又会产生新的绝望,对此事的感觉又回到了原点。我在房间里走来走去,从不同的方面来思考此事。可是,每当我说出那些丑恶的名字时,我就会感到颓唐和沮丧。这些名字一从我的嘴边消逝,我就对自己说,我确实应该让这些名字成为邪恶事物的代表;可是假如叫出他们的名字,我就会破坏教室里那种少有的和平氛围。我对自己说:"他们倒是能缄默不语,而你呢,受到别人的信任,却好意思说出口!"我顿感双颊绯红,想用双手掩面。之后,我就会自言自语半天,简直口若悬河,直到可怕的死寂降临。我实在想不出别的什么词来形容这种死寂,我只能这样描绘它,仿佛从一种奇怪的眩晕漂浮状态坠入死寂状态,坠入全部生命都停止的状态。这种死寂无关乎我们那时弄出的或多或少的噪音,也无关乎我听到的欢快的背诵声和漫不经心弹奏的钢琴声。随后,我感觉到,还有其他人——两个外来者在那里。尽管他们不是天使,但是正如那个法国人所说,他们已经"去世"。因此,每当他们出现在这里的时候,我总是害怕得瑟瑟发抖,我担心他们会向孩子们传递恶魔的信息。

最难以摆脱的是这样一种无情的念头:不管我看见了什么,迈尔斯和弗洛拉都能看到更多骇人而神秘的事情,这都源于他们以前同幽灵的可怕交往。从表面上来看,这样的事情自然在当时让人战栗不已。对于这种寒栗,我们虽然竭力否认但又能切实感受到。我们三人,就像反复接受过这样绝佳的训练一般,每次我们都用相同的行动,自动宣告该事件的结束。孩子们的惊人之处在于,他们总会带着一种事不关己的态度亲吻我。不是这个孩子就是那个孩子,总是提出那个曾有助于我们化险为夷的、弥足珍贵的问题:"你觉得他什么时候会来呢?难道我们不该给他写信么?"根据以往的经验,提出这个问题是消除尴尬气氛的最佳办法。"他",自然指的是他们住在哈利街的伯父;我们有太多的理由相信,他随时都可能到来,加入我们的圈子。然而，别指望他会鼓励我们拥有这样的信心。倘若我们，没有这样的信念做支撑，那么我们双方就不会有如此精彩的表演。他从未给孩子们写过信，这样做固然有自私之嫌，但这也说明他信任我。一个男人对一个女人的最高肯定往往取决于她能让他享受安逸，所以我坚守不向他求助的诺言，同时让孩子们明白，他们写的信只能成为迷人的作文练笔。这些信漂亮精致，让人不忍邮寄；我保留了这些信，一直保留到现在。说真的，这样做只不过平添了某种讽刺效果，因为我不断猜想雇主随时都会来到我们中间。我的两个学生似乎很清楚，这件事对我来说有多么尴尬。当我回首往事时，最不同寻常的一点在于，尽管我高度紧张，他们总是占上风，但我从未对他们失去耐心。他们一直是迷人可爱的，现在想来，在那些日子里，我并不讨厌他们！不过，假若当时解脱来得再迟一点，我会不会忍不住恼怒发火呢？不过现在无关紧要了，因为解脱终究来到了。我称之为"解脱"，是因为那就像是"啪"的一声挣断了拉紧的绳索，抑或突如其来的一场雷雨带走了一天的闷热罢了。这至少是一个转变，来得猝不及防。

14

某个礼拜天上午，我们步行去教堂，小迈尔斯走在我身边，而他的妹妹跟着格罗斯太太走在我们前头，恰在我们视线之内。天气晴朗，空气清新，算是这段时间内的头等好天气；夜里结了一层霜，秋风爽快而急促，就连教堂的钟声听起来也那么欢快。想来也怪，此时此刻，这两个孩子这么听话，真让我感到惊奇，同时也很感激。我如此不依不饶、无休无止地缠着他们，为什么从未引起他们的怨恨？发生的种种事情让我更加明白，现在我必须对这个男孩寸步不离。路上，我让两个同伴走在我的前面，这架势仿佛是我在时刻提防反叛的危险。我就像是一名狱卒，两只眼睛留意着，以防什么人逃跑或发生不测。不过，所有这一切——我的意思是他这种小小的服从，只是一连串深不可测的事件中的一起而已。礼拜日迈尔斯出门时，身穿他伯父的裁缝为他做的服装。这个裁缝平日很闲，对于如何缝制漂亮的西装背心，如何衬显迈尔斯的不凡气质，倒很有自己的主见。这身衣服不仅展现了迈尔斯卓越的气质和男子汉的气概，还很适合他的身份和地位。要是此时他突然要求自由，我也无话可说。我当时突发奇想，当这场革命确凿无疑地发生时，我该如何面对他。我之所以称之为"革命"，是因为我心里明白，只要他的话一出口，恐怖大戏最后一幕的幕布就会缓缓升起，灾难性结局便会随之而来。"听我说，亲爱的，你知道的，"他的声音格外迷人，"我到底什么时候才能回去上学？"

他问的话听起来并无不妥，况且还是用甜美、高昂而又随意的语气说出来的。他是说给周围所有人听的，不过首先是说给他的家庭教师听的。他语调平稳，仿佛是在用手拨弄玫瑰花瓣似的。话语里总有些东西让人去"捕捉"。不管怎么说，这一次我捕捉得很快，我迅疾停下脚步，就像公园里的一棵树突然倒下横亘在马路中央似的。就在此刻，我们之间出现了新情况。他心里很清楚，我已意识到了。其实，他这么做，只需像平时那样坦诚和可爱就可以了。从他那里，我能够感觉到，由于我起初不知该如何回答他的问话，他觉得自己占据了优势。

我反应太慢，他倒是游刃有余。过了一会儿，他又耐人寻味地笑了笑："你知道，亲爱的，对于一个总是和一位女士待在一起的小伙子来说——"他对我总是一口一个"亲爱的"叫着。这种称呼恰如其分地表达了我渴望的自己同学生之间的那种情感关系。

但是，哦，现在我是多么想要找到合适的字句来应对这问题啊！

我记得，为了争取时间，我努力挤出一丝笑来，从他那张瞧我的漂亮脸蛋上，我似乎看见了自己丑陋而古怪的样子。"总是和同一位女士待在一起吗？"我回应道。

他居然面不改色，就连眼睛也没眨一下。实际上，话已在我们之间挑明了。"啊，当然，她是一位快乐、'完美'的女士。不过，我毕竟是一个小伙子——正在长大的小伙子，你明白吗。"

我陪他在那里溜达了一会儿，亲切地说："是啊，你正在长大成人。"唉，不过，我还是感到无助和无奈。

我至今都记得迈尔斯的小心思，一想到这我就难过，他似乎对一切都了如指掌。"你不好说我表现得不怎么样，是吗？"

我把手放在他的肩上。尽管我知道继续散步对我要好很多，但是那时已经是心有余而力不足。"是的，我不能这么说，迈尔斯。"

"只有那个晚上例外，你知道——。"

"那个晚上？"我无法像他那样直视对方。

"咳，就是我下楼，跑到屋外的那次。"

"哦，对。但我忘了你跑出去做什么了。"

"你忘了？"他说话时的声音甜美得有点过头，他充满稚气地责怪我，"嘿，就是想让你看看我能够那样做！"

"哦，对，你能。"

"而且我还能再做一次。"

我觉得自己也许最终稳住了阵脚，说："你肯定不会再这么干了。"

"是啊，不再那样做了。那真没意思。"

"的确真没意思。"我说，"不过，我们得往前走了。"

他挽着我的手臂继续往前走。"那么，我什么时候能回学校？"

我思来想去，以最认真负责的语气问道："你在学校里开心么？"

他稍加思索，说："哦，不管在哪儿，我都很开心！"

"好，那么，"我声音战抖地说，"倘若你在这里也觉得开心——"

"啊，但待在这里并不是一切啊！当然，你知道很多事情。"

"那么你的意思是，你知道的和我差不多？"他停下来时，我试探地问道。

"还不到我想知道的一半呢！"迈尔斯老老实实地承认，"不过，也不完全是这个意思。"

"那是什么意思？"

"呃，我想更多地了解生活。"

"我懂，我懂。"我们看见教堂了，也看见了各种各样的人，包括正在去教堂路上的布莱庄园的仆从。人们聚集在教堂的门口等我们先进去。我加快了脚步，想尽快赶到那里，以免同迈尔斯进一步谈论这个问题。我期待尽快坐在昏暗的教堂长椅上，期待尽快跪在那个可以宽慰精神的垫子上。我仿佛是在心绪不定地竞跑，而他想要我慢下来。不过，我觉得他会先到达的。当我们刚走到教堂墓地时，他就大声嚷嚷——

"我想要与和我一样的人在一起！"

听了他的话，我差点跳了起来。"像你一样的人可不多见呢，迈尔斯！"我笑了，"或许亲爱的小弗洛拉和你是一路的！"

"你真的把我跟一个小丫头做比较吗？"

这显得我格外弱势。"你难道不爱我们的宝贝弗洛拉么？"

"如果我不——，你也不；如果我不——"他反复低语，好像他要后退一步准备一跳。不过，他仍然沉浸在自己的思绪中。进入教堂院门后，他用胳膊压了压我，迫使我停了下来。此时，格罗斯太太和弗洛拉已步入教堂，其他做礼拜的人紧随其后，而只有我们俩还逗留在这个年代久远、墓碑林立的墓地里。我们驻足在从院门通往教堂的路上，紧挨着一座状如长方形桌子的低矮坟墓。

"是啊,如果你都不——"

我等他开口,同时瞧着周围的坟墓。"好吧,你知道这是怎么一回事!"可他一动不动地说。他话里有话,这让我一下子坐在了石碑上,似乎需要马上歇一歇。"我的伯父和你想的一样吗?"

我刻意做出休息的样子。"你怎么知道我是怎么想的?"

"嗯,好吧,我当然不知道。我的印象是你从未跟我讲过你的想法。不过,我的意思是,他知道吗?"

"知道什么,迈尔斯?"

"哎呀,知道我现在这个样子呗。"

我马上意识到,对于这个问题,不论怎样回答,多少都会有损于我雇主的声誉。然而我又想到,布莱庄园上上下下这许多人付出的代价够大的了,即使回答不周,亦可原谅。"我觉得你伯父对此并不那么在意。"

闻此,迈尔斯站在那里看着我:"那么你觉得有可能让他在意吗?"

"用什么方法呢?"

"哎呀,让他来啊。"

"但是谁去请他来呢?"

"我去!"男孩的声音明亮,掷地有声。他又看了我一眼,充满了激情,然后独自一人大步走进教堂。

15

我没有跟着他进去。从这一刻起,这事已成定局。我心烦意乱,心里明白,却无法平静下来。我只好坐在墓碑上,揣摩迈尔斯话里话外的全部含义。待我自认为领会了话的全部含义时,我也找到了缺席的借口,我就说我不好意思给我的学生和在座的会众做一个迟到的坏榜样。我心里首先想到的是,迈尔斯已经从我这里占到了一些便宜,不过也不是什么大便宜,这只不过让我愕然无措、瘫坐下来而已。他从我身上看到了某种让我非常害怕的事情。他很可能为达到目的而利用我的恐惧以获得更多的自由。我害怕的是回应那个让人无法忍受的问题,即他被学校开除的原因,因为这个问题背后隐藏着诸多恐怖的事。请他伯父来此与我一同处理这些事情不失为一种解决方案。严格来讲,这应该是我现在的期待,但我又难以面对此事的丑恶和痛苦,因此我一拖再拖,得过且过。最让我心烦的是,这男孩完全有理由、有资格对我说:"你和我的监护人要是不澄清为什么中断我的学业的事,就别指望我会和你一起过这种对一个男孩来说非同寻常的生活。"对我所关心的这个特殊男孩来说,所谓的"非同寻常"就是他冷不防冒出的某种想法和计划。

正是这想法让我不堪忍受,让我没法走进教堂。我绕着教堂,徘徊不定,犹豫不决。我想,同他在一起,我已经给自己造成了无法修复的伤害,无论做什么都难以弥补。要挤过教堂里的人群在他身边坐下,这几乎不可能。我要是真的这么做了,他一定会比之前更扬扬自得,并挽住我的胳膊,让我坐在那里长达一个小时,听他评论我们之前的谈话。他刚到这里,我就想离开他了。我驻足窗下,聆听做礼拜的声音,那时我突然感到一阵冲动,我觉得,只要稍稍有点勇气,我就会完全放纵我的冲动。只要我一走了之,就能轻易结束这种窘境。眼下正是一个好时机;不会有人来阻止我;我可以不再执着于此事,转身而去,全身而退。我只需要赶回庄园府邸准备一下就行了。家里肯定空无一人,因为仆人都去做礼拜了。简而言之,假若我绝望地驱车离去,谁又会怪我呢。倘若我在晚餐前赶回来,那么我离开一会又有何妨?也就一两个小时而已。我可以预想到,发现我没有出现在他们的队伍中,我的两个小学生会故意装出不知情的样子。

"你做什么去了,你这个淘气的坏东西？到底为什么让我们这么担心,弄得我们心神不定,你难道不知道么？——是不是一到门口,你就把我们扔下了?"他们要是问起这样的问题来,我无法回答,也难以面对他们那种虚情假意的眼睛。然而,我却无法回避,只能面对。我越想越清楚,最终转身而去。

我立刻走开了。我径直走出墓地,循着原路穿过公园,一路上苦思冥想。我觉得,在到家之前,我应该能做出一走了之的决定。这是礼拜天,不论是路上还是庄园里都没见到人,这难得的机会让我激动不已。假如我这样迅速离开,不会有人看见,也用不着说一句话。不过,我的动作必须快,交通也是亟待解决的问题。在大厅里,种种困难和障碍困扰着我。记得我当时颓唐地坐在楼梯最底层的阶梯上。然后,我也回想起,一个多月前的黑夜,我怀着对邪恶东西的深恶痛绝,看到了那最恐怖的女人的幽灵。想到这里,我一下子站了起来,继续往前走。我心慌意乱地往教室走,去拿我的东西。当我推开门时,顷刻间,我发现我的双眼又能看见幽灵了。眼前的一幕吓得我不由自主地倒退了几步。

正午明亮的阳光正照耀着屋内,我看见有个人坐在我的桌子旁,若不是有先前的经验,乍一眼望去,我肯定会以为是哪个留下来看家的女仆,利用这个无人留意的难得机会,坐在教室里的桌子旁,使用我的笔、墨水和纸,正绞尽脑汁,给她的恋人写信呢。她的姿势颇为用力,胳膊抵在桌子上,双手撑着脑袋,看上去倦意明显;不过,尽管我推门闯入,她却奇怪地不为所动。接着,她突然改变了姿势,通过这种自我宣示的举动,一下子表明了她的身份。她站起身,倒不像是因为听到了我的动静,脸上才流露出难以名状、冷漠而拒人于千里之外的表情。她站在离我不到十几英尺的地方,那正是我那邪恶的前任。这个女人声名狼藉,命运悲惨,现在就站在我面前;不过就算我努力凝视,想把这一幕烙在脑海里,可她的身影仍然渐渐消逝了。她的黑裙如午夜般漆黑,面容自有一番憔悴之美、难言之哀,她凝视着我,时间久到足以让我猜测,她是想要声明她有权利坐在我的桌边,正如我也有权利坐在她的桌边。在此期间,我的内心陡然升起一股非同寻常的寒意,似乎我才是那名擅自闯入的不速之客。为了拼命否定这一点,我冲着她大声怒吼:"你这个可怕的、卑鄙的女人!"这声音穿过敞开的门,回响在长廊和空旷的宅子里。她抬眼看向我,仿佛听到了喊声,但此时我已经镇定下来,气氛也随之平静下来了。刹那间,房内空无一物,只剩下阳光,以及我一定要留下的决心。

16

我准确地料到,我的学生回来时会惊讶地看到,我是如何为他们避而不谈我没去做礼拜这件事而深感不安的。他们并没有责备我,也没有拥抱我,甚至没提起我把他们留在教堂不管的事。当时,我一人在那里想,为什么格罗斯太太也避而不谈呢。我研究了她的古怪表情后断定,他们一定收买了她,让她保持沉默。不管怎样,我决心一旦有私下见面的机会就打破这种沉默。茶歇前,我碰到了这样的机会。在管家的房间里,我有五分钟的时间可以同格罗斯太太待在一起。屋里光线昏暗朦胧,散发着刚烤过的面包的味道,不过房间已清扫过,一切摆放得井井有条。我看到她痛苦而平静地坐在炉火前,我看得很清楚:在朦朦胧胧、火光闪烁不定的房间里,她坐在直背椅上,面对着炉中火焰。

"哦,是的,他们叫我什么也别说。只要他们在那里,为了让他们高兴,我当然答应了他们的要求。不过,你当时怎么啦?"

"我本来是同你们一起去教堂的,"我说,"后来,我回来见一个朋友。"

她感到惊讶，问道："见一个朋友，你的？"

"对呀，我有一对朋友呢！"我笑着说，"不过，孩子们没给你说原因吗？"

"是指你离我们而去的原因吗？是的。他们说，你更喜欢这样。真的吗？"

看到我的表情，她很无助。"不，我更讨厌这样！"不过，我很快又问道，"他们说过我为什么更喜欢这样吗？"

"没有。小主人迈尔斯只是说，'让她做自己喜欢的事情吧！我们不必干涉她！'"

"我真希望他会这么说。那么，弗洛拉说什么了？"

"弗洛拉小姐太可爱了。她说：'哦，当然了，当然了！'——我也是这么说的。"

我想了一下，说："你也太可爱了——我能想象得出你们当时说那些话的样子。不过，我和迈尔斯之间，现在可是全都摊牌了。"

"全摊牌了？"我的同伴此刻瞪大了双眼，"可是摊什么牌呢，小姐？"

"全部。这无关紧要。我已经下定决心了。我回到家，亲爱的，"我继续说道，"是为了和杰赛尔小姐谈一谈。"

此前我已经形成了习惯，总是在步入正题之前，先牢牢稳住格罗斯太太的情绪；所以即使现在，在我说出这句话之后，她也只是勇敢地眨巴着眼睛，依旧保持了镇定。"谈话？你是说，她开口了？"

"差不多。我回来的时候，发现她在教室里。"

"她说了什么？"我至今依然能生动地回忆起这个善良女人的声音，忠厚老实而又茫然无措。

"说她饱受折磨！"

事实上，当她弄清楚我话里的意思之后，便目瞪口呆了。"你是说，"她结结巴巴地说道，"她在为过去的事遭受折磨？"

"是的。为那些该死的事遭受折磨。这就是原因所在，他们要让孩子们分担她的折磨——"这话让我感到恐惧，说话也结巴起来。

不过，我那缺乏想象力的朋友还在逼着我说下去。"让孩子们替她分担？"

"她想得到弗洛拉。"幸亏我事先有所准备，不然格罗斯太太一定会吓得摔倒在我身旁。我扶住了她，说："我对你说过了，这没关系。"

"因为你已经打定了主意？但是怎么做？"

"了结一切。"

"你说的'一切'是什么呢？"

"派人把他们的伯父请来。"

"哦，小姐，求求你，一定这样做吧。"我的朋友嚷嚷。

"啊，我会的，我会的！我心里觉得，这是唯一的出路。我跟你说过，要是他觉得我不敢这么做，要是他认为自己可以趁机达到目的，那么他会明白，他是大错特错了。是啊，是啊，倘若他们的伯父指责我在学校的问题上毫无作为，那么，我就会当场（如果有必要，还得当着男孩的面）跟他和盘托出。"

"就这么做，小姐。"我的同伴直催促我。

"呃，我还有一个可怕的理由。"

对格罗斯太太来说，目前的理由太多了，她难以承受，所以她摸不着头脑也算情有可原。"不过，是哪个呢？"

"哎呀，就是从他的学校寄来的信。"

"你打算把它交给东家看？"

"我当时就该这么做的。"

"噢，不！"格罗斯太太坚定地说道。

"我会跟他挑明，"我不为所动，继续说，"我没法替一个被学校开除的孩子处理这件事。"

"我们压根就不知道发生了什么!"格罗斯太太断言。

"是因为品行不端,还会有什么别的? 他如此聪明、漂亮和完美。他笨么? 邋遢么? 懦弱么? 性情乖僻么? 他优雅而高贵,所以原因只能是那个。这一点一旦确定,一切都会水落石出。归根结底,"我说,"这都是他们伯父的错。要不是他把这样的人留下——!"

"他真的一点也不了解他们的底细。错在我。"她的脸色变得煞白。

"好吧,这不该由你来承受。"我答道。

"更不该由孩子们承受!"她一字一顿地强调。

我沉默了一会儿,两人四目相对。"那么,我该跟他说什么呢?"

"你什么都不用说,我来跟他讲。"

我揣摩着这句话。"你是说,你打算写信?"想起她并不会写字,我赶忙打住,"你怎么联系主人?"

"我告诉那位法官。请他写。"

"你想让他写我们的故事?"

我的问题听起来带着某种嘲讽,这倒并不是我的本意,片刻过后,格罗斯太太放弃了这种想法。她的眼里又蓄满了泪水。"啊,小姐,还是你来写吧!"

"好吧,今晚就写。"最后我这样回答她,然后我们就分开了。

17

当天晚上,我就开始动笔写信了。天气变了,乌云密布,狂风大作。我坐在房间的灯下,弗洛拉安静地坐在我身旁。在一张铺开的白纸前,我枯坐良久,倾听着屋外暴风骤雨的声音。最终,我拿着一支蜡烛走出门,穿过过道,在迈尔斯房间的门前侧耳倾听了一会儿。

在奇思异想的不停驱使下,我想听一听此刻他是否还在房间里睡觉。我还真听见了一个声音,不过却并不是我所预料的那种声音。那是他那响亮的声音:"喂,我知道你在那儿,进来吧。"这真是让人半喜半忧!

我擎着蜡烛走进去,看见他躺在床上,毫无睡意,一副怡然自得的样子。"哦,你来做什么?"他问话的语气颇有一种社交上的优雅气度,这不由得让我想起,若是格罗斯太太在场,即使她想寻找"摊牌"的迹象,最终也会徒劳无获。

我举着蜡烛,俯视他。"你怎么知道我在那儿?"

"啊,自然是听到你的动静了。你该不会以为自己悄无声息吧?你那动静,就像骑兵队走过似的!"他笑得非常迷人。

"那么你没睡着喽?"

"没怎么睡着! 我躺在这儿,想事情呢。"

我刚才故意把蜡烛放到不远处。随后他友好地向我伸出手,于是我就在他的床沿坐了下来。"你在想什么呢?"我问道。

"亲爱的,除了你,还有什么好想的?"

"啊,你这么关心我,我很高兴,可我并不要求你这样做! 你还是好好睡觉吧。"

"好吧,我也在想我们之间的这件怪事。"

我感到他那有力的小手冰凉冰凉的。"什么怪事呢,迈尔斯?"

"咳,就是你教育我的方式。还有其他的事!"

我屏住呼吸足足有一分钟,即使借着那微弱的烛光,也足以看清他靠在枕头上仰面朝我微笑的样子。"你说的其他的事,指的是什么呢?"

"哦,你知道的,你知道的啊!"

我一时语塞。我握住他的手,我们彼此继续相对而视。我觉得自己默认了他的说法，并感到在这个现实世界中，我们目前的关系真的很不寻常。"你肯定要回学校的，"我说，"如果是这件事让你心烦。可是，别指望回原来的学校了，我们得另找一所更好的学校。这个问题，你从没跟我讲过，只字未提，那么我怎么可能知道你心中的烦恼呢？"迈尔斯倾听着，面色清朗、白皙和柔和，就像儿童医院里眼睛充满渴望的小病人那般惹人怜爱。一想到这相似之处，我便恨不得抛弃我在世间所拥有的一切，去做慈善医院里的一名护士或修女，帮助他，治愈他。嗯，即便现在，我也能帮上忙！"你知道，关于你的那所学校，你从来没对我讲过。我指的是你原来所在的学校，你从没提过。"

他似乎有点惊讶。他笑了，笑得很可爱。不过，他显然赢得了时间。他在等待，他需要引导。"我没有么？"看来我是帮不了他了——能够帮他的只能是我见过的那个家伙。

他说这话时，语调和表情让我感到了前所未有的心痛。看到他那受到蛊惑的小脑瓜挖空心思，用尽那点小伎俩，在他身上魔咒的驱使下，来扮演一个始终单纯无辜的角色，这对我内心的触动真是难以言说。"没有，从来没有，自你回家的那一刻起。你从没有跟我提及过你的任何一位老师、同学，甚至你在学校的任何一件小事。从来没有，小迈尔斯。对于在那里可能发生的事，你从没给过我一点点暗示。因此，你可以想象到，我一直蒙在鼓里。直到今天早上，你才说出来。自我看到你的那一刻起，你就几乎没提过自己的往事。你好像完全生活在当下。"我坚信，这个孩子属于秘密的早熟（或受到某种我不敢明说的影响毒害）。尽管他因内心不安而变得呼吸无力，但这种早熟让他看起来就像一个成年人那样容易交流，让我不得不将他作为一个与我心智相当的人来对待。"我还以为你一直想这样下去呢。"

我突然发觉,听了我的话后,他的脸泛起了红晕,就像一个康复中稍显疲倦的病人那样,他有气无力地摇了摇头,说:"我并不想那样,并不想那样。我想要离开。"

　　"你讨厌布莱庄园了么?"

　　"哦,不,我喜欢它。"

　　"呃,那么——?"

　　"噢,你知道一个男孩想要的是什么!"

　　我觉得,我并不像迈尔斯那样了解他自己。我避开了他的话题。"你想去你伯父那里吗?"

　　听我这样说,他的脸上又显现出甜美动人却带有嘲讽的表情。他靠着枕头,动了动身子。"哦,你可不要回避啊!"

　　我沉默一下。此刻,我想,该轮到我脸红了。"亲爱的,我并没有想要回避啊!"

　　"你就是想回避也回避不了。你是回避不了的,回避不了的!"他躺在床上优雅地注视着我。"我伯父一定会来这里的,所以你必须彻底解决才行。"

　　"我们要是这样做的话,"我有了一点底气,回应道,"你可能会被送到很远的地方。"

　　"难道你不晓得这恰恰是我想要的吗? 你一定得告诉他,你是如何把这一切搞成现在这个样子的。你要告诉他的事太多了!"

　　他讲话时的那种得意劲反倒让我更有勇气回应他了。"那么你呢,迈尔斯,你有多少事情要告诉他呢? 他会问你的!"

　　他想了一下,问道:"很可能。但是他会问什么事呢?"

　　"你从未对我说起过的那些事。好让他决定该如何安排你。他不会把你送回去——。"

　　"哎呀,我不想回去!"他打断我,"我想换一个新地方。"

他说这话的时候，平静得让人刮目相看，快乐得让人无可指责。我想到，三个月后，这出有悖常情的幼稚悲剧可能会再度上演，更加虚张声势，更加丢脸。毫无疑问，这让我更加心酸，无法忍受。我情不自禁地扑向他，满怀怜爱和温柔地将他抱在怀里。"亲爱的小迈尔斯，亲爱的小迈尔斯——"

　　我的脸紧贴着他，而他也让我亲吻，面带一种无所顾忌的幽默神情。"好啦，格罗斯太太呢？"

　　"难道你就没有什么事要告诉我吗？"

　　他略微转动身子，面向墙壁，伸出一只手来看着它，就像一个生病的孩子。"我已经告诉过你了，就在今天早上。"

　　哦，我真为他感到难过！"你只是不想让我担心，对吗？"

　　这时，他转过来看着我，似乎对我的理解表示肯定。然后，他又轻柔地对我说："我想一个人待一会儿。"

　　他话里有一种奇特的尊严意味，这使我放开了他。不过，我缓缓起身后，却又不忍离他而去。上帝知道，我绝无烦扰他之意。不过，我觉得，这次我要是撒手不管了，那就等于放弃了他，更准确地说，失去了他。"给你伯父的信，我刚刚开始动笔。"我说道。

　　"很好，那么，把它写完吧！"

　　我等了一会儿，问道："以前发生过什么？"

　　他再次仰头注视着我："什么以前？"

　　"在你回来之前。还有，在你离开这里之前。"

　　他沉默了一会儿，不过他的目光并没有离开我的眼睛。"发生了什么？"

　　从他说话的声音里，我似乎第一次感到了轻微的战抖，这似乎表明他有意回复我的询问。我一下子跪在他的床边，再一次抓住这个拥有他的机会："亲爱的小迈尔斯，亲爱的小迈尔斯，你知道我是多么想帮你啊！我只是想帮你，别无他意。我宁死也不想增加你的痛苦或亏待你。我宁死也不愿让你受到一丝一毫的伤害。亲爱的小迈尔斯啊"——噢，我把肚子里的话都说出来了，即使说过了头——"为了救你，我需要你的帮助啊！"话音刚落，我就意识到我话说过头了。我的恳求旋即得到了他的回应，然而这种回应就像一阵超乎寻常的寒风，一股强烈的冷气。整个房间剧烈摇晃了一下，仿佛窗户被这阵狂风摧垮了。迈尔斯大声尖叫起来，这尖叫声很快湮没在其他震动声之中。尽管我离他这么近，可我还是难以分清他的尖叫声究竟是出于狂喜还是源于恐惧。我一跃而起，意识到四下一片漆黑。一时间，我们都待着没动，我四下张望，发现拉好的窗帘纹丝未动，窗户紧闭。"咦，蜡烛灭了！"我喊道。

"是我吹灭的，亲爱的！"迈尔斯答道。

18

第二天下课以后，格罗斯太太找了一个机会悄悄地问我："你写好了吗，小姐？"

"嗯，我写好了。"不过当时我并没告诉她，那封信虽然已经封口并写好了地址，却还揣在我的口袋里。邮差来村里之前，我还有时间将它寄出。那天上午，我的两个学生表现得非常乖，好像是有意消除我们之间最近的矛盾。他们展示了自己的算术技艺，大大超出了我薄弱的水平。他们的情绪空前高涨，拿地理和历史上的问题开玩笑。

迈尔斯尤为明显，显然他希望我明白，要想让我失望简直是易如反掌。在我的记忆里，这个孩子实际上生活在一种难以言传的美好和痛苦的境况之中。他的每一次冲动都是一种与众不同的展示。在那些不知情的人看来，他是如此坦率真诚、自由自在，没有哪个小小年纪的孩子比他更聪明伶俐，比他更像一位出众的小绅士。我不得不时时提防着自己改变最初对他的惊奇看法。我要审视自己，因为我常会下意识地注视他，常会因努力无果而发出叹息。正是怀着这种心态，我时而坚持、时而放弃去探寻这样一个谜团：这个小绅士究竟做了些什么，竟然要受到如此惩罚。这么说吧，根据我所知道的黑暗预兆，邪恶的想象之门已经向他敞开。那么这些想象会不会化为行动？我内心的正义感促使我弄清楚。

在这个可怕的日子里，我们早早吃过了午饭。小迈尔斯从未像现在这样更像一个小绅士。他跑到我身边问我是否愿意听他弹半小时的琴。就像大卫给扫罗弹琴时表现了出众的把握时机的能力那样，可以说迈尔斯的弹奏就是对他的机智和慷慨的出色展示，他无异于在直白地说："在我们爱读的故事里，真正的骑士从不会咄咄逼人。我现在明白你的意思了：你的意思是，你并不想打扰我，并不追究我的事——你以后不会再担忧我和刺探我，不会再把我拴在你身边，会让我自由来去。你瞧，我来了，可我却不会走！时间还早着呢。我真的很乐意与你为伴。我只希望你能明白，我是在为某种原则而抗衡。"大家可以想象，我是拒绝了他的恳求，还是不再陪他手拉手去教室了呢？他在那架老钢琴前坐了下来，以前所未有的方式弹奏着。如果有人说他最好是去踢足球，我只能说自己完全同意这种看法。过了一段时间，在琴声的感染下，我的思绪停滞了，坐在那里，一种奇怪的睡意油然而生。正值午餐过后，我们就坐在教室里的壁炉旁，我压根就没有睡着：我只是做了比睡着更加糟糕的事——我居然忘记了弗洛拉这段时间在哪儿。我问迈尔斯时，他先是弹了一会儿琴，然后才简单地回答我："哦，亲爱的，我怎么知道呢？"他突然开心地笑了起来，随即好像是需要唱歌伴奏似的，他又拖着嗓音唱起了一首歌曲，唱得随意而夸张。

我直奔自己的房间,可他的妹妹并不在那里。下楼前,我又查看了其他房间。既然她哪里都不在,那么肯定是同格罗斯太太在一起了。我这样安慰自己,便过去找她。我找到了格罗斯太太,就在前天晚上见到她的那个房间。面对我焦急的询问,她茫然而惊恐,表示全然不知。她以为,吃完饭以后,两个孩子都是跟着我的。她这么想没错,因为在此之前,除非特殊安排,我是从来不会让弗洛拉离开我的视线的。当然,她现在很可能和女仆们待在一起,所以,眼下当务之急就是找到她,而不要兴师动众。我们很快就做好了寻找她的安排,十分钟后,我们在大厅里碰头。我们互相告知仔细查找的结果,仍没能发现她的踪迹。我们在大厅里待了一会儿,面面相觑,默默感觉到对方的恐慌。格罗斯太太此时的恐慌心情与我刚才见到她时别无二致。

　　"她可能在楼上,"她旋即说道,"在你没有查找过的一个房间里。"

　　"不会的。她一定在远处。"我肯定地说,"她出去了。"

　　格罗斯太太瞪大了眼睛说:"连帽子都没戴?"

　　我也瞪大眼睛瞧着她说:"那个女人不是从来都不戴帽子吗?"

　　"跟她在一起?"

　　"的确和她在一起!"我断言道,"我们必须找到她们。"

　　我的手挽住格罗斯太太的胳膊,可是她对我的说法一时还反应不过来。她站在那里发呆,一脸忧心忡忡的神情。"那么小迈尔斯在哪里?"

　　"哦,他和昆特在一起。他们在教室里。"

　　"上帝啊,小姐!"我心里很清楚。我想,我的语气从未如此平静,如此肯定。

　　"这花招他们已经玩过了,"我继续说,"他们的计划实施得很顺利。迈尔斯用了非凡的小手段,先把我稳住,然后让她趁机溜走。"

"非凡的小手段?"格罗斯太太面带困惑地重复道。

"那么就是魔鬼的手段吧!"我兴奋地回答,"他也为自己做了准备。不过,尽管来吧!"

她沮丧而忧郁地看着上方。"你让他——?"

"让他跟昆特一起待这么久?是的,我现在不在乎了。"

在这种时候,格罗斯太太总是会抓着我的手的。眼下她就抓住我的手想要留住我。不过,看到我这样听天由命了,她怔了一会儿后急切地问:"是因为你那封信么?"

听她问到信,我赶紧从口袋里摸出那封信来,高举在手中。然后,我走开,把信放在大厅桌子上。"卢克会来拿信的。"我边说边走回来。我走到屋门口,打开门,站到了台阶上。

格罗斯太太还在迟疑不决。从昨晚到今晨刮了一夜的暴风雨,现在已经停息了,但是午后的天既潮湿又灰暗。我走下去来到车道上,而她仍站在门口。"你不加点衣服去?"

"那孩子什么都没穿,我还在乎什么呢?我可没时间加衣服了。"我高声喊道,"如果你一定要留下,那么你就留下好了。你还可以到楼上看一看。"

"同他们在一起?"哦,一听这话,这可怜的女人马上就跟我走了。

19

我们径直向水塘走去,在布莱,大家都管它叫湖。不过,我想,事实上,这也许不过是一片水塘而已,即便在我这个孤陋寡闻的人眼里,它也并不起眼。我对这些大大小小的水塘知之甚少。说到布莱庄园里的水塘,有几次,在我两个学生的保护下,我登上了停泊在那专供我们使用的老式平底船,水面的宽度和水浪的翻涌使我记忆犹新。登船的地方离屋子有半英里远,不过我深信,不管小弗洛拉身在何处,她都不会在家附近。她从我身边偷偷溜走,肯定不是为了小小的历险。自那天我和她在水塘边共同经历了那场危险之后,我就意识到,我们散步时,她最喜欢去的地方就是那里。这就是为什么我现在带着格罗斯太太朝某个地方走去的原因。待她察觉到时,她流露出不愿意去的意思,一脸困惑:"你在往水边走么,小姐? 你觉得她在——"

"她有可能在那里,尽管那里的水一点都不深。不过,依我看,她很可能就在那天我们看见幽灵的地方。"

"就是她装作没看见的那次?"

"当时,她沉着得令人惊讶! 可以肯定,她一直想独自一人再去那里。现在她哥哥为她安排了这次机会。"

格罗斯太太仍旧站在她刚才停步的地方。"你觉得他们真谈论过那两个幽灵吗?"

"我这样说是有把握的! 要是我们听到他们谈话的内容,会大吃一惊的。"

"那么,假如她在那里——"

"嗯?"

"那么杰赛尔小姐也在那里了?"

"毫无疑问。你会亲眼看到的。"

"哦,谢谢你!"我的朋友大声说完,却站在那里一动不动,反复琢磨着我的话。我只好留下她,继续往前走。不过,等我走到水塘边时,她就追上我了。我明白,她担心我发生不测,我冲在前头,她所面临的危险会小一些。最后,当一大片水映入我们的眼帘,却没有看到孩子的身影时,格罗斯太太如释重负地长舒了一口气。靠近我们的水塘一侧,看不到小弗洛拉的踪迹,而这里也就是我上次看到那女人并大为吃惊的地方,对岸也空无一人,只有一道二十码左右长的边缘地带,一大片浓密的灌木丛延伸到水面。水塘呈椭圆形,宽度比长度窄得多,望不到水面的两端,很有可能有人会勉强把它看成一条河。我们望着空荡荡的水面,随后我感觉到了我朋友目光里的含义。我明白她的意思,于是摇头作答。

"不对,不对,等一下! 她把船弄走了。"

格罗斯太太朝船只停泊处看去,那里空空荡荡的,然后她又朝水面望去。"那么,船在哪里呢?"

"我们没看到船,这就是最有力的证据。这说明她已经划船到对岸去了,然后把船藏了起来。"

"所有这一切——仅靠一个小孩?"

"她可不是一个人。在这样的时候,她已不再是一个孩子,而是一个成熟老练的女人了。"我扫视了一遍岸边,而格罗斯太太反复琢磨着我的奇怪说法,再次表现出心服口服。接着,我指出,船有可能藏在了水塘深处的某个隐蔽处,那里有可能是由高出水面的岸和靠近水面的灌木丛所形成的一个小水湾。

"不过,要是船在那儿,她究竟在哪呢?"格罗斯太太急切地问道。

"这也正是我们必须要弄清楚的。"于是我又开始朝前走去。

"你要绕湖走一圈吗?"

"没错,有多远走多远。十分钟足够了,不过,这点路要让一个小孩来走的话,也太远了。她不会走的,她会直接过河。"

"天哪!"我的朋友再次喊叫起来。我这一连串的逻辑推理让她难以接受。即便如此,她还是紧跟着我。我们绕完一半的路时,我停了下来,好让格罗斯太太喘口气。这条路弯弯曲曲、坑坑洼洼,枝蔓挡道,走得颇为艰辛。我心怀感激地搀扶着她,说她帮了我很大的忙;这样一来,我们又能继续往前走了。几分钟后,我们来到了一个地方,发现了那条船,果然就在我之前预料的地方。显然是有人故意把它停在那里,尽可能不让人发现的。船就拴在靠近水边的一个栅栏的木桩上,以方便上岸。看到那对又短又粗的船桨稳稳当当地停放在船上时,我不由得想到,一个小女孩竟有这般划船的技能,不得不让人惊叹。不过,迄今为止,我已经历了太多的怪事,领教过太多的花样,可以说是见怪不怪了。这道栅栏有个门,我们穿过它,走了一小会儿,来到了一块空地。"她在那里!"我们俩同时喊起来。

弗洛拉就站在离我们不远处的草地上,微笑着,仿佛她的表演才刚结束。她随后做的事就是弯腰摘了一大把丑陋而枯萎的蕨类植物,似乎这才是她来这里的目的。我立即断定,她是刚从灌木丛中出来的。弗洛拉等我们过去,而自己却一动不动。我们以一种少有的严肃表情走近她。弗洛拉一直在微笑,直到我们碰面。这一切都在沉默中进行,这种氛围充满了不祥之感。格罗斯太太率先打破了僵局。她猛地双膝下跪,把孩子揽入怀中,久久紧抱着这个小小的柔软而顺从的躯体。这种无声的激情场面持续之际,我只能旁观。我发现,小弗洛拉的脸庞靠在格罗斯太太的肩头上,眼睛却在偷偷地看我,于是我观察得更仔细了。现在,她的神情很严肃——已经没了刚才闪烁不定的神色。不过,这却让我越发感到痛苦,甚至羡慕格罗斯太太与她之间的那种单纯关系。在此期间,除了弗洛拉把手中的蕨类植物丢到地上外,我们之间没有任何交流。实际上她和我想告诉对方的是,如今任何借口和解释都毫无用处。格罗斯太太最后站起来,牵着孩子的手,站在我面前。她向我投来坦率的目光,显而易见,我们虽缄默无语,却心照不宣。她的目光似乎在说:"我就是被绞死,也不会先开口!"

最先开口的是小弗洛拉。她毫不掩饰她的惊讶,上上下下地打量着我,看到我们没戴帽子,显然很诧异:"怎么啦?你们的衣帽呢?"

"同你的衣帽在一起呢,亲爱的!"我马上回答道。

她已经恢复了快乐的神态,似乎对我的回答很满意。"那么迈尔斯在哪儿呢?"她继续问道。

我被她提出这个问题的勇气彻底征服了:这几个字从她嘴里说出来,如同剑瞬间出鞘般寒光闪现,又如同手里的杯中苦酒——几个星期以来我一直将它高高举起,如今杯中酒水盈满,我甚至来不及开口,它就要从杯中溢出了。"如果你告诉我,那么我也会告诉你。"我听见自己这样说,也听到了话音中的战抖。

"好吧,说什么呢?"

格罗斯太太忧心如焚地看着我,可是现在太迟了。我大大方方地把话甩了出来:"我的小乖乖,杰赛尔小姐在哪呢?"

20

就像那天同迈尔斯在教堂墓地的情形一样,整个事情摆在了我们面前。尽管这个名字从未在我们之间提起过,但是孩子脸上立刻出现的怒意让我觉得,我这样打破沉默,就像打破窗玻璃那样。仿佛为了延缓这种冲击,几乎同时,格罗斯太太大叫一声——就像一只受惊的——准确地说——受伤的动物的尖叫。紧接着,我也惊叫起来。我抓住格罗斯太太的胳膊大喊道:"她在那里,她在那里!"

和上次一样,杰赛尔小姐就站在水塘对岸,面向我们。奇怪的是,我至今依然记得,当时我最初的感觉就是一阵狂喜,因为我有了证据。她就在那儿,那么这证明我说得没错。她就在那儿,这证明我既不是一个痛苦制造者也不是一个疯子。她就在那儿,或许是为了可怜而受惊的格罗斯太太,不过她主要是冲着小弗洛拉来的。在这段可怕的时间内,最不寻常的是我故意向杰赛尔投去一瞥的时刻。在那一时刻,我觉得,尽管她是一个面色苍白、贪婪成性的魔鬼,却仍能捕捉住我那一瞥并对此心领神会——一种难以表达的感激。她就直立在我和格罗斯太太刚离开的地方。她的欲望延伸得如此之远，以至于几乎没有一寸土地不被她的邪念所浸染。最初，我看得清清楚楚，为此激动不已，但这维持了几秒。其间，格罗斯太太眨巴着昏花的眼睛，朝我手指的方向看去，一时间我觉得这是一个重大信号，表明她终于也看到了。我把目光猛地转到了孩子身上。小弗洛拉的反应让我惊讶不已。说真的，倘若她只是焦虑不安，我倒觉得没有什么，可是我没有料到她竟然会如此沮丧。我们一路寻来，她早有准备和警惕，因而她会抑制住自己，不露出任何蛛丝马迹。因此，第一眼看到这始料未及的情景，我深感震撼。从她那粉红的小脸上，我看不到惊恐，她甚至也没假装朝我说的幽灵出现的方向瞥一眼，相反，她只是转向我，神情冷峻而严肃。这是一种我绝对没见过的神情，它似乎是在研究、控告和审判我——这突如其来的变化莫名其妙地把她变成了一个让我望而生畏的女孩。我确信她看到了幽灵，从未像在那一瞬间那样深信不疑。为了证明自己，我激动地叫起来，就是要让她亲眼看一看。"她就在那里，你这可怜的小家伙，看哪，就在那里，那里。我能看见她，你肯定也能看见她！"刚才我就对格罗斯太太说过，在这种时候，弗洛拉就不再是一个孩子而是一个相当老练的女人了。眼前的这一幕最能证实我的这种说法。面对我的大声叫喊，她的眼神里没有让步，也没有默认，脸色越来越阴沉，突然露出不满的神态。要是把所有的事联系起来考虑的话，此刻弗洛拉的神态更让我惊骇，不过同时我也意识到，格罗斯太太也不是一个容易对付的人。紧接着，我这位年长的朋友什么也不顾了，涨红着脸，大声抗议，强烈地表达不满："太不像话了，小姐！你说你看到了什么东西，在哪儿呢？"

我只好迅速抓住格罗斯太太，因为即使在她说话的时候，那可怕的幽灵依然清晰而大胆地站在那里。此时，我继续抓着格罗斯太太，使劲往前推她，用手指着让她瞧那个幽灵。"我们能看见她，你怎么会看不见她呢？你想说你现在看不见——现在吗？你看，她在那里就像一团燃烧的火焰那样耀眼啊！仔细瞧瞧吧，亲爱的，瞧哪——！"她照我说的瞧了后，深深叹息了一下，这声叹息既包含了否认、反感和同情，也包含了她对自己看不见幽灵的惋惜和遗憾。她还流露出这样的意思，但凡能帮得上忙的，她一定会支持我，这一点让我当时为之动容。我可能需要这样的支持，因为事实证明她的眼睛被彻底蒙蔽了，这让我深受打击。我感到自己的境况糟糕透了。我感觉到——也看到——那位面色发青的前任正向我逼来，迫使我认输。最重要的是，我意识到，从此刻起我得应对小弗洛拉的那种令人惊骇的心态。正在我失落的时候，格罗斯太太猛然介入进来，情绪紧张地安慰弗洛拉，使原本胜利的希望破灭了。

"她不在那里，小姐，没人在那里。你什么也没看见，我的宝贝！可怜的杰赛尔小姐怎么会在那里呢？她死了，下葬了。我们都知道，不是吗，亲爱的？"她紧张地对孩子解释道，"这只不过是一场误会，是自寻烦恼，是开玩笑。我们还是尽快回家吧！"

听到这话，弗洛拉马上表现出一种奇怪的谦恭有礼的样子。她同站在那里的格罗斯太太好像又联起手来同我对着干了。弗洛拉仍然瞪着我，一脸不满的样子。就在那时，我看到弗洛拉站在那儿紧紧地牵着格罗斯太太的裙子，她那无与伦比的童真之美顿时消失殆尽。我已说过，她简直变得极其不近人情，变得非常平凡，几乎可以说是丑陋。"我不知道你是什么意思。我没看见任何人。没看见任何东西，从来没有看见过。我觉得你好残忍。我讨厌你！"大概只有那种粗俗无礼的街头女孩才能说出这样的话。说完这些话后，她把格罗斯太太搂得更紧了，将可怕的小脸埋在她的裙子里，发出近乎愤怒的哀号:"带我走,带我走——噢,把我从她身边带走!"

"离开我?"我喘着粗气。

"离开你,离开你!"她哭喊道。

甚至就连格罗斯太太也远远瞧着沮丧的我。我无计可施,只好再次关注对岸的那个幽灵。她一动不动地站在那儿,仿佛隔着湖倾听我们的声音,显然她在那里并不是为了帮我,而是幸灾乐祸地看我倒霉。这个可怜的孩子刚才说的话字字伤人,这些话好像来自外部什么地方。因此,我不得不满怀绝望地接受这样的局面,只是悲哀地冲着她摇头。"假如说我以前有过怀疑的话,那么现在,所有的怀疑都将烟消云散。我一直与这可怕的真相朝夕相处,而这真相就近在咫尺。当然了,我失去了你。我曾干预过,而你,在她的授意下,"我说着,又把脸转向对岸瞧那个恶魔般的目击者,"找到了最容易和最完美的应对方法。我已竭尽所能,可还是失去了你。再见吧。"对格罗斯太太,我用一种命令的口气,近乎歇斯底里地大声说:"你走,你走!"格罗斯太太痛苦极了,只是默默地紧搂着弗洛拉。她显然明白,尽管她什么也看不见,但一定是发生了什么可怕的事,某种灾难正在吞噬着我们。于是,她顺着我们来时的路,尽可能快地离开了。

这时只剩下我一人在那儿。这期间最初发生了什么,我记不清了。我只知道,大约一刻钟之后,一股难闻的湿气,一种粗粝而凄冷的感觉,便混合着我的烦恼袭来,我觉察到,自己想必是扑倒在地,放声恸哭。我一定趴在那里哭泣了很久,因为当我抬起头来时,天几乎快全黑了。我站起来,透过暮色,望了望灰暗的池塘,以及空荡荡的幽灵出没的湖边,然后我沿着一条单调而崎岖的路往家走去。走到栅栏门时,我惊讶地看到,船不见了。这样一来,对于弗洛拉那种不同寻常的操控局面的能力,我又有了新的认识。那天晚上,大家心照不宣,她和格罗斯太太睡在一起,这可说是最佳安排。我这么说或许不恰当,却并不让人觉得奇怪。回家后,我没见到她俩。然而,或许是作为一种说不清道不明的补偿吧,我不断地见到迈尔斯。怎么说呢,碰见他的机会大大超过了以往。我在布莱庄园度过了这么多夜晚,但没有哪一个夜晚像今晚这样让人充满不祥之感。尽管有这种不祥之感,尽管恐惧就深潜于床下,但仍能在伤感中感受到一种不同寻常的甜蜜,然而这种甜蜜感越来越淡。回到家后,我没顾得上找迈尔斯,而是直奔自己的房间换衣服。只消扫一眼,就能看到许多弗洛拉同我决裂的物证。她那些小小的物品都搬走了。后来,在教室里的炉火旁,一个女佣给我斟了茶。看到另一个学生的物品,我什么也没询问。他现在自由了——他也许这辈子可以自由到底!好吧,他的确享有自由了。他大约八点过来,坐在我身边,默不作声。女佣进来将茶具撤走,我吹灭蜡烛,将椅子拉近炉火。我感到一股寒气透骨,就好像身子再也暖和不起来似的。当迈尔斯进来时,我正对着火光沉思冥想。他在门口稍停片刻,好像在打量我;接着,仿佛是为了分担我的忧思,他走到炉火的另一边,一下子坐在了椅子里。我们坐在那儿,一片沉静。不过,我觉得,他想和我待在一起。

21

第二天一早,天尚未破晓,在我的房里,我一睁眼就看到了格罗斯太太。她来到我床边,告诉我一个更糟糕的消息。弗洛拉显然在发烧,一场大病看来不可避免。她昨晚睡得很不安稳,整夜焦躁不安,而让她最为恐惧的根本不是以前的家庭教师,而是现在的家庭教师。弗洛拉并不反对杰赛尔小姐再次出现,她明显激烈反对我的出现。我立刻起身,心中有一大堆问题想问。看得出来,格罗斯太太是鼓足了勇气又来见我的。我一问她我和孩子谁更诚实这个问题时就感觉到了这一点。"她是不是一口向你咬定,她什么东西都没有看见,也从来没有看见过?"

格罗斯太太显然顾虑重重。"唉,小姐,这种事我可不能逼着她讲出来! 我得说,似乎也没有这个必要。这事已经弄得她身心疲惫不堪了。"

"哦,就在这里我也能完全想象出她的样子。她就像那些高高在上的小名人一样,怨恨别人指责她不诚实,有损体面。我确实走错了一步! 她再也不会跟我讲话了。"

这事既可怕又费解,格罗斯太太一时间不知道说什么才好。然后,她坦率地认同了我的看法。不过我敢肯定,在这种坦率的后面还隐藏着更多的东西。"我确实认为,小姐,今后她不会再理你了。她的态度很明确。"

"她的态度,"我总结道,"实际上正是她的问题所在!"

哦,这种态度,我从格罗斯太太的脸上也能看出来,除此之外没有别的! 她补充道:"每隔三分钟她就会问我你是否会进来。"

"我明白,我明白。"就我而言,还有不少问题亟待解决。"从昨天起,她除了否认自己同任何可怕的东西有瓜葛外,有关杰赛尔小姐,她说过一点什么吗?"

"只字未提,小姐,当然,这你是知道的,"我的朋友补充道,"在湖边的时候,我是相信她的,至少在当时并没有人在那里。"

"当然啦! 你自然现在仍然相信她。"

"我不愿意否定她。我还能怎么样呢?"

"根本就没办法! 你要对付的是一个绝顶聪明的小人儿。那两人,我指的是他们的两位朋友,把他们调教得益发聪明,甚至超越了他们的天分。要知道,他们是天生的良才美质,只是被利用了啊! 弗洛拉现在感到不满,她会借题发挥,不会善罢甘休的。"

"是的,小姐,可是什么才算是'善罢甘体'呢?"

"嗨,就是让她伯父处理我呗。在他面前,她会把我说成是最卑劣的人!"

看到格罗斯太太的脸上一副好戏即将上演的神情,我不由得退缩了。她看了一会儿,仿佛清楚地看到了弗洛拉和她伯父在一起的情形。"主人对你相当不错呀!"

"到现在我也这么认为,他证明这一点的方式很奇特,"我笑着说,"不过,这无关紧要。弗洛拉当然想摆脱我。"

格罗斯太太勇敢地表示赞同。"她甚至不想再看到你啦。"

"那么你现在找我做什么?"我问她道,"是催我离开这里吗?"不过,没等她开口,我又说道:"我有个更好的主意,这是我深思熟虑的结果。我离开这里或许是对的,礼拜天我就差点走了。可是这样做并不能解决问题。必须走的是你。你一定要把弗洛拉带走。"

听到这话,格罗斯太太沉思起来,"可是我该去哪里呢?"

"离开这里,离开他们。现在最重要的是,离开我。直接去找她的伯父。"

"仅仅是为了告你的状?"

"不,并非'仅仅'而已! 也为了让我留下来,想法子补救。"

她还是一头雾水,说:"你有什么办法?"

"首先我得靠你的忠诚,其次是迈尔斯的。"

她盯着我:"你觉得他——"

"他若有机会就会同我作对的,是吗? 是的,我这么想的确是在冒险,可无论如何我也得试一试。尽快把他妹妹带走,让我留下来只同他待在一起。"我惊讶于自己还有这样的精力,不过靠这种精力要应付这样的事略显不足。尽管我说得很清楚了,可是格罗斯太太还在犹豫。"当然,有一件事,"我继续说道,"在她走之前,兄妹俩一定不能见面,几秒钟也不行。"接着,我想到,尽管弗洛拉从池塘边回来后就可能被隔离了,但我这么说可能为时已晚。"你的意思是,"我焦急地问道,"他们已经见过面了?"

她的脸一下子红了。"哦,小姐,我还不至于这么傻!每次要是不得不离开她,我都会留下一个女仆陪着她。眼下,尽管她一个人待着,但是我把房门锁牢了。不过——不过!"这里面肯定大有文章。

"不过什么?"

"哦,你对那个小绅士就这么有把握?"

"除了你,我对任何事都没有把握。不过,从昨晚起,我就有了新的希望。我觉得他想对我透露点什么。我真的相信,这个漂亮的孩子,这个可怜的小家伙!——他是想说什么的。昨晚,在炉火旁,他一言不发,在我身边坐了两个小时,话好像已经到了他的嘴边。"

格罗斯太太透过窗户,望着阴云密布的灰色天空。"他说出什么了吗?"

"没有,尽管我等了又等,可我得承认,他什么都没有说,始终保持沉默,丝毫没提及他的妹妹,也没说起她离开的原因。最后,我们吻别,互道晚安。"我继续说,"即使她伯父见到她,我也不会同意让他见她哥哥的。这主要因为目前情况很糟,迈尔斯还需要时间——"

对这个问题,我的朋友面带勉强之意,这让我难以理解。"你说需要多一点时间,是什么意思?"

"哦,再需要一两天吧,就能让他把话说出来。到时候,他就会站在我这一边,你知道这多么重要。如果他什么都不说,我也只不过徒劳无功而已。最坏的情况也就是,你们到了城里,尽你所能把事办了,也等于帮我了。"我把自己的考虑当面说给她听了,可她还是莫名其妙地有些局促不安,我只好又帮她拿主意。"说真的,除非,"我一锤定音,"你实在不想去。"

我能看得出来,她脸上的表情终于变得明朗起来。她向我伸出手来，以示承诺。"我去，我去，今天上午就走。"

我想把事情办得通情达理一些。"如果你还想再等等，我会保证不让她看见我的。"

"不，不。这个地方本身就有问题。她必须离开。"她用忧郁的目光看了我一会儿，然后把没说完的话都说了出来："你的主意是对的，小姐。我自己——"

"怎么？"

"我待不下去了。"

她的神情让我立刻想到了各种可能性。"你的意思是，从昨天开始，你看见了——？"

她郑重地摇摇头："我听见了——"

"听见什么？"

"恐怖的事！是从那个孩子那儿听说的。就在那儿！"她悲叹道。"以我的人格担保，小姐，她说——！"话才刚起了个头，她就控制不住自己的情绪，倒在沙发上突然哭起来，就像我先前看到的那样，她被痛苦淹没了。

而我的情感反应则全然不同，我情不自禁地说："啊，感谢上帝！"

一听这话，她又猛地站起来，揩干眼泪，呜咽着说："感谢上帝？"

"这样就证明我没有错！"

"确实如此，小姐！"

她是那么肯定，我不能再奢求更多了。不过，我还是犹豫了一下，问道："她是不是很可怕？"

我看到，格罗斯太太几乎不知该如何说了。"太让人震惊了。"

"是关于我的？"

"是的，小姐，是关于你的。既然你想知道，那么我就告诉你。对于一个小淑女而言，她说的真比什么都可怕。难以想象，她究竟是从什么地方学来的。"

"你是说她用骇人听闻的话来说我吗？那么，我能想得出她会说什么了！"我笑着插了一句，话里有话。

这么说只是让我的朋友显得越发严肃了。"好吧，也许我也应该想得出，因为我以前就听过类似的话！可我还是受不了，"这个可怜的女人一边往下说，一边瞥了一眼搁在我梳妆台上的手表。"我得回去了。"

可是，我想挽留她："哦，要是你受不了的话——！"

"你是说，我怎么还能同她待在一起？哦，就为了这，也要把她带走，远离这个地方，"她继续说，"远离他们——"

"或许她改变？或许她会得到解脱？"我开心地抓住格罗斯太太。"那么，尽管遭遇了昨天的事，你仍然相信——"

"相信这些事？"她的表情已经简单地说明了一切，无须多问，不过她还是前所未有地告诉了我一切。"我相信。"

是啊，这真让人开心。我们依然是心往一处想、劲往一处使：只要我仍能对此确信无疑，那么不管发生其他什么事，我也就无须介怀了。面对灾难，我的支持正如我初来时需要自信那样重要。只要我的朋友能确信我的真诚，那我就能应付任何事。然而，就她离开的问题上，我总觉得有些难为情。"我想起来了，有一件事你得记住，我提醒东家的那封信会在你之前送达城里的。"

我现在越来越觉得，她一直在绕弯子，现在终于感到不胜其烦。"你的信到不了那里。它根本就没有寄出去。"

"怎么回事？"

"天晓得！迈尔斯少爷——"

"你是说他拿走了那封信？"我倒抽一口气。

她迟疑不决，不过最终还是克服了自己的不情愿："我是说，昨天我和弗洛拉小姐回来时,信就已经不在那里了。后来,晚上,我找机会问了卢克,他说他既没有看到也没有碰过那封信。"说罢,我们只能彼此心照不宣地意会了。最后还是格罗斯太太得意扬扬地最先开口:"这下你明白了吧!"

"是的,我明白了。如果信是迈尔斯拿走的,那他很可能已经看过信,并且把它毁了。"

"你就没看出别的什么吗?"

我面带苦笑地看着她说:"我突然发觉,这一回,你的眼睛睁得比我的还大。"

事情确实如此。不过她还是红了脸,对我说:"我现在明白了,他在学校里一定是做了什么事情。"她绝望地点了点头,动作有点滑稽可笑,可话却一针见血:"他偷东西!"

我想了一下——我努力做出更加公正的判断,说:"嗯,或许吧。"

看她的表情,我的镇定似乎出乎她的意料。"他偷了信!"

她无法理解我何以如此镇定,毕竟她头脑很简单。因此,我尽量说得更明白一些。"我希望,他以前干这事时比这回更有意义!不管怎样,昨天我放在桌上的那封信,"我继续说,"不会给他带来什么收获,因为信的内容只不过是请求见个面罢了。迈尔斯干了这么一件大事,却近乎一无所得,想必一定羞愧难当。昨晚他一定是想对我坦白这件事。"刹那间,我似乎掌握了一切,看清了一切。"离开我们,离开我们。"我已走到门口,催她快走。"我会让他把一切都说出来的。他会来见我,向我坦白的。如果他坦白了,他就得救了。如果他得救了——"

"那么你也得救了,是不是?"这可爱的女人说罢吻了我一下,我同她道别。"即使没有他,我也会救你的!"她一边走,一边大声说道。

22

　　然而,格罗斯太太刚一离开,我就想她了。也就在这时,巨大的压力真的来了。我期望同迈尔斯单独在一起会有所获益,我很快想到,这至少给了我一次权衡利弊的机会。实际上,当我下楼听说格罗斯太太和弗洛拉乘坐的马车已经驶出大门时,焦虑便立刻袭上心头。我对自己说,我现在得面对一切。在这余下的时间里,我在同自己的软弱做斗争时,也意识到自己过于轻率莽撞。目前我的处境更加艰难,难以有回旋余地。更有甚者,我还是第一次从其他人脸上看到了他们对这场危机的困惑不解。格罗斯太太的匆匆离去发生得太突然,自然会使他们目瞪口呆,因为我们对于此事几乎未做任何解释。男女用人们都是一脸茫然。看到他们这样,我越发紧张,直到我意识到有必要将这种紧张情绪转化为一种积极的帮助。简而言之,只有我把握好船舵,才能避免沉船。我敢说,为了承担起一切,那天上午,我变得格外沉着镇定。我欣然独自挑起这副重担,也让其他人明白,尽管由我独自一人负责,但我的意志坚如磐石。在随后的一两个小时里,我就怀着这样的心态四处查看。毫无疑问,我已做好了迎战的准备。因此,为了那些与此事相关的人,我忧心忡忡地往前走。

　　到吃晚餐时,似乎与此事最无关的人反倒是小迈尔斯。我四处查看的时候,根本没看见他。前天,为了帮弗洛拉,他用弹钢琴的伎俩缠住我,欺骗我,愚弄我,结果,我们俩的关系发生了变化,而且这种变化越传越广为人知。弗洛拉先是被隔离然后又被送走,这自然证实了大家的传闻,而我们如今又一反常规不再上课,更使得这种变化引人注目。我下楼经过迈尔斯的房间,推开他的房门时,他已经不在那里了。我在楼下得知,在两个女仆的伺候下,他同格罗斯太太和他的妹妹已用过早餐了。然后,他出了门,据他自己说,散步去了。

我想，对于我的职责的突然变动，再没有比他这一举动更能坦率地表达他的看法了。他是否能容许该新职责的范围还有待解决。无论如何，我想，自己可以轻松一下了，用不着再找借口遮掩了。如果说许多问题都已浮现出来，那么我这么说绝不算夸大其词：也许最突出的问题是，我还要继续教他，真是令人荒唐可笑。让人惊讶的是，他凭借那些远胜于我的小伎俩来顾全我的面子，而我却不得不恳求他让我放松下来，直面他的真实能力。反正他现在自由了，我再也不会碰这事了。就像我先前说的那样，头天晚上，他来到教室里和我做伴，关于此前发生的事，我既没有挑起话题，也没有丝毫暗示。从那一刻起，我的心里就有了许多其他想法。然而，等他终于到来时，我却感到这些想法都难以实施，这漂亮的小人儿还是以前的样子，在他身上看不到丝毫的污点和阴影，我明白要实施我的这些想法谈何容易，问题只会越来越多。

为了彰显我的高雅格调，我吩咐将自己和迈尔斯的用餐地点安排在楼下，此刻我在那个沉闷的房间里等他。记得我来布莱庄园后的第一个恐怖的礼拜天，当时我从格罗斯太太那里来到这个房间的窗外，看到有某种东西在我眼前闪过，这种一闪而过的东西很难说是光。此时此刻，我再次感到，我的心态能否保持平静，取决于我的意志是否坚强。在我不得不面对的事实面前尽可能紧闭双眼实属不自然。我只能将"自然"化为我的自信和理由，将这场严酷的考验当成朝着非同寻常、令人不悦的方向的一次冲刺，义无反顾地走下去。然而，这样做毕竟是在追求一个美好的前景，即进一步强化普通人类的美德。相比从前，这次尝试更需要机智，不仅是为了自我，也是为了人类的全部本性。对于已经发生之事，我怎么可能用如此少的笔墨来描述清楚呢？另一方面，在提及往事时，又怎么能不再触及那可怕的幽灵呢？还好，没过多久，我就想到了一种解决办法。当看到迈尔斯身上那难得一见的东西时,我的想法毋庸置疑地得到了证实。就像他过去在上课时常做的那样,他现在似乎找到了另一种好办法来让我放松。当我们独处时,难道不会有光闪现吗?这光明亮耀眼,从未消逝。事实上,获得帮助的机会——一个难得的机会来了。拒绝一个禀赋如此优异的孩子的帮助,岂不是很荒唐吗?上天赐予他这般聪明才智不就是为了拯救他么? 可是,走进他心灵的人是否会有扭曲他的性情的风险? 当我们面对面地坐在餐厅里时,仿佛是他在为我指明方向。桌上摆着烤羊肉,我已打发走服侍用餐的仆人。迈尔斯还没坐下,他双手插在兜里站了一会儿,看了看羊肘子,似乎想幽默地评论一番。不过,他当时说的是:"我说,亲爱的,她真的病得很厉害吗?"

"小弗洛拉吗?没那么厉害,她很快就会好起来的。伦敦的环境有助于恢复她的健康。布莱庄园不再适合她了。过来,拿点羊肉吃。"

他马上听从了我的吩咐,小心翼翼地端着盘子走到自己的座位上。他坐好后,又问道:"布莱庄园怎么会突然间不适合她了呢?"

"并不是你想的那样突然,我早就看到了这个问题。"

"那么为什么不早一点把她送走呢?"

"什么早一点?"

"在她病得不能动之前。"

我很快回答道:"她并没有到病得不能动的程度。要是她继续待在这里,她倒有可能会病到这种程度。要抓住时机才行。离开这里能消除她在这里受到的影响。"——啊,我干得真漂亮! ——"摆脱这里的影响。"

"我懂了,我懂了。"在这件事情上,迈尔斯的反应也挺不错。他开始吃起饭,举止中规中矩,真是迷人,从他回来那天起,就完全不用我费神纠正他的用餐举止。不管学校开除他是出于何种原因，反正不可能是因为他吃相难看。今天，他的表现一如往常，无可指责；不过，毫无疑问，他比平时更加刻意。显然，他在努力想把更多他不知道的事视为理所当然之事，他想不借助外力，轻而易举地弄清楚它们。一旦他清楚了自己的处境，便会立刻沉默起来。我们的午餐进行得很快，实际上我只是装装样子，然后马上吩咐仆人撤走了餐具。此时，迈尔斯又站了起来，手插在裤兜里，背对着我——站在宽大的窗户前往外看。那天，也正是通过这扇窗户，我看见了那个让我驻足的幽灵。女仆在我们身旁的时候，我俩继续保持沉默。这样的沉默让我产生了一种奇想，我们宛若一对蜜月旅行中的小夫妻，身居旅店，在侍应面前有话不好意思讲。直到这位侍应离去，他才转过头来说："好啦，现在只剩下我们俩了！"

23

"哦，算是这样吧。"我想，我当时笑得一定很苍白。"可也不完全是啊。我们不该喜欢这个样子！"我继续说道。

"不喜欢，我想我们不该喜欢。当然啦，还有别人跟我们在一起呢。"

"还有别人，的确如此。"我附和道。

"不过，尽管有其他人，"他回应道，双手仍然插在口袋里，一动不动地站在我面前，"他们并不很重要，对吧？"

我想尽力抓住时机，可觉得自己的回答很无力："那要看你的'很'字到什么程度！"

"是啊。"他附和我说，"凡事都要看情况！"不过，他说完，又转身迈着迟疑不安的步子朝着窗户走了过去。他在窗前待了一会儿，前额抵在窗玻璃上，注视着我所熟悉的那片呆板的灌木丛和十一月里单调乏味的景象。我总会利用做针线活来掩饰自己的紧张。这一回,我坐到沙发上平定自己的情绪。以往心烦的时候,我也是这么做的。我所说的心烦的时候,是我知道两个孩子接触了什么,而我却被排斥在外的时候。这时,我便会通过找事做的方式来稳定自己的情绪,并做好最坏的打算。不过,从迈尔斯窘迫的背影中,我突然获得了这样一种感觉:我现在并没有被排斥在外。几分钟过后,这个推想变得越发明确,随之而来的还有我的直觉:可以肯定的是,被排斥在外的人是他。那扇方形的大窗户就像是一幅画,将他的失败定格其中。反正我觉得,我看到了他被关在里面或被关在外面。他让人羡慕,但并不适意。我对此心领神会,不免萌生出希望来。透过幽灵出没的窗格,他是不是在找寻他看不见的什么东西呢? 就整个事件来看,这难道不是他头一回遭遇这样的失败吗? 头一回,确实是头一回,我觉得这真是个好兆头。他为此事感到焦虑不安,可他小心翼翼地掩饰着自己的心思。他焦虑了一整天,即便他坐在餐桌边,仪态一如往常,却还是需要依靠他那点天分来掩饰。最后他回过身来面对我,那种天分也几乎消失殆尽。"好吧,我想,布莱庄园是适合我住的!"

"在过去的二十四小时里,你看到的东西要比以前多得多。"我充满勇气继续说道,"我希望,你在这里过得愉快。"

"哦,是的,迄今为止我一直过得不错。我四处闲逛,甚至可以跑到几英里外的地方。我从未如此自由自在过。"

他确实有自己的说话风格,我只能设法跟上他的思路:"那么,你喜欢这样了?"

他站在那儿笑着。最后,他蹦出两个字:"你呢?"仅仅两个字,却包含着如此之大的区别,这是我从未听到过的。不过,不等我回答,他又接着往下说了。他似乎感到自己的话有些唐突,于是缓和了一下语气："你做事的方式再好不过了。当然,假如我们俩独处,最孤单的还是你。不过我希望,"他加了一句,"你不要太在意!"

"是在意和你独处么?"我问道。"亲爱的,我怎么会介意呢? 尽管我已经不再奢望跟你形影不离——你太遥不可及了——不过,至少我乐在其中。要不然,我待在这里还能为什么?"

他眼睛直直地看着我,神情更加严肃了。我突然从他的脸上发现了一种从未见过的美。"你留下来,就是为了这个?"他问道。

"当然,我是作为你的朋友留下来的。我非常关心你,能够做一些对你有好处的事情。你不必对此感到惊讶。"我的声音抖得厉害,难以控制。"就在那个暴风雨的夜晚,我坐在床边对你说过的话,你难道不记得了吗? 当时我说,为了你,天底下任何事情我都愿意去做。"

"记得,记得!"显然他越来越紧张,在极力控制自己的声调。不过他的控制力比我强多了。他在心情凝重之时也能笑出声来,能够装作我们俩是在开心地说笑。"我想,你这么说只是为了让我为你做些什么事吧!"

"这只是部分原因,"我承认道。"不过,你心里清楚,你没有做到。"

"哦,对,"他说道,听起来明快而热切,"你想让我告诉你一些事情。"

"没错。不妨直言。你心里在想些什么,你自己清楚。"

"呵,那么你留下来就是为了这事?"

尽管他说得兴高采烈,但还是透露出一丝不满。但是,我听得出来,他的话隐约表达了让步的意思。这就好比,我渴望已久的东西最终降临了,这让我惊讶不已。"哦,对,我可以实话实说,正是为了这个,我才留下来的。"

他许久没吱声，我以为他在考虑如何反驳我。然而，末了，他却说："你的意思是，现在就在这里说吗？"

"现在，时间和地点都再合适不过了。"他不安地往周围瞧了瞧。哦，这让我产生了一种奇怪的感觉，这还是我第一次看到他流露出恐惧的神情。他仿佛突然害怕起我来，我觉得，这也许对他来说不是件坏事。不过，勉力让自己看起来很严厉实属徒劳。接着我听见自己发出了心声，这声音轻柔得近乎异常。"你又想出去吗？"

"太想了！"他勇敢地朝我笑了笑。他那因痛苦而涨红的脸更加突显了他的勇气。他拿起刚才带来的帽子，站在那里将帽子挑在手中转来转去。我觉得，尽管我眼看就要抵达目标，却又对自己的所作所为产生了一种违反常情的恐惧。无论用何种方式做这件事，都是一种暴行，因为我逼迫他承认自己有错甚至有罪，而他只不过是一个无助的小家伙；在他身上，我看到了美好交往的种种可能性。让一个如此可爱的孩子陷于这样一种陌生的窘境，这难道不卑劣吗？我想，我现在已看清了我们的处境，可在当时却没能看清。我似乎看到，那时我们的眼睛就已经闪现出预见痛苦将至的火花。所以我们战战兢兢、顾虑重重地围着目标转圈，就像战士不敢靠近敌方那样。然而，我们害怕的正是对方啊！这种情形使双方都暂时处于僵持状态，毫发无伤。"我会把一切都告诉你的，"迈尔斯说，"我是说，我会把你想知道的都告诉你。你留这里同我在一起，对我们双方都好。我会告诉你，我会的。只不过不是现在。"

"为什么不是现在？"

听了我的追问，他转过身去，又一次默默地走到窗前。我们沉默不语，四周静极了，连针掉落的声音都可以听见。然后，他又来到我跟前，好像外面有人在等他。"我得去见卢克。"

我还不至于逼得他撒这么低级的谎。我真替他害臊。不过，尽管这谎说得太离谱,但它还是能让我了解到真相。我若有所思地钩了几针手里的毛线。"好吧,你去见卢克吧。我会等你兑现承诺的。只不过,作为回报,你走之前,得满足我一个小小的要求。"

他似乎觉得自己的要求得到了满足,可以同我进行讨价还价了。"一个很小的要求?"

"对,只是整个事情中的一小部分而已。"哦,我全神贯注于自己的针线活,顺口问道:"告诉我,昨天下午,你是不是把客厅桌子上的那封信拿走了?"

24

我没留意到他对我说的话作何反应,因为当时我的注意力猛地被什么东西吸引过去了。我直挺挺地跳了起来,不顾一切地抓住他,把他拽到身边。同时,为了不让自己摔倒,我靠住离我最近的家具,本能地让他背对着窗户。幽灵出现在我们面前,我不得不在这里与他正面交锋。我看到,彼得·昆特就像一个守在监狱门前的看守。接着我看见他从外面向这边走来,一直走到窗边,将他那张阴森惨白的脸紧贴在玻璃上,朝屋里怒目而视。眼前发生的这一幕让我立刻拿定了主意。不过我相信,没有哪个女人在遭受如此惊吓之后,居然还能很快回过神来控制自己的行为。我意识到,眼前出现的幽灵让人惊恐万状,我应该立即采取行动,面对自己看到的幽灵,不让孩子知道他的存在。这灵感——我想不出还有什么词语能够这样称呼它——让我感到自己拥有自由意志,拥有超凡的能力。这就像是在跟一个魔鬼争夺一个人的灵魂。当我充分认识到这一点时,我便看见在离我一臂之遥的地方,那人的灵魂正擎在我战抖的双手中,此刻一粒完美的汗珠出现在迈尔斯那可爱的额头上。这张近在咫尺的小脸,和那张贴在玻璃上的脸一样惨白。此刻从迈尔斯那里传来一个声音,既不低沉也不微弱,好似从很远的地方飘来。听见它,我就像吸吮了一缕清香。

"是的,是我拿了信。"

一听此话,我发出了一声欣慰的低吟,紧紧拥抱了他。我把他搂在了胸口,能感觉到他那小小躯体的热度和他那颗小小心脏的剧烈跳动。我目不转睛地盯着窗户那儿的幽灵,看见他移动和变换姿势。我刚才把他比作一名监狱看守,不过他缓缓地转着圈子,更像是一只踱来踱去的困兽。尽管我现在勇气陡增,但还是不敢让幽灵闯入。因此,我还不能表现得太冲动。此刻,那张脸又在窗前出现了,这个恶棍一动不动地站在那里,好像在观察和等待。我相信自己现在能够挑战他,而且我也确信,这孩子此时尚未觉察到他的存在,于是我接着问:"你为什么拿信?"

"想看看你说了我什么。"

"你拆开了信?"

"是的,我拆开了。"

我稍微松开了迈尔斯的身体,紧盯着他的脸。他脸上那种嘲弄的神情已荡然无存,焦虑不安使他几乎崩溃。奇妙的是,我终于成功地封闭了他的感觉,切断了他与外界的沟通。他知道,有什么东西就在附近,可他却不知道那是什么;他更不清楚的是,也有东西在我附近,可我知道那是什么。我再次朝窗户看去,幽灵不见了,窗外又明亮起来,这难道是我个人的胜利? 难道幽灵的影响已被淬灭? 既然如此,先前的痛苦、烦恼又算得了什么? 窗外空空如也。我觉得自己打赢了这一仗,而且接下来一定会大获全胜。"你什么也没发现吧!"我毫不掩饰自己的得意心情。

他极度悲哀,思虑重重地摇了摇头:"什么也没有。"

"没有,没有!"我几乎开心地喊了起来。

"什么也没有,什么也没有。"他重复地悲叹道。

我吻了一下他的额头,上面汗水涔涔。"那么,你是怎么处理那封信的?"

"我烧了。"

"烧了?"此时不追问到底,更待何时?"你在学校里就是这么干的吧?"

哦,这就是他的回答!"在学校?"

"你是不是拿过信? 或者别的什么东西?"

"别的什么东西?"看他的样子,仿佛是在回想很久以前的事——只有在焦虑中绞尽脑汁才能回想起来的事。他终究还是听懂了我的话:"你是问我有没有偷东西?"

我觉得自己的脸一下子红到了耳根。我不知道,拿这样的问题去盘问一位小绅士,或者看他默认自己堕落到这种程度,是不是更奇怪。"你是不是因为这事没法回学校去了?"

他只显得非常诧异:"你知道我回不去了?"

"所有的事儿我都知道。"

听到这话,他看了我好久,目光古怪。"所有的事儿?"

"是的。所以,你是不是——?"那个字我再也说不出口了。

迈尔斯却说出来了,那么轻而易举。"没有,我没偷东西。"

我的表情想必让他看出,我是完全相信他的。而我的双手却在轻柔地摇晃着他,好像在追问他,既然这其中并无玄机,为何要无缘无故地叫我饱受折磨。"那么你到底干了什么?"

他茫然而痛苦地望着天花板,深吸了两三口气,呼吸似乎有点困难。他好似站在海底深处,抬眼捕捉朦胧的绿光。"是这样——我只不过说了什么。"

"仅此而已?"

"他们认为这足以开除我了！"

"足以把你赶走？"

说真的，我还从没有见过一个被开除的人像他这样几乎找不出理由来替自己辩解的！他似乎在考虑我的问题，然而却表现出一副漠不关心，甚至几乎无能为力的样子。"哦，我想，我不该这样说吧。"

"可你是对谁讲了那些话呢？"

他显然在努力回想，可却想不下去了，因为他忘了。"我想不起来了！"

在失败的凄凉中，他冲我笑了笑。到此，实际上我已大获全胜了，本该就此收兵的。然而，我却让胜利冲昏了头脑。这场较量的结果本该大大拉近我和他的距离，没想到反而让我们更加疏离。"对所有人都这么说吗？"我问道。

"没有，只是对——"他难过地摇了摇头。"我不记得他们的名字了。"

"当时人很多吗？"

"不多，就几个人。就是我喜欢的那些人。"

他喜欢的那些人？我不仅没能明白，反而更加糊涂了。就在那一刹那，出于怜悯，我想他也许真的是无辜的。这念头让我惊慌起来。我一时感到疑惑不解。要是他真是无辜的话，那么我到底算什么呢？我被这个问题纠缠住了，不由稍稍松开他一点。他深深地叹了一口气，又转身去背对着我。当他面朝窗户时，我难过地想，我没法不让他看见那里了。"他们有没有把你的话讲给其他人听？"过了一会儿，我继续问道。

他很快与我拉开了一段距离，依旧喘着粗气。尽管没了刚才的怒气冲冲，可他仍显露出不愿违心的神态。像刚才那样，他又一次望着外面昏暗的天色，仿佛迄今支撑他精神的，只是无法形容的焦虑而已。"哦,是的!"他还是回答了。"想来他们一定把话传出去了,传给了他们喜欢的那些人。"他又补充说。

他的说法比我预料的简略,可我还是琢磨了好一会儿。"那么这些话就传开了?"

"传到老师那里? 哦,对!"他回答得非常简单,"可我并不知道他们会讲给那些老师听呀。"

"那些老师? 他们并没有——他们从没说过,所以我才问你。"

他那张发烧的漂亮脸蛋又转向了我,说:"真是的,太坏了。"

"太坏了?"

"我想,我有时说的话太坏了。坏到老师无法给家里写信吧?"

听到孩子说出这样的话来,我心里百般纠结,内心复杂的情愫难以名状。我只记得,接下来,我毫无顾忌地大喊道:"一派胡言!"再接下来,我说话的口气非常严厉:"你到底说了什么?"

我的严厉其实是针对他的审判者,可却把他吓得又转过身去了。见状,我大叫一声,跳过去直接扑到他身上。因为给我们制造痛苦的那个魔鬼的惨白面孔又贴在窗户玻璃上了,他似乎想阻止迈尔斯认错,阻止他回答。眼看胜利将化为乌有,我又得重回战场,我就不禁头晕眼眩。我这鲁莽的一跳只是暴露了我的底牌。我看到,迈尔斯从我的动作中看出了某种端倪,并在那里揣测。据我观察,迈尔斯到现在还只是猜测,那扇窗户后是否有什么异样。我有一种强烈的冲动,想把他那无以复加的沮丧变成他获得解脱的明证。我搂紧迈尔斯,同时朝那个幽灵发出尖叫:"够了,够了,够了!"

"她在这里吗?"迈尔斯气喘吁吁地问,双手蒙着眼,面朝我说话的方向转去。他莫名其妙地用了"她",让我大吃一惊。我气喘吁吁地回应道:"是杰赛尔小姐,杰赛尔小姐?"他突然变得怒不可遏,转过身背朝着我。

我呆住了。迈尔斯会做出这样的推测，是上次弗洛拉的事情导致的后果。不过，我倒想让他看看，现在这种情形比当初要好。"不是杰赛尔小姐！不过，他就在窗户那边直对着我们。就在那儿——那个可怕的懦夫，以后别再想在那里出现了！"

听到我的话，顷刻间，迈尔斯的脑袋动了一下，好似一只困惑的狗嗅到了某种气味，然后狂抖着身子，想找一个有光的地方透透气。他在我面前，气得脸发白，困惑不解，徒劳地瞪着窗户，那里啥也没有。不过，我现在感觉到，那个幽灵就像有毒的气息弥漫了整个房间。"是他吗？"

我决心要搞个水落石出，因此我冷冰冰地质问他："你说的'他'是谁？"

"彼得·昆特，你这个恶魔！"他又冲着整个房间悲切地哀求道，"你在哪里？"

他的声音至今还回荡在我的耳畔。他将那个名字说了出来，并为我的执着给予了肯定。"孩子，他现在跟我们有什么关系呢？他以后又跟我们有什么关系呢？我得到了你，但他却永远失去了你！"接着，为了炫耀我的成果，我对迈尔斯说，"他在那里，在那里呀！"

可他猛地向前冲了一下，再次朝窗户凝视和怒视，可他只看到了寂静的天空。幽灵的消失，让我备感自豪，却让他备受打击。他大叫一声，如同一只野兽坠入万丈深渊时发出的吼叫。我又抱住他，以免他倒下时无法扶住他。我抓住他，是的，我抱住了他——可以想象我是多么激动。然而，直到最后一刻，我才觉察到自己抱在怀里的究竟是什么。在这个宁静的日子里，只有我们俩在一起了，而他那颗小小的心脏，已然停止了跳动。

（高万隆　何莹莹　林思慧 译）

献给爱米丽的玫瑰

[美]威廉·福克纳

1

　　爱米丽·格利尔逊小姐走了，全镇的人都去参加了她的葬礼：男人们是出于对一座丰碑倒塌的景仰之心，而女人们则是好奇，想看看房子里面的样子，在过去近十几年，除了在那家兼任园丁和厨师的老黑奴之外，人们至少有十年没见过它的真面目了。

　　那是一座方形的房子，坐落在曾经最繁华的富人区，外墙被刷成白色，上面是穹顶和尖塔，阳台则是半圆形的，非常具有七十年代的特色：庄重而明亮。车库和轧棉厂占据了整个街区，甚至吞噬了这个街区最考究的贵族区；只有爱米丽的房子留了下来，孑然屹立在轧棉厂和汽油泵中间，房子虽已破败，却还是执拗不驯，简直碍眼极了。而现在爱米丽走了，加入了赫赫有名的庄严代表行列，长眠于雪松环绕的墓地里，这些墓的主人有的是高官贵族，有的是无名氏，还有的是战死在杰弗森战场上的南北方士兵。

　　爱米丽小姐活着时就是一个传统、一个责任、一个焦点，也是镇上祖传的一个义务，这义务要追溯至1894年她父亲死的那一天，她获得了一个特权:萨托里斯上校免除了爱米丽小姐的终生税——这位上校之前还颁布过禁止黑人女人不系围裙上街的法令。爱米丽并不能接受这种救济。于是萨托里斯上校编了一个故事,大致是爱米丽小姐的父亲曾借过一笔钱给镇政府,作为交易,镇政府更喜欢用免税的这种形式来偿还。只有萨托里斯上校那一代的男人才能想到编这么一个故事,也只有女人才会相信它。

等到下一代长大成人,有的成了镇长和参议员,他们的思想更加先进,于是对爱米丽拥有的免税协议感到些许不满。那一年的一月份,他们寄了张纳税单给爱米丽小姐,直到二月份也没有收到回信。于是他们就写了封官方信给她,让她有空去一趟司法官办公室。一周之后,镇长亲自写信给她,说要么他亲自上门拜访,要么派辆车去接爱米丽小姐。终于他们收到了回信,是一张便条,写在一张古色古香的信纸上,字体纤细流畅,墨迹却是褪了色的,大意是她不想出门,随信附上的还有一份未拆开的税单,上面什么都没有写。

参议员们为此安排了一次特殊会议,决定派一个代表团去拜访她。代表团敲了门后就在门口候着,这门自从八年还是十年前她不再教陶瓷彩绘课之后,就再也没有客人来敲过了。那位上了年纪的黑人将他们带到了一间昏暗的门厅,门厅有楼梯,上面黑漆漆一片,整个门厅弥漫着一种因年久尘封而阴暗潮湿的气味。随后,那黑人又领着他们进了客厅。客厅里的家具都是皮革的,颜色暗沉,那仆人将一扇百叶窗拉起,便能看清这些家具的皮套都已经裂开了。他们坐下后,大腿两边顿时灰尘飞扬,仔细看能看见尘粒在从百叶窗投进的那一缕阳光中旋转着跳圈。壁炉前有一个失去光泽的画架,画架上赫然屹立着爱米丽父亲的蜡笔画像。

当爱米丽小姐进来时,他们都站了起来。她矮小肥胖,一身黑衣,一条细金链拖在她的腰际上,淹没在她的腰带中。她的手撑在一根乌木拐杖上，杖头上的镶金已经褪色了。她的骨架又矮又小，也许就是这个原因，别人看起来丰满的体型到了她那儿就是肥胖了。她看上去很臃肿，像是一具在死水里泡白了的尸体。来访者说明了自己的来意，而爱米丽只是不停地转悠着眼睛，看看这个看看那个。她的眼睛迷失在她的满脸赘肉中，就像是两个压在一大块面团里的煤球。

她也不叫他们坐下，只是站在门口，静静地听着，直到说话的人结结巴巴说完停了下来。这时，只听见那只看不见的怀表在金链的另一端发出滴答滴答的声音。

她的声音听起来又干又冷。"我不欠杰弗森镇政府任何税。萨托里斯上校已经跟我交代过了。或许你们可以去查一下镇上的记录，这样你们就清楚了。"

"可我们已经查过了。我们就是镇政府部门的，爱米丽小姐，你难道没有收到司法官签署的通知吗？"

"我是收到过一张纸，"爱米丽说道，"也许他还真把自己当司法官了，但我在杰弗森是不用纳税的。"

"但是所有记录上都没有写，你知道，我们必须按……"

"你去找萨托里斯上校吧，我在杰弗森是不用纳税的。"

"但是，爱米丽小姐……"

"你们去找萨托里斯上校吧。"（这位上校已经死了近十年了。）

"反正我在这个镇是不需要交税的。托布，"那个仆人出现了，"送客人走。"

2

就这样，爱米丽小姐彻底打败了他们，将他们连人带马都赶了出去，正如她三十年前将这些人的父辈赶走一样。这些人的父辈曾因为气味的事找上门来。那是在她父亲死后的第二年,她的心上人刚抛弃她不久,我们本都以为他们会结婚。她父亲死后,她就很少出门了。她的心上人离开她后,人们就再也没有在街上见过她的人影。曾有几个女人冒冒失失登门造访,却被拒之门外。这个房子唯一的生命迹象就是那黑人提着菜篮进进出出——那时他还年轻。

"好像世上真有哪个男人能把厨房收拾得很好似的。"女人们说。所以当房子里传出一阵恶臭时,她们一点儿也不感到奇怪。这气味是平庸的世俗和高贵的格利尔逊家族的另一种联系。

第一个向年已八十的镇长贾奇·史蒂文投诉的是爱米丽小姐邻家的一个妇人。

"但是这件事要我怎么做呢,夫人?"他说。

"跟她说不就好了,"那女人说,"不是有法律规定么?"

"我觉得没必要,"贾奇·史蒂文说,"很可能是她那黑奴在院子里打死了一条蛇还是一只老鼠,我跟那黑人说说就好了。"

第二天又有两个人向他投诉来了,其中一个男人进来说得特别委婉:"我们必须做点什么,贾奇。虽然我是死都不愿意去麻烦爱米丽小姐的,但是我们必须得做点什么。"那天晚上参议员们聚在一起讨论这件事——三位头发灰白的男人和一个新一代的年轻人。

"很简单,"一个男人说,"跟她说,让她把自己的地方处理干净就好了,给她一个期限,要是她不……"

"真该死,先生,"贾奇·史蒂文说,"你能当着一位女士的面指责她家气味难闻么?"

于是第二天后半夜,四个男人穿过爱米丽小姐家的草坪,像小偷一样在她的房子周围徘徊,嗅着房子地基的每一块砖块。在仓库门口,其中一个男人扛着麻袋,从麻袋中抓出一把什么东西,然后像播种一样撒在房子周围。然后他们又撞开了仓库的门,里里外外用石灰撒了个遍。等他们再从草坪上穿回去时,他们看到楼上本来黑着的窗户中有一扇突然亮起,爱米丽小姐就坐在窗户前,灯光从她背后照出来,她那僵硬的身影就像一尊泥像一样一动不动。他们蹑手蹑脚地从草坪上溜了出去,然后消失在街道两旁的洋槐深处。一两周之后,气味便消失了。

从那个时候起,人们才开始真正可怜爱米丽小姐。他们还记得她的姑婆怀亚特老太太最终变成疯子的事。大家都觉得格利尔逊一家人实在是自视过高,好像镇上没有哪个年轻人能配得上爱米丽小姐这样的人似的。对于他们父女俩,我们的脑子里一直是这么一个画面:爱米丽小姐身材苗条,一身白衣站在后面,前面是她的父亲叉开双脚,手拿马鞭,背对着爱米丽的侧影。这幅画的外框就是一扇往后半开的门。所以爱米丽小姐到了三十岁还是单身,我们镇上的年轻人并不是窃喜自己还有机会,只是为先前的看法得到证实而感到得意。虽然她家族的人有些不理智,但要是真有人向她求婚,她是不应该断然拒绝的。

她父亲死后,据说那套房子就是她父亲留给她的全部财产了。人们倒是有些高兴了,终于他们可以可怜爱米丽了。变得孤苦伶仃之后,她总该懂点人情世故了吧。如今她也该体会到多一便士则喜、少一便士则忧的心情了。

她父亲死后的第二天,所有的女人们都准备去她家聊表安慰和救济的心意,因为这是我们当地的传统。爱米丽就在门口接见了她们,穿得跟平常一样,脸上也没有一丁点的悲伤。她跟她们说她的父亲没死。一连三天都是这样,牧师和医生怎么劝她都没用。正当他们要诉诸法律的时候,她终于垮了下来,然后他们便匆匆地埋葬了她的父亲。

我们那时也没说她疯了,我们知道她已经走投无路了,我们都知道她的父亲将所有的年轻人拒之门外。而她现在一无所有,她只能死死拽住那个抢走她一切的人,正常人不都这么做么?

3

她病了很长一段时间,当我们再见到她时,她已经把自己的头发剪短了,看起来像个小姑娘,有点像教堂彩色玻璃窗上的天使——有几分庄重和悲怆。

那时刚好是镇上订了承包合同,要铺设人行道。就在爱米丽小姐的父亲死后的那个夏天,他们开始动工了。建筑公司带着黑人、骡子和机器就来了。工头叫霍默·巴伦,是个北方佬,身材高大,皮肤黝黑,精明能干。他那双滴溜溜圆的眼睛比他的肤色还亮,他有着一副大嗓门,一群孩子跟在他后面听他咒骂那些黑人。那些黑人干活的时候会伴随着铁镐的一起一落有节奏地喊着劳动号子。没过多久,他就认识了镇上的所有人。你要是听到广场上有一群人围在一起哈哈哈地笑个不停,霍默·巴伦肯定在那群人的中心。不久之后,每逢礼拜天下午,我们就看到他和爱米丽小姐一起驾着马车穿过小镇,黄色轮子的马车和刚从马房里挑出来的栗色骏马显得格外相称。

刚开始我们都很高兴爱米丽小姐总算了有心上人了。女人们都说:"一个格利尔逊家的人是不会真的考虑和一个北方佬、一个打工仔结婚的。"但是也有其他人——一些年长的人说,即使再悲伤,一个真正的大家闺秀是不会忘了"贵人自重"的。他们当然不会说"贵人自重",他们只是说:"可怜的爱米丽,她的亲戚应该来看看她。"她有亲戚在亚拉巴马州,但是几年前她的父亲为了疯女人怀亚特老太太的财产跟他们闹翻了,这之后两家人就再没有来往了,他们连她父亲葬礼都没有来参加。

每当老人说"可怜的爱米丽",人们就开始交头接耳起来。他们一个传一个地说:"你觉得这是真的么?""当然是真的,不然还能有别的什么事……"这些话是从手背耳根传开的,每当礼拜天下午,嘚嘚的马蹄声穿过小镇的时候,遮挡午后骄阳的百叶窗后面全是窸窣的绸缎声和交头接耳的呓语:"可怜的爱米丽小姐。"

爱米丽小姐高昂着头——即使我们都知道她已经堕落了,她也是如此。她的神情像是在誓死捍卫格利尔逊家最后一代的尊严。仿佛她是需要接触世俗才能肯定她的高贵冷漠。就像上次她买老鼠药,砒霜——那是在人们开始说"可怜的爱米丽小姐"一年后发生的事。她的两个堂姐妹也是在那个时候来看望她的。

"我要买点毒药。"她对那药师说。她那时已经三十出头,身材依然苗条,只是比以前更加清瘦了,她的眼睛冷漠空洞,太阳穴周围的皮肤紧绷着,眼窝就像是一位孤独的灯塔守望人一样凹陷空洞。她说道:"我要买点毒药。"

"好的,爱米丽小姐,要买哪种?是毒老鼠的么?我推荐——"

"我要最好的,我不管哪一种。"

药师说了好几种。"这些药毒死大象都没问题,但是你想要的是……"

"砒霜,"爱米丽小姐说,"那个灵不灵?"

"是……砒霜么?好的,小姐。可是你想要……"

"我想要砒霜。"

药师朝下看了看她。她回看了他一眼,身子挺直,她的脸就像是一面绷紧的旗子。"为什么,噢噢,当然有,"药师说,"如果你真的想要。但是,法律规定你必须说明用途。"

爱米丽只是直直地瞪着他,为了能和他双目对视,她的头稍稍往后仰了仰,直到药师把目光移开,她才不瞪他。药师走了进去把砒霜包好,就没出来,递给她药的是药店的黑人送货员。她回家打开包裹,盒子底下的骷髅头骨标记下面写着"毒鼠专用"。

4

于是第二天我们都传说"她要自杀了";我们也都说这是再好不过的了。当我们第一次看到她和霍默·巴伦在一起的时候,我们都谈论"她要嫁给他了"。之后我们又开始谈论,"她得劝服他才行"。因为霍默说过他喜欢的是男人,大家都知道他在麋鹿夜店和年轻小伙子一起喝酒来着,他根本无意结婚。之后每逢礼拜天下午,爱米丽和霍默就驾着漂亮显眼的马车奔驰而过,这时候百叶窗后又能听到人们窃窃私语"可怜的爱米丽小姐"。爱米丽小姐依然高昂着头,而霍默则歪戴着帽子,嘴里叼着烟,手上戴着黄色的手套握着马缰和马鞭赶着马。

后来女人们开始说他们俩简直败坏了整个镇的风气,给年轻人带来非常不好的影响。男人们则不想干涉,那些女人们最终迫使浸礼会牧师去劝她——虽然爱米丽小姐一家都是圣公会的。牧师见了她回来,对他们俩之间的谈话内容只字未言,并声明死也不会去第二趟。第二个礼拜天,他们又看到爱米丽小姐和霍默驾着马车出现在街上,第二天牧师的妻子就写信告诉给爱米丽小姐远在亚拉巴马州的亲戚。

所以爱米丽小姐又有亲戚登门造访了。我们冷眼旁观着事态的发展。一开始什么动静都没有。我们都确信爱米丽和霍默是会结婚的,因为我们听说爱米丽小姐去过首饰店,订购了一套银质的男人盥洗用具,每件用品都刻有"霍·巴"两个字。两天后我们还得知她买了全套男人的服装,包括睡衣。于是我们说:"他们要结婚了。"我们着实感到高兴。因为阻挠爱米丽小姐结婚的两个堂姐妹比爱米丽小姐更加像格利尔逊家的人,更加令人讨厌。

当得知霍默·巴伦离开，我们一点儿也不感到惊讶，因为他这边的工程结束已经有一段时间了。我们只是有点失望，因为没有为他热闹地送行。但是我们都相信他这一次回去是为了迎娶爱米丽小姐做准备的，或是给爱米丽小姐时间，好让她打发走她的两个堂姐妹。（那时候我们组成一队秘密组织，都站在爱米丽小姐这一边，好像帮着她解决她的堂姐妹似的。）没错，一个星期后她们就回家了。之后，跟我们所期待的那样，三天不到，霍默·巴伦就回到镇上了。一天傍晚，有一位邻居亲眼看到那黑人为霍默打开厨房的门，让他进去了。

那是我们最后一次看到霍默·巴伦，那之后我们也有很长一段时间没有见过爱米丽小姐。黑人拿着菜篮进进出出，前门却一直关着。偶尔我们会在窗子里看见她的身影，就像以前在她的房子周围撒石灰那天晚上的情形一样。但是整整六个月的时间，她都没有出现在街上。当然这是我们意料到的，"她父亲的性格使她无法像一个正常的女人一样过一辈子，而且父亲的影响仿佛太过深刻，仿佛要一直陪伴着她过一生"。

下一次我们再见到爱米丽小姐时，她已经胖了，头发也灰白了。之后几年里，她的头发越变越灰，直到变成了胡椒盐那样的铁灰色，然后颜色就再也没有变过了。直到她七十四岁死的那一天，头发还是保持着铁灰色，像是一位精力旺盛的男人的头发。

从那时起，她的前门一直紧闭着，除了中间有六七年的一段时间，也就是她四十岁左右的那段时间，爱米丽小姐开了一个陶瓷彩绘培训班，她选了楼下的一间房间做画室。和萨托里斯上校同代的那些人都把自己女儿、孙女送去她那儿上课，一周一次，庄严崇敬程度和她们每周日去教堂时拿着家人给的二十五美分放到捐款箱是一样的。而那个时候，她还不用交税。

后来，新的一代成了镇上的中坚力量和精神领袖。那些学画画的孩子也都长大成人,不再去她那上课,她们也不再把自己的孩子送去她那上课。去她那上课的孩子通常要准备颜料盒、令人生厌的画笔和从女性杂志上剪下来的插画。最后一个学生离开后,她的前门就关上了,从此就再也没有打开过。当镇上开始有免费的邮寄服务时,只有爱米丽小姐一人拒绝在她的门上钉金属门牌号并安装邮箱,她根本不听从他们的安排。

日复一日,年复一年,我们看着那黑人的头发渐渐花白,身体日渐佝偻,可他依然每天拿着菜篮进进出出。每年十二月,我们照样会寄一张纳税单给她,但每次一星期后又会被邮局退回来。偶尔我们会在楼底下的窗户边看见她的身影,她显然已经把楼上给封闭起来了。站在窗户前的她就像是神龛里的泥像一样毫无生气,根本看不出她是否在看着我们。就这样她经历了一代又一代人——高贵冷漠、安静无争、桀骜不驯,让人不敢靠近。

她就这样病了,在那个满是尘埃、阴暗潮湿的房子里病倒了,只有一个步履蹒跚的黑人照顾她。我们甚至都不知道她病了,我们已经很久没有向那黑人打听她的消息了。他跟谁也不说话,甚至也不跟爱米丽小姐说话,他的嗓子就像长期不用的机器一样,已经沙哑了。

她是在楼下的一间屋子里去世的,当时就躺在沉重的桃木床上,床上还挂着床帏。她枕着的枕头多年没晒过太阳,已经发黄发霉了。

5

那黑人迎接第一批女人从前门进来,这些女人一边窃窃私语,一边好奇地打量着房子。随后那黑人就消失不见了,他穿过房子,从后门出去了,从此再没有人见过他。

爱米丽小姐的两位堂姐妹也马上赶来了,她们第二天就举行了葬礼,那天全镇的人都跑来吊唁鲜花覆盖的爱米丽小姐。棺材架上还挂着她父亲的蜡笔画像,一脸沉思。女人们窃窃私语,说着关于死亡的话题;那些上了年纪的男人,穿着早上刚刷过的南方同联军制服——或在走廊上,或在草地上谈论着爱米丽小姐,好像她和他们是同时代人。他们深信自己同爱米丽小姐跳过舞,兴许还向她求过婚呢。他们按照数学中的排列顺序来计算,却混淆了时间。老人总是这样,回忆过去对他们来说不是一条越来越模糊的旅程,而是一片不曾被冬天摧残过的大草原,近十年的事就像是一截狭小的瓶颈将现在同过去隔断开来。

我们知道,楼上某个地方有个房间,四十年不曾见光,要进去还要撞门而入。他们一直等到爱米丽小姐入土为安,才敢打开那间房门。

门砰的一声被踹开了,一时间尘土飞扬。审视四周,这间为新郎装修的新房,到处弥漫着坟墓般阴森、呛人的气息:褪了色的玫瑰色窗帘,昏暗的玫瑰色灯,梳妆台上一排精致的水晶,以及那套银质的男人盥洗用具——已经褪色,刻在上面的"霍·巴"也已经模糊了。房间里还有一条领子和领带,好像刚从人身上拿下来一样。将它们拿起来,便在台面上堆积的灰尘中留下了苍白的月牙形的痕迹。椅子上挂着一套西装,折叠得很整齐,椅子下面是两只孤独的鞋子和一双被丢弃的袜子。

床上躺着的正是那个男人。

我们久久呆立在那儿,看着那具龇着牙的干枯深凹的尸体。那具干尸明显有一度是以拥抱的姿势躺着的。长眠比爱情持久,它甚至免除了爱情的折磨,是长眠彻底将这个男人驯服了。他的身体在睡衣下腐烂,最后只剩下一具残骸同他身下的床难舍难分,他身上和他边上的枕头布满了灰尘。

然后我们才注意到他边上的那个枕头竟然有人枕过的痕迹。有一个人从那上面拿起了什么东西,凑近去看,一股淡淡的呛人的味道扑鼻而来,仔细一看,原来是一绺长长的铁灰色头发。

（陈丹丹　译）